POR UM FIO

EOIN COLFER

POR UM FIO

Tradução de
Alves Calado

1ª edição

EDITORA RECORD
RIO DE JANEIRO • SÃO PAULO
2013

CIP-BRASIL. CATALOGAÇÃO NA FONTE
SINDICATO NACIONAL DOS EDITORES DE LIVROS, RJ

Colfer, Eoin, 1965-
C658p   Por um fio / Eoin Colfer; tradução de Ivanir Alves Calado. – 1ª ed. – Rio de Janeiro: Record, 2013.

Tradução de: Plugged
ISBN 978-85-01-09520-6

1. Literatura infantojuvenil irlandesa. I. Calado, Ivanir Alves. II. Título.

13-02314   CDD: 028.5
                                                                    CDU: 087.5

TÍTULO ORIGINAL EM INGLÊS:
Plugged

Copyright © 2011 Eoin Colfer
Primeiramente publicado na Grã-Bretanha em 2011
por HEADLINE PUBLISHING GROUP

Texto revisado segundo o novo Acordo Ortográfico da Língua Portuguesa.

Todos os direitos reservados. Proibida a reprodução, no todo ou em parte, através de quaisquer meios. Os direitos morais do autor foram assegurados.

Editoração eletrônica: Abreu's System

Direitos exclusivos de publicação em língua portuguesa somente para o Brasil adquiridos pela
EDITORA RECORD LTDA.
Rua Argentina, 171 – Rio de Janeiro, RJ – 20921-380 – Tel.: 2585-2000, que se reserva a propriedade literária desta tradução.

Impresso no Brasil

ISBN 978-85-01-09520-6

Seja um leitor preferencial Record.
Cadastre-se e receba informações sobre nossos lançamentos e nossas promoções.

Atendimento e venda direta ao leitor:
mdireto@record.com.br ou (21) 2585-2002.

Para Ken Bruen, que fez com que eu fizesse isso.

Muito obrigado a Declan Denny por sua inestimável atenção aos meus detalhes.

CAPÍTULO 1

Certa vez, o grande Stephen King escreveu: *não esquente a cabeça com coisas pequenas*, e eu refleti muito tempo sobre isso e percebi que não concordo inteiramente com a opinião dele. Sei o que ele quer dizer: todos nós temos um monte de tristezas enormes na vida, sem ter de pirar com as menores do dia a dia, mas às vezes esquentar a cabeça com as pequenas coisas pode ajudá-lo a superar as grandes. Veja o meu caso, por exemplo. Um monte de eventos capazes de abalar a Terra aconteceu comigo, ao meu lado e abaixo de mim, coisas capazes de deixar a maioria das pessoas babando numa ala de psiquiatria, mas o que eu faço é tentar não pensar a respeito. Deixe infeccionar por dentro, é a minha filosofia. Isso deve ser saudável, certo? Concentre-se nas babaquices não letais do cotidiano para livrar sua mente dos golpes psicológicos significativos que estão em fila para esmagar você. Esta filosofia me trouxe até aqui, mas meu sentido de soldado diz que as coisas estão prestes a supurar.

Não há muita necessidade de se ter pensamentos profundos no meu atual trabalho em Cloisters, Nova Jersey. No cassino nós não conversamos sobre questões filosóficas ou fenômenos naturais. Uma noite, tentei falar sobre a National Geographic, e Jason me lançou um olhar como se eu o estivesse insultando, por isso mudei para um assunto mais seguro: quais garotas tinham implantes de silicone. Esse costuma ser um dos nossos temas regulares, de modo que é um território familiar. Ele se acalmou depois de tomar alguns goles de seu shake de proteína. Minhas conversas sobre questões importantes o assustavam mais do que um bêbado com uma pistola. Jason é o melhor leão de chácara com quem já trabalhei, uma rara combinação de tamanho e agilidade, e com muito mais inteligência do que dá a entender. Às vezes, ele se esquece e faz referência a um filme de Fellini, depois tenta esconder os rastros, pegando pesado com o próximo sujeito que passa pela porta. O cara tem segredos. Todos nós temos. Ele não sente vontade de compartilhá-los comigo, e eu me sinto absolutamente bem com essa atitude. Nós dois fingimos que somos burros e ambos suspeitamos de que não somos tão burros quanto fingimos. É exaustivo.

Na maioria das noites, temos tempo para uma conversa fiada do lado de fora. Tudo fica calmo até cerca de dez e meia. Geralmente apenas alguns jogadores miúdos passam pelo radar dos rapazes. A turma da festa só aparece quando os bares comuns fecham. O patrão, Victor, que descreverei em detalhes mais tarde, porque o sujeito merece um filme próprio, tamanho escroto que é, e falar sobre ele agora estragaria o ritmo da história; enfim, Vic faz questão de dois rapazes na frente do estabelecimento. Às vezes são necessários dois para acabar com uma briga, se houver acusações voando de um lado para o outro na mesa dos fundos. A coisa pode ficar bem agitada por lá, especialmente com os baixinhos. Eu culpo Joe Pesci.

Assim, geralmente faço o turno da noite, não que haja um turno do dia propriamente dito. Duas ou três vezes por mês, eu faço turno dobrado. Na verdade, eu não me importo. Como vou passar o tempo em casa? Fazendo flexões e ouvindo a Sra. Delano encher o saco?

Esta noite chego às oito em ponto. É meio de semana, então estou esperando uma noite calma, enquanto mastigo barras energéticas e ouço Jason falar sobre cirurgia plástica. Uma simples distração, que é o mais próximo da felicidade que espero obter nesta vida.

Jason e eu estamos olhando um russo lançar halteres no YouTube quando recebo um chamado do Marco pelo meu fone de ouvido. Preciso pedir que o barman baixinho repita algumas vezes antes de entender a mensagem e voltar para dentro do cassino. Aparentemente, Connie, minha garota predileta, inclinou-se para colocar bebidas numa mesa e um cara lambeu sua bunda. Idiota! Quero dizer, está escrito numa placa de latão na parede. Não especificamente sobre lamber bundas. *Não toque nas garçonetes*, é o que diz. Regra universal nas boates. Algumas garçonetes podem dar alguns toques dentro do reservado, mas o cliente jamais pode tocar de volta.

Quando chego, Marco está tentando manter o cliente afastado de Connie, o que provavelmente é mais para a segurança do cara do que ele imagina. Uma vez, vi Connie nocautear um jogador de futebol universitário com sua bandeja. A cara do sujeito ficou gravada no metal, como se fosse um desenho animado.

— Certo, pessoal — digo, soltando minha voz trovejante de leão de chácara. — Vamos resolver isso profissionalmente.

O anúncio é recebido com algumas vaias por parte dos frequentadores, que estavam rezando por um pequeno drama. Seguro a cabeça de Marco como se fosse uma bola de basquete e o levo para trás do balcão, inclinando-me sobre o transgressor.

O lambedor está com as mãos nos quadris como se fosse Peter Pan, e os dedos de Connie deixaram riscas vermelhas em suas bochechas.

— Por que não vamos para a sala dos fundos? — Encaro-o por cinco segundos. — Antes que as coisas saiam do controle.

— Essa vadia me machucou — diz ele, apontando, para o caso de haver alguma dúvida sobre a "vadia" de quem está falando.

Seu dedo está coberto com os restos de uma porção de asas de frango fritas, e molho nos dedos é uma coisa que sempre me irritou mais do que deveria, em termos razoáveis.

— Nós temos uma sala de descanso ali atrás — informo, sem olhar para a gosma marrom por baixo das unhas dele. O que há de errado com as pessoas? Você come, mastiga de boca fechada, limpa os dedos. É tão difícil assim? — Por que não discutimos a situação lá?

Connie está quieta, tentando controlar a raiva, enquanto masca um chiclete de nicotina como se fosse uma das bolas do cara. Ela é temperamental, mas não costuma bater sem um bom motivo. Tem dois filhos numa creche na Cypress, por isso precisa do salário.

— Certo, Dan — concorda ela. — Mas podemos resolver isso logo? Tem gente doida para me dar gorjeta. Este caso está encerrado.

O apontador gargalha, como se fosse engraçado ela usar essa terminologia.

Guio os dois até a sala de descanso, que é pouco mais do que um armário de vassouras. Na verdade, há alguns esfregões plantados como palmeiras com *dreadlocks* numa ilha de caixas de papelão no canto.

— Você está bem? — pergunto a Connie, feliz por ver que ela não está fumando. Já faz seis meses.

Ela confirma com um gesto de cabeça, sentando-se num sofá velho.

— Esse cara lambeu meu traseiro. Lambeu! Você tem algum lenço umedecido, Daniel?

Entrego a ela uma pequena embalagem. Sempre se carrega uma caixa de lenços umedecidos quando se trabalha num cassino vagabundo em Nova Jersey como o Slotz. Afinal, pode-se pegar todo tipo de coisa andando por aí.

Desvio o olhar enquanto Connie limpa o molho de churrasco do traseiro. Neste lugar é impossível não notar o decote, mas acho que dá para evitar as partes baixas. Tento manter o olhar acima da cintura dela. Então, enquanto ela se limpa, eu me viro para o cara. O lambedor.

— O que estava pensando, senhor? Nada de tocar. Não sabe ler?

Esse sujeito vai me sacanear. Posso dizer isso só pelo seu cabelo, um chumaço crespo e ruivo que mais parece um ninho caído do telhado.

— Eu vi a placa, *Daniel* — responde ele, apontando para o piso do cassino. Esse cara é uma *máquina* de apontar. — Ela diz "não toque".

— E o que você fez? Tocou.

— Não — revida ele, virando o dedo apontador para mim, tão perto que sinto o cheiro do molho, o que vai me fazer evitar churrascos durante pelo menos um mês. — Eu não *toquei*. A gente *toca* com as mãos. Eu *provei*.

Então ele para de falar, como se eu precisasse de um segundo para captar seu argumento brilhante.

— O senhor acha que nunca ouvi essa idiotice antes? Acha, seriamente, que é o primeiro cara que tenta isso?

— Acho que sou o primeiro *advogado* que tenta isso. — Seu rosto se ilumina com presunção. Odeio esse olhar, talvez porque o veja muitas vezes.

— O senhor é advogado?

Ele aponta de novo. Sinto-me tentado a quebrar o dedo desse sujeito imediatamente.

— Você está certíssimo, sou advogado. Se tentar alguma coisa contra mim, eu fecho essa espelunca. Você vai acabar trabalhando para mim.

— Vou trabalhar para o senhor?

Às vezes, eu repito as coisas. As pessoas acham que é porque sou idiota, mas na verdade é porque não consigo acreditar no que estou ouvindo.

O cara marca a opção "A".

— O que você é? Um papagaio? Uma droga de um papagaio *irlandês* retardado?

Provavelmente é assim que as coisas acontecem no escritório desse cara. Ele fala merda e as pessoas aceitam. Acho que ele é o chefe, ou está perto disso. Só um chefe ou alguém em um cargo muito baixo pode cagar e andar para a própria aparência e sair impune. Terno e óculos que podiam ter sido roubados de Michael Caine por volta de 1972, e, claro, o círculo de cabelo ruivo que parecia feito de isopor.

— Não, senhor. Não sou um papagaio — respondo, calmo, como se tivesse estudado na escola de leões de chácara. — Sou o chefe da segurança, e o senhor tocou na garçonete, independentemente de como queira enfeitar a situação.

O homem gargalha, como se tivesse uma plateia.

— Enfeitar as coisas é o que eu faço, Sr. Daniel Chefe da Segurança. Essa é a porra do meu negócio.

Ele diz "porra" totalmente errado, como se tivesse aprendido na TV. A palavra não soa direito, saindo de sua boca de advogado.

— É a *porra* do seu negócio? — pergunto, pronunciando a palavra como deve ser pronunciada. Aprendi com um mercenário romeno que trabalhava para a milícia cristã em Tibnin. Anghel e seus garotos passavam pelo nosso acampamento todo dia em seu velho VW, parando para negociar leite longa vida ou macarrão que tínhamos negociado com os *garçons* franceses. Eu gostava de Anghel. Ele nunca atirou em mim especificamente, toda a sua cabeça era uma barba e eu apreciava a maneira como ele dizia "porra".

— *Só uma caixa, Paddy? Eu dar a você uma porrrra de secador de cabelo que funciona perfeitamente.*

O "r" quádruplo fazia parecer real. Então, quando quero causar impressão, digo do modo romeno. Frequentemente isso basta para confundir o cara, tirá-lo dos trilhos.

Mas não com este. O macaco ruivo mantém-se seriamente inabalável com meu "r" quádruplo e parte para seu segundo erro da noite, pelo que eu saiba. Aproxima-se de mim, andando de maneira presunçosa, como se eu não tivesse 15 centímetros e 25 quilos a mais do que ele.

— Que merda de bancar o papagaio é essa? — pergunta ele e, acredite ou não, me dá um tapa na testa. — Você tem uma droga de placa de metal na cabeça? Meeeeu Deus.

Fico surpreso com o tapa na cabeça, mas também fico feliz porque ele tocou em mim.

— Não deveria ter tocado em mim, senhor — digo, com tristeza. — É agressão. Agora terei de me defender.

Essas palavras abalaram a confiança dele. Sendo advogado, esse imbecil sabe o que diz a lei sobre agressão. Tem consciência de que agora eu tenho o direito de causar a ele um pouco de dor e afirmar que me senti ameaçado. Faço cara de quem está sendo ameaçado, assim ele pode visualizar qual vai ser minha aparência no tribunal.

Seu dedo em riste se dobra, e ele dá alguns passos para trás.

— Agora escute. Se encostar a mão em mim...

Ele não termina a ameaça, porque eu estou em vantagem e ele sabe disso. Nesse ponto, eu adoraria aproveitar a chance e tirar esse advogado da vida de todo mundo. Porém, os filhos de Connie vão a uma creche, e a última coisa de que ela precisa pairando sobre sua cabeça é a necessidade de comparecer ao tribunal. Além disso, o tribunal é a arena desse advogadozinho. Diante do juiz ele é um gladiador. Posso vê-lo pulando como um macaquinho ruivo, apontando como se não houvesse amanhã. E, para ser honesto, minha cara de ameaçado não é tão boa assim.

Por isso, eu digo:

— Quanto dinheiro o senhor tem na carteira?

O sujeito tenta um pequeno rompante, mas estou lhe dando uma saída e ele sabe disso.

— Não sei. Pouco mais de duzentos, talvez.

Cascata que ele não sabe! Advogados e contadores sempre sabem. Geralmente, eles guardam pequenos maços de dinheiro espalhados, para o caso de ficarem presos com uma dançarina ou prostituta agressiva tarde da noite. Esse cara provavelmente sabe quanta grana sua mamãezinha doente enfiou na caixa de guardar a dentadura.

— Dê trezentos — digo. — Trezentos para a garçonete e eu não terei de agir em legítima defesa.

O advogado recua fisicamente.

— Trezentos! Por uma lambida. Meeeeu Deus.

Ele vai aceitar. Sei que vai. A outra alternativa é ele explicar aos seus clientes importantes como teve o rosto desfigurado numa espelunca como o Slotz, onde há mofo nos cantos do carpete e as privadas têm correntes.

O homem começa a remexer na carteira, como se as notas resistissem a sair dali, por isso eu a pego, certificando-me de apertar um pouquinho seus dedos macios de advogado.

— Deixa eu contar isso. O senhor está tremendo.

Ele não está tremendo, mas quero implantar a ideia de que deveria estar. Esta não é uma dica que aprendi na escola dos leões de chácara. O psiquiatra do Exército me deu algumas dicas sobre conflitos antes da minha segunda viagem.

É verdade que eu agarro a carteira para apressar as coisas, mas também quero pegar um cartão de visitas do cara. É sempre bom ter detalhes sobre clientes encrenqueiros. Deixá-los saber que não têm onde se esconder. Uma vez tendo seu cartão, poderei encontrar sua mulher, e gostaria de vê-lo tentar a defesa do "provei, não toquei" em casa. Sua cabeça de macaco estaria numa bandeja, e nenhum júri iria condenar a mulher.

Conto seis notas de 50 e jogo a carteira de volta para ele.

— Certo, Sr. Jaryd Faber. — Consulto o cartão. — A partir de hoje, o senhor está banido do Slotz.

Faber murmura algo sobre não estar nem aí, e não posso culpá-lo.

— Agradecemos ao senhor por seus negócios e insistimos que busque aconselhamento jurídico para suas várias queixas.

— O discurso-padrão para *dê o fora e não volte mais*.

— Você está cometendo um grande erro, *Daniel* — rosna Faber, algo que ouço com tanta frequência que deveriam gravar na minha lápide. — Tenho amigos sérios nesta cidade.

— Todos temos amigos sérios — respondo, surpreso com uma réplica ligeiramente espirituosa. — Tenho um colega do Exército que não sorri desde a Tempestade no Deserto.

Ninguém ao menos reconhece meu esforço, e Faber murmura alguma outra coisa, possivelmente um *foda-se*. Ainda resta um pouquinho de fogo nesse advogado. Decido extingui-lo.

— Vá para casa — rosno —, antes que eu bata em você com tanta força que você terá de abrir um processo contra mim na próxima vida.

Essa frase também não é má, mas é um pouco hollywoodiana. Já a usei uma dúzia de vezes, e Connie mal consegue não resmungar quando a uso de novo.

Estalo os dedos para enfatizar o argumento, e Faber, sensato, decide ir embora. Contudo, é um mau perdedor, e joga mais duzentos para Connie, da porta.

— Aqui — diz ele, com um rizinho de desprezo. — Mande dar uma turbinada nos peitos.

Finjo que vou atacá-lo e o advogado desaparece, a porta balançando atrás dele. Sinto vontade de espancar o sujeito de verdade, mas sei, pela experiência, que isso não vai fazer com que me sinta muito melhor. Por isso, engulo o instinto como se fosse um comprimido e faço minha cara de enterro para Connie.

— Você está bem?

Connie está de joelhos, pescando uma das notas de 50 que flutuou para baixo do sofá com o vento da porta balançando.

— Dane-se ele, Dan. Isso aqui paga duas noites da babá.

Levanto o sofá com a ponta da bota para que ela possa pegar o dinheiro e evitar tocar na sujeira que está debaixo.

— Aquilo ali é a camisinha do Al Capone que sumiu? — pergunto, tentando um pouco de humor.

Connie soluça. Talvez seja por causa da piada ruim; mas provavelmente o idiota do Faber foi a última gota, por isso passo o braço em volta dela, levantando-a. Connie é o tipo de garota que um homem tem vontade de proteger. Ela é linda como se estivesse num filme dos anos 1950; cabelo de Rita Hayworth que ondula quando ela anda, como lava escorrendo por uma montanha, e grandes olhos verdes que ainda têm algum calor, apesar do trabalho de merda e de um ex mais de merda ainda.

— Venha, querida, ele foi embora de uma vez por todas. Você nunca mais o verá.

— Ninguém mais diz *querida*, Dan. Somente nos filmes.

Aperto seu ombro.

— Eu sou irlandês, *querida*, nós somos diferentes.

Connie ajeita o biquíni de bolinha que usa como uniforme nesse lugar.

— É mesmo? Diferente no *bom* sentido, espero. Aquele safado era diferente no *mau*. Como vocês chamam um verme desses na Irlanda?

Penso um pouco antes de responder.

— Na Irlanda, ele seria chamado de estúpido decadente. Ou verme.

Connie esboça um sorriso amarelo, mas pelo menos é alguma coisa. Melhor do que o desespero que vi em seus olhos quando entrei aqui.

— Estúpido decadente. Gosto disso. Preciso visitar a Irlanda. Sei que digo isso todo ano. O Alfredinho iria adorar, e Eva também. Campos verdes e pessoas amigáveis.

— Nenhuma dessas duas coisas são fáceis de encontrar — confesso. — Pelo menos depois que o país enriqueceu.

— Você poderia nos levar, Dan. Mostrar o lugar. Fazer um passeio autêntico.

Meu estômago dá uma cambalhota.

— Quando quiser, Connie. Você sabe o que eu sinto.

Connie ergue a mão e puxa a barra do gorro de lã preto que eu uso durante todo o tempo que passo acordado.

— Como está indo, *baby*?

Em geral, sou sensível quanto a esse assunto, mas Connie e eu nos conhecemos há quase dois anos, o que é quase uma vida inteira nesse ramo. Temos história, como dizem. Num fim de semana, há alguns meses, ela conseguiu uma babá e nós saímos para curtir. A coisa poderia ter ido mais longe, mas ela não queria um pai novo para os filhos.

— *Só quero me sentir jovem por duas noites, Dan. Certo?*

Vinte e oito anos e ela quer se sentir jovem de novo.

É o sonho de todo homem, não é? Duas noites sem compromisso com uma garçonete de boate. Não pressionei. Agora estou começando a achar que deveria ter pressionado.

— Bem — respondo. — Tenho uma consulta com Zeb amanhã.

— Posso ver? — pergunta ela, as unhas compridas já tirando o gorro.

Ergo as mãos para impedi-la, mas deixo-as cair novamente. Já é hora de ter uma opinião.

Connie dobra o gorro nos dedos compridos, depois me empurra para trás, até uma luminária recuada.

— O Zeb fez isso?

— Sim. Ele estava com algumas enfermeiras, preparando os folículos. Acho que eram estudantes.

— Não ficou ruim. — Connie estreita os olhos. — Já vi muitos implantes de cabelo, mas este está bom. Bem espalhado e sem cicatrizes. O que é, pelo de rato?

Fico genuinamente horrorizado.

— Rato? Meu Deus, Connie! É o meu próprio cabelo. Transplante da nuca. Vai cair em umas duas semanas, depois o cabelo novo cresce.

Connie dá de ombros.

— Ouvi dizer que agora estão usando pelo de rato. De cachorro também. Aparentemente são como fios de cabelo.

Pego o gorro de volta, espalhando-o sobre o topo de minha cabeça como se fosse um bálsamo.

— Nada de canino, nem de roedor. Só de humano irlandês.

— Bem, parece que está legal. Mais uma sessão e você não vai notar a diferença.

Suspiro como se isso tivesse me custado muitos dólares, e de fato custou.

— Essa é a ideia.

Desenrolo o gorro de volta para baixo e seguro o cotovelo de Connie, conduzindo-a de volta ao salão.

Um balcão de fórmica, luz fraca, que é mais barata do que chique. Uma roleta que sacoleja a cada giro, duas mesas de carteado gastas e meia dúzia de caça-níqueis.

— Ei — começa ela. — Fique com 50. Afinal foi você que tirou dele.

Dobro a nota na mão dela.

— Foi um prazer, querida. No dia em que ele lamber meu traseiro, eu aceitarei os 50.

Connie dá uma risada melodiosa, e algo se agita no meu peito.

— Ah, *baby*. O dia que ele lamber seu traseiro eu vou comprar ingressos para testemunhar as consequências.

Ela volta ao padrão tranquilo, mas é temporário; esse lugar realmente esgarça as pessoas decentes. É um peso na alma.

— Você está em condições de voltar ao salão?

— Claro, *querido*. Você sabe que se eu parar agora, Victor vai me descontar a noite toda.

Inclino-me para sussurrar no seu ouvido, cheirando o perfume suave, notando, não pela primeira vez, como seu pescoço é comprido. Sentindo o hálito de hortelã roçar no meu rosto. Lembrando.

— Cá entre nós, Victor também é um estúpido decadente.

Connie volta a rir, algo que eu pagaria para ouvir, depois pega uma bandeja no balcão e volta ao trabalho, balançando os quadris como uma estrela de cinema do tempo em que as estrelas tinham quadris dignos de se balançar.

E joga duas frases hipnotizantes por cima do ombro.

— Talvez tenhamos mais um fim de semana, *baby*. Talvez uma semana inteira.

Connie querida, penso, depois levanto o olhar.

Atenha-se ao código. Olhos para cima.

Olhos para cima, por enquanto. Mas eu e Connie temos negócios inacabados.

Mais uma olhada nos quadris, sussurra meu lado negro. *Depois, de volta ao trabalho.*

Como acontece com frequência, meu lado negro vence.

Concedo a mim mesmo um momento para trazer minha cabeça de volta ao presente. Esse é o erro mais comum dos novatos no ramo de segurança: a complacência. Pensar: sou grande e causo medo, e que idiota vai querer me atacar, nem que seja para impressionar sua garota? A palavra-chave nessa frase é *idiota*. Eles aparecem em todas as formas e todos os tamanhos, e a maioria está cheia de birita, de coca ou das duas coisas, e seria capaz de atacar o próprio diabo se achasse que isso garantiria algum respeito com sua turma ou tratamento especial por parte de uma garçonete.

Por isso, fecho a gaveta do caso Connie e Faber e dou uma olhada geral nos frequentadores. Dois universitários de olho nas garçonetes, alguns divorciados e o velho Jasper Biggs bancando o figurão. Apostando notas de um dólar como se fossem de cem. Nenhum sinal de perigo. Mesmo assim, decido mandar Jason de volta para cá para dar um olhar cheio de esteroides. Mal não faz. Às vezes encrenca chama encrenca.

Infelizmente não estou errado. Antes que a imagem fantasma dos quadris de Connie desapareça, uma dúzia de arruaceiros passa pela porta dupla. Um deles tem uma ferramenta bem avantajada ou está com um grande canivete no bolso dos jeans.

Jason, penso. *Esses caras jamais deveriam ter entrado no salão.*

Como Bob Geldof cantou uma vez: *Hoje à noite, de todas as noites, vai haver uma briga.* Infelizmente Bob também não está errado.

CAPÍTULO 2

Depois da minha primeira temporada na missão de paz do exército irlandês no Líbano, fui levado para casa, tive zero de boas-vindas e descobri que a grama verde não era mais tão exuberante. Aparentemente, as pessoas em geral acreditam que as forças de paz não travam guerras. Nós apenas ficamos entre dois exércitos que *estão* travando as guerras, dizendo coisas do tipo: *Ei, pessoal, isso é um pouco demais* ou *Mostre a passagem em seus livros sagrados que diz "às vezes os campos minados são coisas boas"*. E então os exércitos respondem: *Sabem de uma coisa, vocês, irlandeses, acertaram em cheio, sem querer ofender os cristãos, e vocês têm um histórico tão bom em seu país que todos nós deveríamos sentir vergonha por toda essa coisa de conflito de fronteira e simplesmente aceitar nossas diferenças.*

Decidi que o melhor modo de encher a cratera que havia sido aberta na minha alma por nada disso ter acontecido, e por todas as explosões e coisas que aconteceram, seria me oferecer como voluntário para uma segunda excursão, e aparentemente minha inscrição tocou algum alarme de alerta, pois o sargento ordenou que eu me dirigisse ao consultório do Dr. Moriarty quando quisesse. Obviamente substituindo as palavras "me dirigisse" e "quando quisesse" para "corresse" e "agora mesmo, seu retardado".

Sei que eu deveria me sentir ofendido, bater com o punho na palma da mão e dizer: *isso é um ultraje, sargento*, ou *ainda não pirei*, mas achei interessante a ideia de passar por uma sondagem.

Então me apresentei exatamente às sete da manhã seguinte, apenas para descobrir que os psiquiatras não *cumprem* o horário dos soldados, e passei as duas horas seguintes na sala de espera do Dr. Moriarty lendo uma revista que, juro por Deus, chamava-se *Ruim da Cabeça*.

Dr. Moriarty? Sei, é quase um professor. Engraçado, né?

Quando o Dr. Simon Moriarty finalmente apareceu, eu estava começando a entender a psicologia de todo o negócio da psiquiatria: se acontecem coisas ruins quando você é pequeno, você terá possibilidade de culpar alguém por isso quando crescer, possivelmente alguém com penteado semelhante ao de quem fez a coisa ruim.

Expliquei minhas conclusões ao Dr. Moriarty quando ele finalmente apareceu, lembrando um guitarrista do Bon Jovi e com um cheiro igual ao do baterista do Happy Mondays. Nada de gravata borboleta ou tapa-olho à vista.

— Bela teoria — disse Moriarty, desmoronando no sofá. — Eu disse a Marion que não deveríamos relegar as revistas de psiquiatria à sala de espera. — Ele acendeu um charuto fino e soprou a fumaça numa espiral densa em direção ao teto, enquanto eu tentava me lembrar se alguma vez já tinha ouvido a palavra "relegar" dita em voz alta. — O amável coronel Brady sugeriu que eu deixasse o *Mundo Feminino* lá fora, para podermos identificar os gays. O homem é um gênio.

— E um bom beijador, também — respondi na maior cara de pau.

Simon Moriarty riu por trás de um bocado de fumaça.

— Pode haver alguma esperança para você, soldado.

Pensei que seria melhor acabar com as ilusões dele.

— Quero ser voluntário numa segunda excursão ao Líbano.

Moriarty jogou habilmente o cigarro pela janela entreaberta.

— Mas no final das contas, talvez não.

Por isso, conversamos durante uma hora. Um pouco como um papo normal de bar, depois de você ter ficado na rua alguns dias com seu melhor amigo e seus olhos estarem recobertos por uma película de vodca.

Eu me sentei atrás da mesa, enquanto Moriarty ficava deitado no sofá, me fazendo perguntas. Num certo momento, ele indagou:

— Por que você entrou para o Exército, Daniel?

Lembrei-me de algo que tinha visto na revista.

— Por que *você* acha que eu entrei para o exército?

Moriarty deu o tipo de riso falso, longo e duro, capaz de orgulhar um vilão de James Bond.

— Uau, isso é hi-lário — disse com uma confiança que me fez sentir que eu vinha dizendo coisas hilárias de forma errada durante todos esses anos. — Estou me sentindo meio idiota, perdendo tanto tempo na universidade, quando tudo o que precisava era ler uma revista. Divirta-se no Líbano.

Suspirei.

— Certo, doutor. Eu entrei para o Exército porque...

Moriarty sentou-se.

— Porque...?

— Porque os uniformes realçam a cor dos meus olhos. Qual é, doutor? Trabalhe pelo seu dinheiro.

Simon Moriarty piscou para afastar a festa da noite anterior.

— Eles mandaram você para casa cedo, McEvoy. Lembre-me de por que fizeram isso.

Dei de ombros.

— Eu atraí fogo aéreo para minha posição.

O dar de ombros era para dar a impressão de que isso não parecia ser algo importante, mas era algo importante, e minhas pernas estavam tremendo quando falei, e minha mente voltou para as balas cruzando o céu noturno como se tivessem saído de *Blade Runner* ou de *Guerra nas Estrelas*. Qualquer coisa que se passava no espaço.

— Isso parece o feito de um idiota.

Ele estava jogando a isca para mim, mas tudo bem, porque agora nós dois estávamos sorrindo.

— O que restava da Amal decidiu dominar todo o complexo — expliquei. — À moda antiga. Uma batalha de verdade. Dois deles tinham espadas. Todo mundo entrou no bunker, menos o pessoal de vigia. Eu tinha um rádio, então pedi apoio aéreo.

— Foi uma boa decisão?

— Segundo o manual, não. Houve uma série de danos materiais, mas não tanto quanto poderia. Além disso, um general sobreviveu.

— Então eles mandaram você embora?

— Porque eu estava em choque.

— E estava mesmo?

— Sem dúvida. Fiquei três dias com o intestino preso.

Moriarty me acertou de novo:

— Então por que você entrou para o Exército, Daniel?

Ele era bom. Eu não esperava a mudança de abordagem. Quero dizer, a conversa sobre o fogo aéreo era uma história interessante.

— Porque achei que morrer fora do país era melhor do que viver em casa.

Moriarty deu um soco no ar.

— Um a zero — gabou-se ele.

Na maioria das noites, depois do trabalho no cassino, eu tomo dois comprimidos de Triazolam para apagar. Fico o máximo de tempo que posso tentando não ouvir a Sra. Delano no apartamento de cima, mas ela me atormenta com seu falatório, então engulo as pílulas para me livrar dela por algumas horas.

Normalmente, temos um pequeno diálogo através de um buraco em volta da luminária do teto.

Eu começo com algo como:

— *Pelo amor de Deus, cala a boca.*

E a Sra. Delano responde:

— *Pelo amor de Deus, cala a boca.*

Eu posso continuar com:

— *Ao menos uma noite? Será que podíamos ter um pouquinho de paz ao menos uma noite?*

Que ela pode, com inteligência, transformar em:

— *Uma noite eu vou lhe dar um porquinho depois.*

Agora você já tem uma ideia de como é.

Esta noite estou pensando em Connie, por isso acrescento uma dose de uísque Jameson ao Triazolam e consigo algumas horas de doces sonhos, porém às oito, a voz penetrante da minha vizinha maluca rompe meu descanso e fico deitado na cama ouvindo a Sra. Delano soltar algumas pérolas que seriam dignas de *O Exorcista*.

— Se algum dia eu encontrar você, vou envenenar seu café.

Isso me faz sair da cama rapidinho. Moro nesse prédio há cinco anos, e nos dois primeiros, a Sra. Delano parecia uma pessoa normal, não homicida. Então, no terceiro ano, ela começou com uma conversa sobre *envenenar o café*. Estou começando a acreditar que, na verdade, ninguém conhece ninguém. Tenho quase certeza de que ninguém me conhece.

Um ex-soldado obcecado por cabelo. Quais são as chances de esses diagramas de Venn se cruzarem?

Diagrama de Venn? Sei. Outra pérola de Simon Moriarty.

Eu corro para o chuveiro, pensando em Connie, de modo que o chuveiro é o lugar certo para estar. Tudo nela permanece comigo. Todos os suspeitos de sempre. A maneira como anda, como se houvesse um pêndulo dentro dela. Como o sotaque do Brooklyn fica um pouco mais acentuado quando ela está brava. Os traços bem-delineados de seu nariz e queixo. O sorriso largo como uma fatia do céu.

Ela disse: *Ah,* baby. *Ah,* baby.

Dentro de uma nuvem de vapor, minha imaginação acrescenta outras coisas. Um embargo rouco na voz, no fim da palavra.

Ah, baby...

Como eu posso não ter notado isso na hora? Connie estava me mandando uma mensagem.

Viro a torneira do chuveiro para o azul.

A luz do sol está entrando pela janela do banheiro, esquentando a cortina de vinil xadrez. O dia hoje vai ser quente. Quente demais para um gorro de lã.

Tudo bem. Tenho gorros mais leves.

Gosto muito dessa época do ano em Nova Jersey. A brisa na minha pele me faz lembrar do lugar onde nasci. A velha terra, a ilha esmeralda. Irlanda. Às vezes, num dia límpido, o céu tem o mesmo tom azul-elétrico.

Então volte para casa e pare de reclamar.

Estou começando a irritar até mesmo meu subconsciente. Existe algo mais patético do que um irlandês em solo estrangeiro uivando "Danny Boy"? Especialmente um irlandês que jamais gostou do país quando estava lá.

Não era o país, lembro a mim mesmo. *Era o povo do país e as coisas que aconteciam lá.*

Meu apartamento fica no segundo andar, a três quarteirões da Main Street e a dez quarteirões ao sul da linha de prédios com fachadas de um ligeiro mau gosto que servem como centro comercial desta cidade. Caminho pelo concreto rachado, tentando conter a ameaça. Tive uma namorada cigana que dizia que eu tinha uma aura parecida com água infestada de tubarões. Às vezes, eu irrito as pessoas apenas por passar perto delas, então curvo um pouco o corpo e mantenho os olhos voltados para o chão, tentando irradiar simpatia. Pense nos hippies, pense nos hippies.

O consultório do Dr. Kronski está localizado numa parte da cidade onde não há árvores na calçada. Geralmente, as latas de lixo estão abarrotadas de garrafas de cerveja, e se você ficar parado num mesmo lugar por muito tempo, alguém vai lhe oferecer qualquer coisa que você precise.

Tudo isso pode sugerir que Zeb Kronski não seja grande coisa como cirurgião, o que é totalmente inverídico. Zeb Kronski é um tremendo cirurgião. Ele apenas não tem licença para exercer a profissão nos Estados Unidos. E não pode requerer a licença porque uma paciente sua morreu na mesa de cirurgia em Tel Aviv, enquanto se submetia a uma plástica nos seios. Não foi culpa dele, garante Kronski. Morte relacionada ao implante.

O prédio deve ter vinte anos de idade, mas aparenta cinco vezes mais. Abriga um minishopping, com grandes janelas de vidros e paredes divisórias. No inverno, contadores e enfermeiras de consultórios odontológicos congelam até a morte naquelas caixas.

Zeb fica espremido entre a lavanderia a seco Branca de Neve e um consultório odontológico. Sanduíche químico. Não admira meu amigo médico ter seus dias de folga, com vapores assim comendo seu cérebro. Sempre me certifico de que minhas consultas sejam de manhã, antes que a depressão tome conta dele.

A placa está virada para o lado *Fechado* quando chego. É surpreendente. Em geral, a esta hora o centro homeopático de Kronski está fazendo bons negócios com cápsulas de pênis de crocodilo em pó. Zeb me disse que a homeopatia começou com uma simples portinhola, mas que agora está rendendo um bom lucro.

As pessoas são loucas, Dan, ele me confessou uma noite no Slotz, quando restava apenas um restinho de uísque no fundo de seu copo. *Todo mundo procura a pílula mágica. E eles não querem nem saber de quem foi o chifre moído para fazê-la.*

Persianas de madeira se estendem pela fachada da loja. Isso me faz lembrar do convés de uma escuna onde trabalhei no porto de Cobh. *Kuras do Kronski*, diz o decalque. Esse shopping é cheio de erros de grafia. Duas portas adiante fica o Kortes e Perukas, e nos fundos há uma sala cheia de Krianças Malukas engolindo Ritalina.

Eu me sinto um pouco irritado. É melhor que Zeb não esteja com a cara enfiada numa banheira, tentando curar uma ressaca.

Novamente.

Da última vez isso me custou duzentas pratas para subornar a cafetina. Eu vinha me preparando para essa sessão mentalmente, repassando as hipóteses, bancando o advogado do diabo comigo mesmo.

E se os folículos não derem certo? E se eu acabar cheio de cicatrizes? E se eu for um babaca vaidoso que vai continuar feio depois da próxima operação?

E agora que entrei numa tremenda noia, como diriam meus compatriotas adotivos, Zeb Kronski está atrasado. E quando Zeb se atrasa, normalmente está de cara cheia.

Viro a aba da carteira para pegar a chave de reserva; pelo menos posso ligar a cafeteira enquanto espero. Então noto que a porta está ligeiramente aberta.

É um pouco estranho. Porém não mais do que um pouco. Zeb não se lembra de fechar a própria braguilha quando bebe. Uma vez, num bar — e juro que isso aconteceu —, ele deu cinco passos para fora do banheiro quando se lembrou de guardar seu amigo e fechar o zíper da calça.

Entreabro a porta com o bico da bota e entro. A luz é fosca e está carregada de partículas de poeira girando no ar. Algo andou se movendo aqui dentro.

Em pequenos momentos como este, eu não consigo deixar de pensar nas patrulhas em Tibnin. Tento evitar essa coisa de voltar no tempo quando tenho mais o que fazer, mas alguns momentos são mais evocativos do que outros. Alguns momentos ameaçadores. Por algum motivo este é um deles.

De repente, o cabo Tommy Fletcher está em minha cabeça pela segunda vez em dois dias. Fletcher era um irlandês enorme, com braços como os do Popeye, sempre se queixando. Mesmo numa varredura de mina logo pela manhã, ele se punha a reclamar. *Esse tempo é um crime contra a minha pele, sargento*, dizia ele. *Minha sardas estão se multiplicando, porra.*

Então um foguete Katyusha acertou o caminhão US M35 atrás de nós e o lançou contra a perna de Fletcher, partindo-a na altura do joelho. Eu saí de lá carregando-o no ombro, coberto de sangue B+ e com os ouvidos zumbindo.

E... voltando ao presente. Tento não ficar preso naqueles dias, mas quando as lembranças me assolam é como se eu estivesse lá, só que sabemos o que vem em seguida. Você volta ao presente e por um momento se torna aquele garoto apavorado de novo. Uma vez molhei as calças. Eu não me importaria, mas no incidente real eu segurei as pontas.

Adoro assistir as cenas de flashbacks na TV. Tom Magnum, Mitch Buchannon, Sonny Crockett, todos os grandes. Eles têm uma cena de dez segundos de tremedeira sobre o Vietnã, depois acordam com o peito nu, com a expressão de dor e um pouco de suor na testa.

Fletcher, penso. *Meu Deus.*

Dentro do consultório de Zeb a poeira está assentando.

O lugar está uma verdadeira bagunça. Comprimidos amontoados em pirâmides desarrumadas nas prateleiras, um arquivo com as gavetas abertas como a boca de um bêbado. Papéis espalhados por toda parte, algumas folhas ainda flutuando em direção ao chão.

Tem alguém aqui, percebo, e dou um passo em falso, prendendo o bico do sapato no carpete.

— Você está bem, companheiro? — diz uma voz. Há pernas cruzadas e sapatos se projetando das sombras na área de espera. Mocassins com moedas encaixadas na costura. Quem é esse cara? Alguém do Brat Pack? Mas as moedas têm um impacto em mim, me fazem lembrar de algo que não está bem definido.

Dou uma tossidela para ganhar um segundo, depois respondo:

— Tudo bem. Droga de carpete. O doutor está tentando me matar.

Uma risada baixa e rouca, seguida de uma declaração que ouço bastante:

— Você fala esquisito.

— Ouço muito isso — respondo.

— De onde é? Dublin?

Muito bom. A maioria das pessoas saca o irlandês, mas nunca que é de Dublin.

— Estou impressionado. Você tem parentes por lá?

As pernas se descruzam e se esticam.

— Não. Trabalho com um sujeito que assiste a um programa da TV irlandesa pela internet.

Cai a ficha. Sei quem é, e só é necessário acionar o interruptor de luz para confirmar.

Macey Barrett. Um dos soldados de Michael Madden.

Certo. Isso pode significar encrenca.

Não existe muito crime organizado em Cloisters. O lugar é muito pequeno para isso. Mas há um sujeito tentando se promover de bandidinho a chefe. Ele passou um verão com o primo no Bronx e captou algumas ideias sobre como comandar uma organização.

Mike Madden Irlandês. Prostituição, proteção e um negócio crescente de metanfetamina, para aproveitar os usuários de fim de semana. E ali, sentado na sala de espera do meu amigo Zeb, está um dos garotos do Madden. No escuro.

Que diabo está acontecendo?

Digo a mim mesmo para ficar calmo. Afinal de contas, bandidos também têm problemas de estômago. Talvez esse cara tenha vindo aqui para comprar um pouco de aloé.

Barrett tem a aparência de um contador. Corte de cabelo caro, sorriso caro, belo bronzeado. Mas não é contador. Jason o apontou para mim uma noite na boate.

Veja esse cara, com bronzeado artificial e mocassins. Macey Barrett. Mike Irlandês o trouxe de Nova York. Eles o chamam de Caranguejo, por causa do passinho de lado que ele dá antes de enterrar a faca em alguém.

Enterrar a faca nas pessoas parece ser o passatempo predileto de Barrett. Conheci caras assim no exército. Gostavam de ficar com as mãos vermelhas. Gostavam da sensação da lâmina penetrando.

— Está esperando o doutor? — pergunta Barrett, como se só estivesse fazendo hora.

Pego um copo d'água no bebedouro.

— Sim, estou. Marquei consulta.

— Não diga? Você não está na agenda.

Ele está lendo a agenda agora. Nem se incomoda em esconder o fato.

— Não sou do tipo que marca consultas na agenda.

Barrett levanta-se da cadeira casualmente.

— Então você e o doutor são amigos? Ele conversa com você e tal? Conta segredos?

Dou de ombros, sugerindo: *você sabe, que seja.* Não é exatamente uma resposta, e Barrett não fica feliz com isso.

— Só estou dizendo que você não marcou consulta e está com uma chave na mão. Quando se dá a chave a alguém, o cara é seu amigo. Você se encontra com ele para uma cerveja depois do serviço, joga conversa fora. Fala sobre quem está fazendo o quê na sala dos fundos.

— Zeb não fala sobre os pacientes. Ele é bastante reservado neste ponto.

Barret não ouve mais do que a primeira palavra.

— Zeb? Zeb, foi o que você disse? Droga, vocês dois são amigos.

Então ele muda totalmente de abordagem, passa para o gênero mais camarada.

— E aí, meu chapa. Eu conheço você? Conheço você de algum lugar, certo?

— A cidade é pequena.

Barrett ri, como se isso fosse alguma piada.

— É, claro. Cidade pequena. Acertou em cheio, amigão. Mas eu conheço você. Vamos, rapaz. Não diga que não me conhece.

Barrett faz com que o "me conhece" pareça um presente maravilhoso.

Dane-se ele.

— Sim, Macey. Conheço. Vejo você na rua. É da turma do Madden.

E o tom de amizade sobe mais um nível.

— Isso mesmo. Eu trabalho para o Mike. É daquela boatezinha de quinta, não é? Slotz, certo? Daniel McEvoy, é você, me diga se estou errado. Vi você no trabalho, mas nunca o ouvi falar.

E ele dá um passinho para o lado, baixando a mão direita.

Não é uma coisa boa. O passo de lado.

— Você é um cara grande, McEvoy — diz Barrett, sacudindo a manga para fazer alguma coisa descer. Ele não é nenhum David Copperfield. — Aposto que você é bom em dar porrada em vagabundos.

Tenho uma certa dificuldade para acreditar que isso está acontecendo de verdade. Barrett vai mesmo partir para cima de mim só por eu estar aqui. Lugar errado e hora errada para um de nós. Sua mão sobe depressa e no punho há algo parecido com um facho de luz.

Parece um facho de luz, mas a não ser que ele seja o Gandalf, provavelmente não é.

Bem pensado, e isso é mais do que o suficiente para o meu instinto de lutador se levantar e dançar uma sarabanda.

Dou um passo para o lado, firmo o calcanhar no carpete para dar estabilidade. A adrenalina dispara pelo meu organismo como óxido nitroso, fazendo a coisa toda ficar mais lenta. O facho de luz passa rapidamente diante do meu olho e eu cravo a chave na lateral do pescoço de Barrett, vejo-o sangrar, depois me sento e penso no que fiz.

CAPÍTULO 3

Quando finalmente deixei o Exército depois da minha segunda excursão, percebi logo que não havia nada para mim em Dublin. Cada minuto que passava naquela velha e suja cidade me lançava mais no redemoinho da minha própria mente. Não conseguia encontrar uma boa lembrança ali que não tivesse terminado em tragédia. E tenho uma tendência a viver dentro da minha cabeça. Coisas ruins acontecem, certo? Então resolva.

Resolvi. Aproveitei que havia nascido na cidade de Nova York e peguei um avião transatlântico para o aeroporto JFK. Estava vestindo o uniforme que não era mais meu na hora de fazer o check-in e até consegui um lugar melhor. É o segundo truque mais velho do manual; o primeiro é carregar uma espingarda com saquinhos de chá para assustar os saqueadores. Larguei a boina e a jaqueta no banheiro da sala de espera. Saí como um civil, carregando um bilhete de primeira classe.

Minha mãe podia ser dos Estados Unidos, mas com o apartamento da família dela lá em cima, pairando sobre o Central Park, ela não era o que se poderia chamar de nova-iorquina típica, e depois de pousar demorei um tempo para dar crédito ao sotaque local. Num dia é o *bejaysus*, o típico "Por Jesus!" irlandês, e no outro é aquele "deixapralá" americano esquisito, *fugeddabout it. Eles estão de gozação*, pensei. *Besteira, ninguém fala assim.*

Mas falavam, e pior. Levei umas duas surras nos primeiros dias apenas porque eu não entendia que diabo as pessoas estavam me dizendo. *Que porracêtá olhando? É retardado, caralho? Olhessa porra desse cara.*

Chegou a tal ponto que eu não esperava o papo. Se um cara começava a vir na minha direção num bar, eu partia para cima dele com qualquer coisa que pudesse pegar. Um cinzeiro, uma banqueta. Qualquer coisa. Para mim, a briga preventiva é algo natural. Sempre sei quais caras vão estourar. Isso foi uma coisa que Simon Moriarty me ensinou quando passamos a nos conhecer um pouco.

— *Vendo que você está decidido a voltar, Dan, é melhor eu lhe dar algumas informações úteis.*

— *Tipo?*

— *Tipo quando é hora de parar de manter a paz e começar a atirar.*

Está nos olhos e nos ombros, Simon havia explicado. Eles chegam a um ponto e pensam: *dane-se*. Nesse momento as consequências não significam nada, por isso você precisa tirar as mãos dos bolsos e começar a dar socos. E sou bom em dar socos. Doze anos no Exército serviram pelo menos para me ensinar isso. Mas ainda sinto dores nas costas sempre que dou um soco, especialmente no inverno escuro e intenso, ainda que os doutores tenham jurado que tiraram todos os estilhaços de morteiro do Hezbollah. Dizem que são *dores fantasmas*. Não parecem fantasmas quando o gelo cobre a minha janela como uma teia de aranha prateada e sinto como se houvesse um duende demente cravando rebites em minhas costas.

Fiquei quatro anos em Nova York, trabalhando em frigoríficos durante o dia e em boates à noite. Mas meu novo começo parecia um beco sem saída: o amor nunca estava atrás da esquina, e, além disso, meu cabelo vinha caindo. Uma década na sepultura e meu pai continuava a me enviar presentes. Quatro anos morando em Nova York e eu estava farto de metidos a malandro e metidos a besta. Os nós dos meus dedos pareciam pedras, de tanto socar pessoas. Isso mesmo, *pessoas*. As mulheres e as crianças são perigosas na Big Apple. Vejo uma agulha vindo na minha direção e não me importo se a pessoa que a segura tem tranças ou dentes de leite. Numa noite úmida de outono, olhei para a prostituta asiática com cara de bebê que eu havia acabado de derrubar e decidi sair da cidade. Mas antes peguei a faca dela. Uma belezinha, com algo escrito em chinês no cabo. Tenho até hoje.

Então enchi minha mochila militar de lona e peguei um trem até a cidade-satélite de Cloisters, Condado de Essex. O único motivo de ir para lá foi um cartaz na estação. *Cloisters. Para Pessoas Cansadas da Cidade Grande*. Sem dúvida gostei disso.

Por acaso, *aqui* não é muito melhor do que *lá*. Para início de conversa, Cloisters tem jogo, e fica logo ali, do outro lado do Hudson, de ônibus. O que significa que nos fins de semana todos os idiotas da cidade vêm jogar fora seu dinheirinho suado, olhar as damas cem por cento nuas e dormir em hotéis que são cem por cento mais baratos do que os de Atlantic City. Além disso, também temos os idiotas locais. Seis anos se passaram, e às vezes acho que eu devia ter ficado em Nova York. Aliás, muito mais do que às vezes.

Vou me mudar assim que o cabelo crescer. Assim que tiver cabelo, ficarei feliz. É o que digo a mim mesmo. Posso ter deixado passar tempo demais.

Obrigo-me a olhar Macey Barret morrer, porque desse modo isso significa alguma coisa. Não quero matar um homem e depois fechar os olhos enquanto ele morre. É importante fazer com que essas coisas sejam difíceis, caso contrário se tornam fáceis. Já matei homens antes, mas apenas três, e nunca dessa maneira. Nunca tão de perto que pudesse ver os cílios tremelicando ou ouvir o chacoalhar no peito como se houvesse um punhado de contas lá dentro. No exército sempre se dizia: *Isso é guerra. A gente recebe um passe para a guerra.* Mas aqui e agora, numa loja de comprimidos em Jersey, parece que esse tipo de coisa não deveria estar acontecendo. A morte violenta devia estar restrita ao meu passado. O Dr. Moriarty chamaria isso de anacronismo.

Barret demora a partir, sacudindo-se como se estivesse recebendo uma descarga elétrica. Sangue para todo canto.

O que esperava? Você cravou um espeto na jugular dele.

Por algum motivo, meu subconsciente fala igual ao Zeb.

No último espasmo, Barret solta o estilete que estava em seu punho. A arma salta para cima, girando como o bastão de uma líder de torcida. Mike Irlandês vai me trucidar por ter matado o capanga dele. Simples assim. Preciso confundir esse negócio o máximo possível.

Primeiro passo, tranque a droga da porta, idiota!

A chave ainda está onde a coloquei. Não sou um indivíduo supersensível, mas arrancar aquela chave me causa muito mais repulsa do que cravá-la. Ela se solta com um ruído familiar de sucção, como se tivesse encontrado um lar gostoso e quente e não quisesse ir embora.

Ruído familiar de sucção? Ninguém deveria ser familiarizado com esse som específico, mas eu sou. Isso me faz lembrar da vez em que decidi arrancar um triângulo de estilhaço da minha própria cintura. Foi logo antes de desmaiar.

Enfio a chave na fechadura e giro, uns quinze segundos antes de uma cliente de Zeb pôr a mão na maçaneta.

— Kronski, seu imbecil! — grita ela, numa voz devastada por mil cigarros. — Seus comprimidos me deram caganeira. Vinte e seis e cinquenta por uma caganeira? Abra a porta, droga! Estou vendo você se mexendo aí dentro.

A silhueta da mulher estremece de fúria, ou possivelmente de flatulência, e estou começando a pensar se deveria ter deixado que Zeb fizesse buracos na minha cabeça quando ele nem consegue entregar os comprimidos certos.

Finjo-me de estátua até que a mulher vá embora, talvez procurando um banheiro, e depois volto a atenção para Macey Barrett caído no carpete, com a cara azul e estranhamente vesgo. Parece que foi mordido por um vampiro. Pobre coitado.

Não. Pobre coitado, não. Sacana assassino.

Como eu.

Não. Foi legítima defesa. Até Deus aceita isso.

Definitivamente é a voz de Zeb. Meu subconsciente deduziu alguma coisa que não quero encarar.

Tenho treinamento suficiente na arte de matar, mas nenhum na arte da limpeza, e qualquer idiota com um controle remoto de TV sabe como é importante se livrar das provas.

Isso é um problema. Há litros de sangue encharcando o chão, para não mencionar um pai de família de mais de cem quilos morto sobre o carpete manchado de sangue.

Livre-se da prova. Toda ela. Se não houver corpo, não há crime.

É pedir muito, mas assim que me concentro na tarefa, sinto-me mais calmo por ter o que fazer. Mentalidade do exército: mãos desocupadas são a oficina do diabo. Mãos ocupadas também, neste caso.

Zeb tem um minúsculo armário de suprimentos nos fundos. Pego alguns panos de chão, luvas e uma máscara. Há uma serra elétrica para ossos, mas ainda não estou pronto para encarar isso. Enfiar uma chave no pescoço de alguém é uma coisa, esquartejamento é outra.

Revisto Barrett procurando chaves, telefone, relógio e carteira. Todas as coisas que um ladrão pegaria. A busca é recompensada com mercadorias caras. Chaves de um Lexus, telefone Prada, relógio Omega e uma pilha de notas de 50, mais grossa do que um quarteirão com queijo.

O carpete sai facilmente, só tem uns fios de cola para manter no lugar.

Típico do Zeb. Tudo barato.

Arranco toda a parte da sala de espera, enrolando Barrett em três camadas. Fita adesiva em volta do carpete. Sacos de lixo por cima da fita. Mais fita. Nenhum vestígio de sangue no ladrilho, mas só para garantir passo um pano com água sanitária. Hoje em dia, existe todo tipo de luzes ultravioleta; até os criminosos têm. Não há muita coisa que não se possa comprar no eBay.

Agora tenho um pacote de tapete estilo Cleópatra que precisa ser transportado. É pesado, mas já desovei alguns corpos na vida, só que não diretamente depois de matá-los. Jogo o fardo sobre um dos ombros e dou três passos rápidos depois de sair pela porta dos fundos, até um utilitário Lexus branco, modelo deste ano, com janelas de vidro fumê, porta que abre sozinha. Isso é que é conveniência.

O estacionamento cercado parece deserto, mas mesmo que alguém me espie por trás de uma cortina, tudo que poderá testemunhar é que um homem mascarado jogou um tapete dentro de um carro. Claro que Michael Madden não vai se importar com o devido processo legal nem com uma margem de dúvida razoável.

Estou ajustando o banco do motorista para minhas pernas quando um torpedo faz o celular de Barrett vibrar.

— Vou verificar, devo? — digo ao cadáver no banco de trás. Ele não é contra, por isso abro o texto.

É de Mike Madden. O identificador diz: M Irlandês. Barrett programou o telefone para mostrar uma foto do chefe. Um sujeito enorme num casamento irlandês, pelo que parece, despido até a cintura, com dois de seus rapazes suando num mata-leão. Olhos loucos, boné de tweed com um broche de trevo na aba.

Estremeço. Essa pessoa não é legal. Conheço o tipo. Semialcoólatra irlandês. Antes a morte que o desrespeito. Seria melhor eu passar pela casa dele e pôr um fim nisso agora mesmo. Mas não vou, porque aqui não é uma zona de guerra, deve haver outro modo, e talvez Zeb ainda esteja vivo.

Leio a mensagem:

Pegou a coisa?

Suspiro e guardo o telefone no bolso.

Pegou a coisa?

Droga. Provavelmente Zeb está morto.

Mas quem é esse tal de Zebulon Kronski? E como foi que esbarrei nele? Isso é quase melhor do que a história do fogo aéreo. Surpresa, surpresa, a resposta a essas perguntas está lá no Líbano, por isso vou ser breve, porque esta história é mais sobre o agora do que o então, se bem que na maior parte do tempo o *então* parece ser parte importante do agora. Algum dia vou contar toda a história do *então*, quando ao menos conseguir pensar num urso russo sem vomitar.

Resumindo, a tropa da missão de paz da ONU patrulhava a fronteira entre Israel e o Líbano, tentando impedir que as tropas israelenses, o Shi'a Hezbollah e o Amal se explodissem, explodissem uns aos outros e a todos nós, mandando tudo para o outro mundo. Esses grupos vinham lutando entre si durante tanto tempo que nem sequer concordavam com qual seria o outro mundo para onde iriam depois da explosão. Nosso objetivo era manter os civis em segurança, mas a função principal parecia ser a de bancar os escudos humanos para a tropa do Shi'a se esconder enquanto disparava foguetes contra os acampamentos israelenses. Na maior parte do tempo usávamos camuflagem, saíamos em patrulha e éramos assados pelo sol até a pele rachar, mas algumas vezes as coisas se tornavam primitivas, o que tende a acontecer com bandos de homens esquentados, mal-humorados, com armas carregadas e ideias diferentes sobre Deus.

Num fim de semana, eu estava buscando suprimentos para o quartel-general da ONU com Tommy Fletcher, e ele insistiu num pequeno desvio até a rua Mingi, um mercado orgânico que cresce como um recife em volta do quartel-general e onde tudo está disponível para quem pagar o preço certo. Nesse ponto de nossa carreira militar, eu era o cabo e ele, o sargento, de modo que eu não tinha opção a não ser acompanhar seu comando sem qualquer explicação.

Tommy estava fazendo um pouco de mistério sobre o que ele procurava, por isso me sentia menos relutante em acompanhá-lo do que fingi; a curiosidade sempre foi algo que me atraiu. Sempre que perguntava o que procurávamos, ele simplesmente batia no nariz e dizia: *na verdade isso é mais divertido do que imagina.*

Então fomos abrindo caminho em meio às crianças que nos mordiscavam como peixes limpa-vidro, ignorando os vendedores de produtos eletrônicos, camisetas, ouro e os garotos do haxixe. Eu mantinha o dedo no gatilho da Steyer e o polegar na trava. Não que eu não gostasse daquela concentração de vida naqueles becos parecidos com fornos, mas só porque você gosta de um lugar não significa que ele vá gostar de você.

Tommy foi andando na minha frente, com os milhares de olhares ressentidos ricocheteando nele como pedrinhas nas costas de um rinoceronte. Percorreu o mercado com passos longos, roçando nas peças penduradas de seda e dando cotoveladas numa floresta de tapetes enrolados. Uns dez minutos depois de eu ter perdido completamente o senso de direção, ele bateu com o punho num pôster do Michael Jackson, que aparentemente tinha uma porta atrás. Os olhos de Michael deslizaram para trás, revelando outros, e eu não pude resistir e disse:

— Ah, pelo amor de Deus, sargento! O senhor vai comprar alguma coisa com esse pessoal?

Mas Fletcher não se abalou e passou alguns dólares pela fenda, o que bastou para que entrássemos. O cartaz subiu como uma cortina de enrolar e atrás dele havia uma porta de aço, o que era engraçado porque a parede era feita de gesso acartonado.

Eu ri descaradamente.

— Sabe de uma coisa, Tommy? Acho que deveríamos dar o fora daqui. Sim, isso é ruim. Você sabe.

Segui Tommy pelo corredor de teto rebaixado e continuei a avançar, mesmo quando vi o que parecia ser uma sala de espera repleta de moradores da área lendo a *US Weekly* e a *Cosmopolitan*. Um grande cartaz de *Proibido Fumar* estava pregado na parede e, espantosamente para o Oriente Médio, ninguém o ignorava. Uma bonita enfermeira falava ao telefone quando entramos, e ela nos ignorou até que Tommy bateu em sua mesa com o cano da arma.

— Preciso falar com o doutor — disse ele em tom afável.

A enfermeira parecia americana, com todos os atributos. Grandes dentes de Julia Roberts e seios que poderiam arrancar os olhos de algum cara sortudo.

— O senhor marcou hora? — perguntou ela, e eu pensei na Califórnia, pelo modo como ela balançou a cabeça ao dizer *marcou hora*.

Tommy assentiu, sereno.

— Sim, o senhor marcou. Totalmente carregado, com mais alguns pentes na bolsa.

A enfermeira apontou uma unha cor-de-rosa na direção da sala de espera.

— Todos estamos armados aqui, senhor. Eu tenho uma Colt apontado para suas partes íntimas agora mesmo. Portanto sente-se, porque se isso aqui disparar, nem o doutor será de grande ajuda.

Estranho todo aquele melodrama numa tarde. Mas não pareceu real ou errado no calor. Meu cérebro chiou, fritando dentro do crânio.

Duas mulheres com turbantes florais discutiam um artigo sobre Madonna.

— Desculpe, moça — disse Tommy. — Nós temos pouco tempo.

Então as coisas aconteceram rapidamente, e quando tento recuperar tudo que aconteceu, as imagens saltam e estremecem como um antigo VHS que foi copiado vezes demais.

A enfermeira saiu de sua cadeira com um revólver enorme entre os dedos minúsculos. De repente a arma estava na minha mão. Devo tê-la arrancado dela. Não me lembro de fato. O treinamento tomou conta. Tommy foi pelo corredor e eu me lembro de ter pensado: *Certo, já chega. Não sei o que é isso, mas preciso sair daqui. Diabos, eu poderia abrir caminho para a rua através de uma dessas paredes.*

Mas não fui a lugar algum, a não ser atrás do meu sargento.

O corredor estava forrado de pôsteres desbotados pelo sol. Lembro-me de ter visto *ET* e um dos Bonds com o Connery, então nos vimos diante de uma porta. Alguém tinha escrito "DOUTOR" com um marcador grosso.

— Ah, Jesus — disse Tommy. — Isso não é prático?

E ele entrou, comigo ao lado e a enfermeira que nos xingava logo atrás. Depois da porta, vimos uma sala de cirurgia rudimentar, com plástico no chão e um homem de jaleco branco enfiando uma agulha grande com uma gosma avermelhada no pau de outro homem.

De repente, eu não estava mais curioso, e Tommy vomitou no chão coberto, fazendo riachos escorrerem pelo polietileno.

— Babacas escrotos — rosnou o tal doutor. — Este é um ambiente estéril.

E foi assim que conheci Zebulon Kronski.

Depois conto mais.

Antigamente, eu poderia ter dirigido o Lexus até o aeroporto de Newark e o abandonado no estacionamento de longa permanência. Agora, com o Departamento de Segurança Interna, eles estariam enfiando espelhos sob o veículo num minuto, por isso escolho a estação de ônibus da cidade e estaciono perto das lixeiras. Devo ter uns dez dias de sossego antes que os policiais sejam chamados. Com alguma sorte um garoto vai roubar o carro, abandonar o corpo e estragar a cadeia de eventos para qualquer um que tente segui-la.

Ando meia dúzia de quarteirões desde a estação, depois pago um táxi com uma nota de 50 do Barrett. Livre de culpa.

Foda-se, ele tentou me espetar.

Não posso dizer isso em voz alta, nem mesmo murmurar, porque nunca matei ninguém fora de uma zona de combate e estou completamente abalado.

Você não acha que aquilo era uma zona de combate? Que nome daria, então?

No táxi, deixo que meu cérebro dolorido tente entender os acontecimentos da manhã. Zeb tem uma expressão boa para esse tipo de situação. Uma mão ruim no pôquer ou o azar com uma mulher podiam tirá-lo do sério.

Isso é uma tremenda pica de jumento, Dan. A merda de uma pica de jumento.

Não sei exatamente o que essa expressão significa, mas de algum modo ela capta o clima.

Meu amigo tem alguma coisa que Mike Madden Irlandês quer. Uma coisa tão importante que Macey Barrett estava autorizado a furar qualquer testemunha sem ao menos avisar. Se Zeb estivesse vivo, não haveria necessidade de revistar o consultório. Ele daria a *coisa*. Sem dúvida. Sua tolerância à dor é zero. Uma vez eu o levei à emergência por causa de um ataque cardíaco que acabou sendo um nervo pinçado. A porcaria de um nervo pinçado. Eu tinha uma dúzia de nervos pinçados por semana no exército.

De modo que isso significa que Zeb provavelmente já era. E se não era, o que devo fazer a respeito?

Nada. Baixar a cabeça e rezar para que a tempestade passe. Toda aquela babaquice de filmes com soldados, de jamais deixar um homem para trás, não passa disso: babaquice de filmes com soldados. Se um homem cai por trás das linhas inimigas, já era. É a primeira regra do combate.

CAPÍTULO 4

Passo uma hora e meia com um lanche que se come em dez minutos no Chequer's Diner, perto do parque. Esperava que o sanduíche de peru tivesse gosto de cinzas, mas não tem. É o melhor que já comi neste lugar, e olha que já comi muitos.

Estou vivo, percebo. *E o gosto da comida é bom.*

Agora me lembro. Ao voltar para casa após uma missão de reconhecimento, até a água suja que sai de uma lata de óleo tem gosto de néctar. Esse trauma está trazendo as lembranças de volta. Estou começando a pensar como soldado novamente. Talvez isso não seja ruim.

Assim que supero a qualidade mágica da comida, começo a pensar em Zeb. Ele é meu amigo, acho. O único que tenho. Um homem que passa dos 40 deveria ter um punhado de pessoas em seu círculo mais íntimo. Talvez na Irlanda haja alguns colegas do exército que me defenderiam, mas aqui, ninguém. Nem mesmo Zeb toleraria qualquer desconforto para me ajudar. Uma noite, eu o fiz sair da cama para ir me buscar, e tive que ouvir isso durante um mês.

Provavelmente está morto. Mais do que provavelmente. Não faz sentido ter esperança.

O parque ainda está verde. É incomum nessa época do ano. Até as folhas estão sobrevivendo nas árvores. Do outro lado da cerca, vejo um pai com o filho jogando uma bola de beisebol como se tivessem saído de um seriado de TV sobre uma família feliz.

Agora é tarde demais para mim. Nada de jogar bola, nem de crianças que tenham os meus olhos. Tudo que posso esperar é permanecer vivo até esta noite para ouvir minha vizinha maluca berrando no andar de cima.

É verdade o que dizem sobre os irlandeses: temos um grande amor pela pieguice. Na luz, existe um fim do túnel. Talvez por isso, eu e Zeb nos damos tão bem. Além disso, devo dizer que nós dois adoramos uma boa reclamação, se bem que agora Zebulon nem pode mais reclamar.

Não conte com isso, seu irlandês idiota.

A não ser na minha cabeça, aparentemente.

Eu passo a tarde vigiando meu apartamento, do outro lado da rua. Há três lanchonetes e um restaurante italiano a menos de 10 metros da porta da frente do meu prédio, por isso me encho de carboidratos reconfortantes e café. Com essa mistura dentro do corpo, meu cérebro está dizendo para eu levantar e sair, enquanto meu estômago implora um cochilo.

Estou tomando o quarto espresso quando dois homens de terno sobem os degraus do meu prédio, mas é provável que eles estejam vendendo a vida após a morte, em vez do fim desta. Definitivamente não são profissionais de nenhum tipo. Andam um do lado do outro e nem olham a porta antes de bater. Uma pessoa decidida poderia atirar nos dois através da fenda para a correspondência.

Mantenho a vigília por mais duas horas, porém ninguém suspeito ou sequer suspeitamente comum aparece. O que não significa que eu esteja livre. O corpo de Macey Barrett ainda nem endureceu dentro do carpete.

Por fim, a cafeína no meu sangue supera as bolas de massa em meu estômago, então faço o curto percurso até a boate e chego às oito, ligeiramente surpreso por me ver vivo e incólume. Não recebi nem mesmo um olhar torto de algum passante. Bem, não mais do que os de sempre. Porque, pela minha aparência, as pessoas projetam coisas em mim enquanto nossos caminhos se cruzam. De repente sou seu papai malvado, ou seu namorado escroto, ou seu chefe sacana.

Talvez se você sorrisse de vez em quando, havia sugerido Simon Moriarty numa de nossas sessões.

E foi o que fiz, até que meu sorriso fixo fez uma garota nova na boate se lembrar de um assassino em série que estava na lista dos mais procurados do FBI e telefonou para a polícia, me denunciando. Aquela foi uma tarde interessante na delegacia. Especialmente por eu ser tão habilidoso com uma faca e coisa e tal. Para minha sorte, o verdadeiro assassino foi apanhado no mesmo dia, quando apagou embaixo de um banco de parque depois de acertar uma veia, ao tentar tatuar um salmo no pau. É duro ter que admitir, mas o sujeito se parecia mesmo um pouco comigo.

O ponto positivo de tudo isso é que agora não sorrio mais, a não ser que alguém de quem eu goste diga alguma coisa que seja engraçada. Uma das pessoas de quem gosto é jovem demais para captar meu humor e a outra está sumida, presumivelmente morta.

* * *

Realmente não me surpreende que não haja ninguém me seguindo.

Ainda é cedo demais, digo a mim mesmo. *Macey Barrett morreu há menos de meio dia.*

O que não impediu Mike Irlandês de mandar uma dúzia de torpedos perguntando onde seu capanga havia se metido. Eles começaram bastante civilizados.

Ei, M, qual é?

Deterioram-se um pouquinho.

M. Tá tentando ser engraçado? M.

E no fim são descaradamente hostis.

Apareça, Barrett, ou eu arranco a porra da sua cabeça.

Depois disso não leio mais.

Chego cedo à boate, mas fico nos bastidores durante quase uma hora, para ver se alguém está fazendo perguntas. Nada de suspeito. O único irlandês de aparência perigosa por aqui sou eu, por isso empurro a porta forrada de couro preto. Jason está na sala de casacos, jogando conversa fora com Brandi, uma das garçonetes mais velhas. Digo mais velha, porém Brandi nem chegou aos 30, o que para mim é equivalente a ser recém-saída da adolescência. Brandi está com raiva do mundo há cerca de um ano, desde que teve de pendurar seu fio dental de stripper e baixar o nível até virar garçonete no Slotz. Aposentadoria forçada aos 30 anos.

Jason está encostado no balcão com aquela expressão nostálgica e distante nos olhos, que me diz que o assunto desta noite são memórias de infância.

— Lembro de uma vez em que meu pai mijou em mim — diz ele, com a voz sonhadora.

Brandi me lança um olhar que diz claramente que ela está pensando em se esconder no meio dos casacos.

— Sim, Jason — diz ela, revirando os olhos. — Parece uma maravilha.

Jason capta o tom de voz. Ele é grande, mas não é idiota.

— Não. Não é nada disso. Era um jogo que a gente fazia, você sabe, nós dois na privada, mijando com o máximo de força possível. Era uma corrida. Papai sempre me deixava ganhar, mesmo que ficasse com a cara azul de tanto se segurar. Às vezes o negócio espirrava, você sabe.

— Bons tempos — digo com sinceridade, entregando o casaco a Brandi. Qualquer boa lembrança é uma boa lembrança válida.

Jason tira da embalagem uma barra de proteína, os bíceps salientando-se na manga da camisa.

— Você tem alguma coisa, Dan? Alguma lembrança boa de seu pai lá na Irlanda?

— Tenho. Um dia ele me bateu com a mão, porque não conseguiu encontrar a pá. Nunca vou esquecer. Isso ainda me dá um nó na garganta. — Tento não ser amargo, mas é difícil.

Normalmente, as pessoas ficam sem graça quando começo a falar do meu pai, mas Brandi já ouviu um milhão de histórias tristes nos anos passados no palco.

— Meu Deus, Dan, se anima. Esse lugar já está suficientemente triste com Connie espantando todos os clientes que dão boa gorjeta.

Algumas garotas não se incomodam em ser apalpadas num reservado desde que isso signifique alguns dólares a mais. A maioria dos caras também.

— Qual é, Brandi? O cara lambeu o traseiro dela.

— Pode dizer *bunda*, Dan. Você está na América agora.

Suspiro.

— Traseiro. É o pouco do linguajar irlandês que ainda me resta.

Então decido dar metade da grana de Macey Barrett a Connie. Os filhos dela gostariam de um fim de semana fora. Talvez até me levassem junto. Assim poderíamos jogar uma partida de beisebol.

Ôpa, estou catando migalhas. Nunca se deve ficar olhando pela janela da lanchonete.

— Onde está Connie? Ela já chegou? — Já estou me vendo seguindo o caminho cavalheiresco.

— Nenhum sinal dela — responde Jason, verificando os dentes num espelho minúsculo nas costas do celular. — É melhor ela vir logo, o Victor já devia ter chegado.

O passatempo predileto de Victor é dar bronca nos funcionários. Arranja qualquer desculpa que possa dar. Há um tempo, ele colocou um cronômetro no banheiro dos empregados, que durou uns dez minutos antes que alguém pusesse fogo nele e acabasse com metade da parede dos fundos. Isso dá uma ideia do tipo de pessoa que ele é.

— É, Vic, que príncipe! — diz Brandi com um sorriso de desprezo.

Todo mundo concorda quando o assunto é Victor.

Então o homem em pessoa entra em cena. Victor Jones, o mais velho rapper branco do mundo, 55 anos, resplandecente num agasalho dos Bulls e boné, óculos escuros e correntes de ouro no pescoço. Mais do que estereótipo; um estereótipo de desenho animado. Simon Moriarty poderia passar o resto da vida analisando o cara. Fico surpreso que Victor não seja espancado diariamente.

Na verdade, tudo indica que ele levou uma surra esta noite. Há um pêndulo de baba balançando em seu queixo e algo que parece vômito em pequenas poças triangulares entre os cadarços de um de seus tênis cor de rubi.

Tênis cor de rubi? Ah, qual é, cara? Você tem 50 e tantos anos e é de Hunterdon Country. Tenha um pouco de respeito por si próprio.

Brandi se desmancha toda para o chefe, roçando o ombro dele com o seio.

— Ei, Vic, querido. E aí? O que houve com o seu tênis?

A hipocrisia é uma habilidade de sobrevivência no Slotz. Há cinco minutos, ela estava cuspindo no nome de Vic.

Victor inclina-se e limpa o queixo.

— É a... merda... lá fora na... eu não acredito nisso...

Ele vomita no outro tênis.

— Aaarrgh... porra... porra...

Não fico nem um pouco aborrecido. Para ser honesto, vê-lo dobrado ao meio até que é divertido, me distrai um pouco da questão com o gângster.

— Põe para fora, Sr. Jones — digo, piscando para Jason. — Vai se sentir melhor. — Depois acrescento: — *Bejaysus*! — Para Victor saber que estou sendo irlandês e amável.

— Sim, põe para fora, chefe — acrescenta Jason, dando um riso tão largo que posso ver o diamantezinho incrustado em seu canino. — Deve ser um daqueles kebabs. — E grava alguns segundos de vídeo com seu telefone.

— Fechem a matraca, vocês dois! — exclama Victor, ofegante, enquanto cospe no chão. — Temos trabalho a fazer.

Agora ele está de pé, enxugando as lágrimas dos olhos ardilosos.

— Certo, McEvoy, garanta que não haja nada subversivo rolando na boate. Quero dizer: nada! Se encontrar alguém carregando bagulho, bote para fora. Se alguma garota fizer negócio por fora, diga para parar. Jason, quero que você tenha certeza absoluta de que não há disco no gravador da câmera de segurança. Se houver, apaga. Apaga todos. Quero que tudo esteja completamente limpo antes que a polícia chegue.

Brandi está roçando no cotovelo dele outra vez.

— O que eu posso fazer, *baby*?

Vic a descarta como se fosse um paletó molhado.

— Você, *baby*? Pode limpar o vômito.

Puxar o saco não faz a pessoa ganhar nada com esse chefe. Então registro o que Victor disse:

Antes que a polícia chegue.

Por que a polícia viria aqui?

Connie geralmente estaciona seu velho Saturn nos fundos e entra pela porta de serviço. Não que ela tenha vergonha de si mesma, mas do emprego. Além disso, ela não quer nenhum dos chatos abordando-a na calçada da frente. A polícia acabou isolando um quadrado de cerca de 10 metros ao redor do Saturn, usando fita amarela para demarcar a cena do crime. Mas não antes que eu ignorasse as instruções de Victor e saísse correndo para fora.

Connie estava morta ao lado do carro. Parecia um tiro na cabeça, entre as sobrancelhas arqueadas. Ela havia lutado um pouco; a blusa estava rasgada, e um dos sapatos, caído longe do corpo.

Fiquei entorpecido. Aquilo era demais. Sobrecarga sensorial. Meu cérebro soltava vapor como se estivesse envolto em gelo.

Vou sentir isso mais tarde, pensei.

E estava certo.

Normalmente não sou muito de curtir a paisagem; não diminuo a velocidade para apreciar as estrelas, nunca acordo cedo para olhar o sol despontando no horizonte, mas algumas vezes uma imagem é gravada em nosso cérebro e sabemos que vai ficar ali para sempre. Sempre a violência e o sofrimento. Quase não me lembro do rosto de meu pequeno irmão, mas toda noite meu velho e querido pai assombra meus sonhos. Vejo-o de perfil, olhos sombreados, barba crescida e grisalha, e eu caindo para longe de seu punho, o olho esquerdo encharcado de sangue.

Sei que vou me lembrar desta noite também. Connie caída ao lado do Saturn, o corpo ligeiramente de lado, como se estivesse se virando durante o sono. Uma bochecha amassada como um sapato de menino, extremidades arroxeadas, cotovelos pontudos. A porta do carro aberta, a luz do teto lançando um brilho amarelado em seu rosto. Asfalto rachado e meio deformado, com guimbas de cigarro nas fendas. Vestido azul com algum tipo de material brilhante, paetês ou fios metálicos, não sei bem. Quadril arredondado. Cabelo encaracolado espalhado pela rua molhada.

E um buraco na cabeça.

Voltei cambaleando para dentro, tentando respirar.

Eu tive alguma coisa a ver com isso? Tem alguma conexão?

Os policiais se reúnem junto ao balcão e anunciam que estamos fechados por tempo indeterminado. Vic perde o controle de vez.

— Que diabo é isso? — berra ele, ficando cara a cara com uma detetive, que tem um olhar que diz a Vic que há um limite para o volume de merda que ela irá aturar e que ele está se aproximando rapidamente dele. — O tiro não aconteceu dentro do estabelecimento. Isso é retaliação, uma brutalidade policial. Alguma coisa assim.

Vic jamais conseguiu enxergar a fronteira entre proteger a reputação e falar idiotices.

— Tem uma padaria do outro lado do estacionamento. É melhor vocês também fecharem aquele lugar, ou eu vou processar alguém.

— Sou uma policial, senhor — diz a detetive, uma mulher negra, 30 e poucos anos, feições fortes como se fossem esculpidas em madeira. — Nós não fechamos padarias.

Vic quase teve uma síncope.

— Isso é engraçado, moça. Se eu quisesse ouvir uma puta falando merda, podia ter ficado em casa.

A policial tinha resposta pronta para isso também.

— Mesmo? Bom, se você batesse os calcanhares desses sapatinhos de rubi, talvez pudesse fazer um favor a todos nós e partir num passe de mágica para o mundo de sonho que fabrica escrotos que estupram a cultura como você... senhor.

Essas são palavras fortes, mas foi Vic que começou a provocá-la, de modo que provavelmente a policial está segura quanto a alguma reclamação judicial. Decido não chateá-la mais ainda.

Ela tolera mais cinco minutos de perturbação por parte de Vic, então se cansa do esforço e manda-o para a delegacia a fim de passar uma noite na cela.

Brandi protesta em voz alta até que a porta se fecha atrás de seu chefe, depois ela acende um cigarro e diz:

— Graças a Deus. Aquele cara ia sentir o bico da minha bota em seu bumbum.

Fico surpreso. *Bumbum* é uma palavra muito delicada para sair da boca de Brandi.

* * *

Assim, por duas horas ficamos sentados junto ao balcão, esperando que a equipe de perícia venha de Hamilton, com seus macacões de papel. Depois mais noventa minutos, enquanto eles examinam a área meticulosamente em busca de pistas. Desejo sorte para eles. Aquele estacionamento dos fundos já viu mais comércio de maconha e chupadas do que o Bairro da Luz Vermelha em Amsterdã. Aposto que encontram amostras de sêmen que remontam à década de 1950.

Fico de olho no movimento pela janela dos fundos. Tudo que consigo ver são os pés de Connie, mas isso já é suficiente para me dar vontade de chorar por toda a tristeza que já senti. Mas não desmorono. Lágrimas vindas de um homem adulto é o mesmo que uma admissão de culpa diante de um policial zeloso.

Dois dos peritos não são tão profissionais quanto deveriam ser e tiram as máscaras para fumar cigarros e balançar a cabeça ao som que sai de seus fones de ouvido. Talvez seja assim que eles lidem com essas coisas, ou talvez eles realmente não deem a mínima.

E durante todo o tempo, enquanto as pistas do assassinato vão esfriando, os funcionários do cassino estão sentados, nervosos, em volta da mesa de pôquer. Isto é, até que Brandi tem a brilhante ideia de encher a cara com a birita do chefe. Victor está preso, Connie morreu com um tiro. Então, dane-se, todos nós precisamos de uma bebida.

Depois de um tempo, os únicos sóbrios somos eu e Jason, e ele está mastigando esteroides como se fossem balas.

— Isso é uma merda, cara — diz ele pela centésima vez.

Algumas garçonetes ecoam a observação, mas o número vai diminuindo a cada vez que ele fala.

Sei como o Jason se sente; não há palavras para esse tipo de situação. Nada explica. Agora o entorpecimento está me abandonando, e sinto falta dele. Em seu lugar há uma onda de náusea em meu estômago.

Será que eles já contaram ao Alfredinho e a Eva? Quem vai ficar com eles?

Sinto-me caindo de novo na pieguice irlandesa, me fazendo as grandes perguntas. Para onde foi minha vida? O que eu tenho? Lembro-me do meu irmão Connor e da expressão sempre presente em seu rosto. A expressão que se vê nos cachorros do canil municipal, aqueles que são encontrados dentro de sacos de aniagem com correntes enroladas no fundo.

Feridas frescas são como portas para o passado. Quem disse isso? Deus, espero que não tenha sido Zeb. Não quero ficar me analisando com nenhuma de suas ideias deturpadas.

Valeu. Eu disse muitas merdas sábias. Quem disse para você não sacanear os judeus? Quem disse isso?

Quando ficamos sem tequila prata, os policiais já estão prontos para fazer as entrevistas. Eles se acomodam na sala de Vic e começam a nos chamar um a um. Eu sou o segundo, depois de Brandi, que sai estalando os dedos, como se tivesse obtido algum tipo de vitória.

Na sala há duas detetives locais, ambas afro-americanas, o que não é tão estranho quanto antigamente. Elas se espremeram atrás da mesa do Vic e empurraram parte do material pornográfico dele para dentro de uma gaveta. A detetive mais nova é aquela que pegou no pé do Vic. Quero gostar dessa garota, mas ela está com os braços cruzados na frente do peito, com uma cara de *não faço amigos*. Por hábito, inclino-me para passar embaixo da trave de aço que cruza a extensão do teto, mesmo que esta fique uns 5 centímetros acima da minha cabeça, e me sento diante das detetives.

Aponto para um calendário da Pirelli na parede.

— Talvez as senhoras queiram tirar aquilo também.

Não estou querendo bancar o espertinho. Para mim é importante que essa investigação corra bem. As primeiras quarenta e oito horas, como eles dizem.

A detetive mais nova tira o calendário da parede, arrancando junto um pedaço do reboco.

— Satisfeito, Sr. McEvoy? — pergunta ela, lançando-me um olhar de policial malvada. Começamos com o pé esquerdo; ela me rotulou como não cooperativo.

— Foi uma sugestão sincera — respondo com calma. — Connie era minha amiga e quero que o assassino dela seja apanhado.

Meu sotaque irlandês não convence as policiais. No mínimo, um estrangeiro faz com que elas tenham mais suspeitas. Elas se empertigam, mexem nos papéis e em outras coisas, os ombros colidem no espaço apertado. Estavam tentando dar a impressão de autoritárias atrás da mesa, mas, na verdade, estão parecendo duas crianças de escola se espremendo numa carteira.

— Cornelia DeLyne era sua *amiga*, Sr. McEvoy? — pergunta a mais velha das duas.

Cornelia? Não sei por que o nome inteiro de Connie me surpreende, mas surpreende.

— Sr. McEvoy?...

Concentro-me na detetive-chefe. Ela deve ter uns 40 anos, feições marcantes, uma vergastada de ruge em cada bochecha, fios prateados no cabelo curto. Usa um terninho cinzento e uma camisa jamaicana com papagaios coloridos, que parecem saltar sobre você.

— Sim, detetive...?

— Sou a detetive Goran, e esta é a detetive Deacon.

Deacon, a moça de fala esperta, tem 30 e poucos anos. Terninho de um cinza-escuro, a raiva estampada no rosto. Conheço o tipo; muito séria com o trabalho.

— Bom, detetive Goran, Connie e eu éramos bons amigos. Fomos mais do que isso, por um breve tempo.

Deduzo que Brandi já tenha contado a ela.

— Então ela rompeu com o senhor, e o senhor ficou chateado.

Não suspiro dramaticamente. Já esperava por isso.

— Nós nunca rompemos, para ser mais exato. Passamos um fim de semana juntos e acho que outro aconteceria em breve. Se quiser falar sobre ficar chateado, nós tivemos bastante tumulto aqui ontem à noite. Um bando de garotos universitários.

— Sabemos tudo sobre isso — cortou Deacon, me interrompendo. — Peraltices inofensivas, eu diria. Queremos falar sobre o senhor, Sr. McEvoy. Está dizendo que *o senhor* era amante dessa linda jovem?

Ouvi essa palavra uma vez, há uns cinco anos. Ninguém a usa mais.

— Amante, detetive?

— Fodedor. É melhor assim?

De *peraltices* para *fodedor* em alguns instantes. Já descemos a esse nível? Eu esperava mais um minuto de civilidade, mas é assim que a conversa caminha. Não é pessoal, exceto com a policial Deacon; com ela, tenho a sensação de que talvez seja.

— Certo, entendi, detetive. Eu sei, ela... ela tinha 28 anos e eu tenho...

— Quantos? Uns 70?

Não me abalo.

— Tenho 42. Agradeço aos céus, acredite.

Deacon vai fundo.

— Quer saber o que eu acho? Acho que o senhor estava obcecado pela Srta. DeLyne. Estava obstinado. E ela o recusava. É revoltante, não é? O senhor é um velho homem que usa um gorro estranho. Por isso pirou e atirou nela. Por que não assina o papel e consideramos o serviço encerrado?

Não consigo me ver, mas aposto que meu queixo está se projetando teimosamente.

— Não é tão fácil assim, Deacon. Você terá de trabalhar duro.

— Ora, Danny, desista. Estou cansada, e o café é horrível.

— O quê? Você acha que eu vou desmoronar e balbuciar uma confissão? — Viro-me para Goran. — Ela é sempre tão preguiçosa assim?

Eu não deveria estar bancando o espertinho, mas Deacon precisa refinar um pouco seu estilo. A morte de Connie precisa ser solucionada e a detetive está atirando lanças no oceano com a esperança de acertar alguma coisa.

Goran esconde o rosto com uma pasta de papel e suspeito de que ela esteja sorrindo.

— O senhor sabe como são os jovens, Sr. McEvoy. Querem gratificação instantânea.

E de repente Deacon também está sorrindo e percebo que aquela sua atitude de touro em loja de louças é o truque mais antigo do manual.

— Você faz o papel de policial malvada muito bem — digo a ela. — Mas o tempo está passando, e eu não sou o culpado.

Deacon abre um laptop.

— Verdade? O senhor tem uma ficha extensa aqui, Sr. Daniel McEvoy. E olha só, uma entrevista com o FBI anexada no fim.

Estremeço. As notícias viajam rápido na internet. Algum idiota no departamento de registros do Exército mandou minhas informações por e-mail para o FBI no ano passado. Não é preciso nem mesmo uma ordem judicial, e ele envia os documentos para o outro lado do Atlântico.

— Sei o que a ficha diz. Se olhar o fim dessa página, vai descobrir que foi um caso de confusão quanto à minha identidade. Eu recebi um pedido oficial de desculpas, pelo amor de Deus.

Deacon ignora isso, lendo com grande melodrama como se já não soubesse o que há na tela.

— Sargento Daniel McEvoy. Serviço ativo no *Líbano*. — Ela diz Líbano toda animada, como se fosse a Disneylândia. — Indivíduo extremamente perigoso. Treinado em combate corpo a corpo. Hábil com a faca.

— Não gosto de bazucas — respondo, sério. Por sorte, a minha ficha não menciona habilidade de atirador de elite. Aprendi isso sozinho.

— Você cometeu alguns delitos, Daniel.

— Não assassinato.

— *Não assassinato* — zomba ela, imitando meu sotaque. — Bom para você. O que você é, Daniel? Albanês?

— Sou irlandês, e também americano. Minha mãe era de Manhattan. Está aí na tela.

Ela verifica.

— Sua mãe se mudou de Nova York *para* a Irlanda? Isso não é o mesmo que tirar do rabo para colocar na boca?

Agora que ela está falando sobre minha mãe, é como se estivéssemos no pátio da escola. Mas é tática, pode até incomodar alguém. Preciso admitir, essa tal de Deacon sabe remexer em merda.

— Acho que você quis dizer *de trás para a frente*.

Durante todo esse tempo, eu observo Goran. A policial mais velha está absorvendo tudo, deixando Deacon tomar a dianteira, por enquanto. É o show delas. Mãe e filha estourada, posso ver como isso funcionaria com uma pessoa que tivesse culpa. Não que eu não seja uma pessoa culpada. Apenas não tenho culpa nesse caso.

O que quero é ir ao ponto, parar de fazer joguinho e falar de verdade com essas pessoas.

— Olhem — digo, levantando as palmas das mãos, que é a linguagem corporal para *confiem em mim*. — Eu gostava de Connie, talvez até amasse um pouco. Podemos ignorar o regulamento e ver se eu posso ajudar de verdade? Vamos lá, eu não sou o cara certo para isso. Já fui profissional. Vocês acham seriamente que eu atiraria em Connie e iria deixá-la a menos de 10 metros de onde estou sentado tomando café? Isso faz algum sentido?

Goran assente, devagar, aceitando a verdade do meu argumento.

Deacon também acredita, mas se atém ao papel, só para o caso de eu ser melhor ator do que ela.

— Como vamos saber se você não é um psicopata, Daniel? Talvez você não tenha matado o suficiente no Exército. Talvez você *queira* que nós o peguemos.

Agora estou encarando Goran, com a cabeça inclinada para o lado.

— Certo. Sei o que vocês estão fazendo. Vocês não têm nenhuma pista, por isso estão sacudindo a árvore para ver se cai alguma coisa.

Deacon fecha o laptop.

— Sacudindo a árvore? Isso é algum tipo de comentário racista, McEvoy?

Eu me esforço ao máximo para ignorar a acusação.

— Pergunte alguma coisa relevante — digo para a detetive Goran. — O relógio está correndo. Seu assassino provavelmente já está na metade da ponte GW.

Goran ainda não está pronta para compartilhar informações e cobre a pasta com o antebraço.

— Esse parece um crime de oportunidade, Sr. McEvoy. O lugar certo para ele, o errado para ela. Algum viciado em crack procurando um trocado.

É uma teoria, mas não muito boa. Na Irlanda, diríamos que ela estava dando um tapinha no meu traseiro e fechando a porta atrás de mim.

— Você está em Cloisters, detetive. Não estamos exatamente atolados de viciados em crack. Esta é a espelunca mais barra-pesada da cidade, e eu não vejo uma agulha há pelo menos uns dois anos. Quantos viciados você conhece que são capazes de dar um tiro entre os olhos?

Goran ergue o queixo, altiva.

— Você viu o ferimento, Daniel. Como?

Esse foi um pequeno escorregão. Talvez seja hora de parar de falar tão depressa.

— Fiz questão de ver antes que pusessem o cordão de isolamento. Queria ter certeza de que era Connie.

— Encostou em alguma coisa?

— Em absolutamente nada.

Goran me encara longamente, examinando meus olhos em busca de alguma mentira, mas nada encontra. Ou talvez encontre e decida me dar um pouco de corda para me enforcar.

— Dê uma volta, mas não vá muito longe. Vamos ligar para você.

Meus ombros se afrouxam.

— Não quer me perguntar nada útil?

— Quer me contar alguma coisa útil?

Saio sem dizer mais nada.

CAPÍTULO 5

Eu tive seis meses inteiros de sessões com Simon Moriarty antes que a alta médica finalmente chegasse, depois da minha segunda temporada. Duas vezes por semana eu ia até o consultório de Moriarty em Dakley e balançava um copo de café sob seu nariz até ele rolar para fora do divã.

— Vamos, sargento — disse Moriarty um dia, com um sorriso nos lábios que dizia que ele sabia muito mais sobre o mundo do que eu. — Torne a coisa difícil para mim. Isso é muito fácil, está nos manuais.

Eu estava deitado num sofá de couro vermelho-escuro, sentindo-me quase tão confortável quanto um gato numa casinha de cachorro. Normalmente era Simon quem se deitava no sofá, mas esta era a nossa última sessão, e ele estava me dando uma bronca.

— Sou um livro aberto.
— Um pedaço de vidro, sargento. Trans-parente.
— Conte o segredo, doutor. Qual é o meu problema?

Simon acendeu um charuto fino.

— Com os irlandeses e os judeus geralmente é a mãe. Com você é o papai querido.

Eu me sentei e lancei um olhar sério na direção dele.

— Está tentando me dizer que ter um pai violento leva a problemas mais tarde na vida? Você deve ser uma espécie de gênio.

— Hilário, sargento. Escondendo-se atrás do humor. Boa tática. Isso tem funcionado com você?

Simon podia ser um pé no saco, mas geralmente acertava na mosca.

Eu me deitei.

— Não muito bem. Ouça, doutor, todo mundo tem problemas, questionamentos, seja o que for. Só é preciso ir em frente com isso, tentar ficar o mais calmo possível.

Moriarty bateu a cinza que havia caído em sua camiseta dos Ramones.

— É o que estamos aqui para deter-minar, Daniel. Você consegue ficar calmo? Não podemos soltar na cidade grande uma máquina assassina treinada se ela não consegue guardar seus talentos para si.

— Não se preocupe com isso. Já vi sangue demais.

— Você tem planos?

— Estou livre na terça-feira e conheço um bar legal.

Mais petelecos nas cinzas.

— Planos de vida, espertinho. Com suas tendências, você precisa ter cuidado com o tipo de situação em que vai se enfiar.

— Tendências? Você me faz parecer um pervertido.

— Minha teoria é a seguinte, Daniel. Você teve um pai violento que batia na sua mãe, em você e no seu irmão mais novo, matou a família inteira, menos você, porque estava dirigindo bêbado. Então você sente necessidade de proteger os indefesos. Foi por isso que entrou para o Exército. Não para matar, mas para prote-ger. O problema é que você também tem dificuldades com autoridade, com figuras paternas. Assim, sentiu-se compelido a entrar para o Exército e também sentiu-se com-pe-lido a dar porrada nos superiores. Consegue ver o conflito?

Senti que precisava me defender.

— Meu oficial superior deixou três de seus homens encurralados entre tropas israelenses e a milícia, e se recusou a ordenar qualquer fogo de cobertura. Algumas pessoas precisam levar porrada.

Simon fingiu que escrevia alguma coisa.

— Existem protocolos para esse tipo de coisa, Dan.

— Eu sei. Receber tiros duas vezes, blá-blá-blá.

— Então você violou o protocolo e mais uma vez atraiu fogo para seu próprio time, decidindo ignorar a cadeia de comando e providenciando cobertura por conta própria.

— Time? Estamos falando do Exército, e não de futebol.

— Estou falando em sentido figurado, dá um tempo. Então você violou o protocolo, desta vez recebendo meio morteiro por trás.

— Foi um morteiro inteiro.

Simon franziu a testa.

— Um morteiro inteiro na bunda?

— Não, sem bunda na história.

— Ok. Mas meu argumento permanece: você se sentiu compelido a proteger.

— Com-pelido a pro-teger. Entendi. Onde você estava quando eu me alistei?

— Além disso, há o vício no jogo.

Essa era nova.

— Vício? Qual é? Quem falou isso? Eu gosto de jogar uma partida de pôquer, verdade, mas tanto quanto todo mundo. Não há problema nisso.

— Quem me dera — admitiu Simon. — Fico cansado dessa análise, além disso, também gosto de um jogo de pôquer.

— Eu não acho que você seja um homem de blefe.

Simon fechou seu caderno de anotações com um estalo.

— Apesar de tudo, acho que a alta médica é a melhor coisa para você.

— Alta médica? Parece desagradável.

— Procure se manter longe de conflitos — continuou Moriarty, ignorando minha tentativa de me esconder por trás do humor. — Algum lugar onde você não tenha que proteger ninguém.

Não pude evitar:

— Quer dizer, pro-teger?

Simon riu, secamente.

— Muito bem. Piadinhas, o caminho mais rápido para a sanidade mental. Sério, Dan, não se coloque numa posição de estresse. Nada de baralho, nem de chefe, ninguém dependendo de você para se sentir bem.

Por esse motivo agora sou leão de chácara num cassino. Mas não é minha culpa; sou com-pelido.

Esta noite a cidade está movimentada, mas não me sinto conectado a ela. É como se estivesse vendo tudo através de uma janela suja. O mundo que procurei manter sólido com cuspe e sonhos está finalmente desmoronando. Os policiais nos jogam na rua como se fôssemos invasores e dizem para darmos o fora. Nesta noite não haverá nenhuma roleta bamba nem biquínis de bolinha.

Connie está morta, Zeb está desaparecido. E eu matei uma pessoa com uma chave, pelo amor de Deus.

Na realidade, eu sei que a parte da chave não é importante, mas parece haver algum tipo de ironia nisso.

Em vez de trancar a porta, abri o caminho de Barrett para o além.

Está forçado. Elaborado demais.

Não existe chave para a vida, só uma chave para a morte.

Melhor, mas não pretendo escrever livros de poesia.

Sinto náuseas e tenho bile na garganta. Bile e tequila. Paro e cuspo no bueiro, e enquanto me inclino com a mão apoiada num poste, vejo um brilho de luz da rua numa embalagem de chiclete e me lembro de algo.

O estilete de Macey Barrett girando como um bastão de chefe de torcida e cravando no teto.

O estilete. Ainda está lá.

Droga!

O que posso fazer sobre isso? O que *devo* fazer?

Endireito o corpo devagar, como um sujeito muito velho, e chego a me censurar em voz alta.

— Certo, Daniel. Pense nisso com calma.

Agora na terceira pessoa? Meu Deus, a coisa está feia.

Infelizmente meu espaço de pensar com calma não está disponível no momento. Tento afastar as ondas de tristeza e os vapores da tequila, mas meu cérebro está enevoado e zumbindo.

Tudo vai dar certo.

Então o estilete está lá em cima; não deve ser uma pista contra mim, a não ser que haja uma câmera miniatura no cabo.

Do jeito que a minha sorte anda...

Esboço um sorriso e cuspo uma última vez a fim de restaurar minha masculinidade depois de todos esses pensamentos irônicos.

Pense direito.

Voltar ao consultório seria um grande erro. Mike Irlandês pode estar vigiando o lugar, e aparecer lá só me colocaria na mira dele.

E quanto a Zeb?

Quero pensar alguma coisa positiva, mataria por algum tipo de resposta brilhante, mas não sai nada do meu cérebro, a não ser névoa e tristeza.

Connie, querida.

Zeb está morto.

Ligue para ele e descubra. É uma ideia.

Bloqueio o identificador de chamadas do celular Prada de Barrett e digito o número do Zeb.

Dois toques, e então um homem atende.

— Sim?

Não é o Zeb. Consigo perceber só de ouvir uma sílaba. Zeb tem uma voz asmática, anasalada.

— Dr. Kronski? — pergunto, como se fosse um telefonema profissional.

— Quem está falando? — pergunta o homem.

— *Você está* — digo, e desligo. Provavelmente deveria ter inventado algum papo médico e prometido ligar mais tarde, mas nem me incomodo com isso.

Eles estão atendendo aos telefonemas de Zeb também. O que quer que Macey Barrett estivesse procurando, ainda não foi encontrado, caso contrário o telefone de Zeb estaria no fundo do reservatório de água, junto com o corpo.

Eu não devia ter ligado. Não quero nenhuma dessas informações. Isso está me levando a fazer uma escolha.

Há um brilho de alvorada acariciando as nuvens quando chego em casa. Estou me sentindo uma merda e provavelmente pareço uma merda velha. A última coisa de que preciso é que minha vizinha do andar de cima, a Sra. Delano, esteja aos berros, isso para não mencionar o fato de que Mike Madden já pode ter sacado que virei uma mosca na sua sopa.

Então com tudo isso em mente, uso meu treinamento militar para me esgueirar para dentro do apartamento. Poderia haver uma célula de terroristas nervosos entrincheirada no segundo andar, e eles não ouviriam o sargento Daniel McEvoy deslizando pelo corredor até a própria porta.

Que está aberta. A tranca tripla arrebentada, caída descaradamente no chão.

Esqueço tudo sobre a operação "passar despercebido" quando vejo o redemoinho que invadiu meu apartamento.

— Meu Deus! — grito, vagando em meio aos detritos do que era a minha vida. Eu costumava fazer isso metaforicamente com Simon. Agora faço de verdade. É igualmente doloroso e não me sinto melhor a cada passo dado.

O lugar foi destroçado. Destruído. Já vi locais de bombardeio com menos devastação. Eles arrancaram o papel de parede, estriparam o sofá, desmantelaram as luminárias. Minha geladeira está caída no chão de lado, escorrendo maionese; parece um robô agonizante. O aparelho de ar-condicionado está em pedaços sobre a mesa, o que me lembra de um curso de mecânica que fiz. Quadros no chão. Uma gravura da Irlanda, de Jack Yeats West, que eu trouxe de Dublin num tubo, cortada ao meio por pura maldade.

Ando balançando os braços, chutando o entulho. Por onde começar? Como consertar isso?

Então a Sra. Delano abre o bico. Ela estava esperando que eu chegasse em casa, tenho certeza. Provavelmente ficou acordada a noite toda, injetando cafeína nos globos oculares. Sei que isso parece loucura, mas quando se vive embaixo da loucura, um pouco sempre acaba respingando.

— Meeeeu Deus — berra ela, a voz passando através da luminária. — Puta que pariu! Meeeeu Deus!

Eu não estou absolutamente com a menor disposição para esta senhora agora. O melhor, eu sei, é não morder a isca, porque se eu reagir ela ganha, e poderíamos FICAR nos engalfinhando durante toda a manhã, e no fim das contas minhas coisas continuariam destruídas.

— Você está aí embaixo, irlandês? Não consegue manter seus amigos bagunceiros sob controle?

Amigos bagunceiros? Foda-se. Zeb, Barrett e a doce Connie. Preciso de uma válvula de escape, soltar um pouco da raiva. Então inclino a cabeça para trás e rujo igual ao Tarzan.

— Inferno! Cala essa boca, velha maluca.

Ela retruca com:

— A boca do inferno está fechada para velhas malucas.

— Cala a boca — berro, sinto os tendões se retesando. — Ou juro por Deus que vou aí em cima e arranco essa cabeça.

— Mas não existe Deus nessa cabeça.

Esse tipo de resposta é de enfurecer, e agora que a Sra. Delano me fisgou em seu anzol, é capaz de continuar assim durante horas.

— Morra de uma vez, sua mulher maluca. Por que não morre de vez?

Meu rosto está vermelho e quente. Não estou mais gritando com a Sra. Delano, eu sei, mas continuo a gritar mesmo assim.

— Isso mesmo, morra! O mundo seria um lugar melhor.

— A morte é um lugar melhor? Você acha que a morte é um lugar melhor para os malucos, irlandês?

Há um tom novo em sua voz. Selvagem, não se importando. Também estou um pouco assim.

— Você ouviu.

Ela não responde, o que é incomum. Até mesmo agourento. Ecos da minha voz circulam ao redor, como fantasmas.

Se isso fosse um filme, algo muito ruim estaria para acontecer.

O que ela vai fazer? Qual é a grande provocação? Como a Sra. Delano pode me assombrar para sempre?

Há uma maneira, com certeza.

Algo bate no teto acima.

Quatro mortos? Quatro num dia? Qual é?

Corro até a porta, passando perto da minha poltrona rasgada. Pelo canto dos olhos, percebo que eles também tiraram os pesos dos meus halteres. Meticulosos.

Subo a escada de três em três degraus, totalmente enjoado, o coração ricocheteando como uma bolinha de loteria na gaiola de arame.

Por favor, Deus, que não seja tarde demais. Que diabo ela fez?

A porta da Sra. Delano é bem sólida, com duas trancas extras, mas estou cheio de adrenalina e arranco-as com uma trombada de touro. O impulso me leva para dentro e eu atravesso o batente, ofegante, com o ombro latejando, temeroso de olhar e ver.

Acabo olhando, para o caso de o tempo ser essencial, e vejo a Sra. Delano sentada numa cadeira de espaldar reto, segurando um cigarro entre os dedos finos. Há um livro grande no chão ao lado dela. Uma bíblia, acho.

— Olá, herói — diz ela, soltando a fumaça por entre os lábios. — Você me deve uma porta.

Sou um tremendo idiota.

— Babaca — acrescenta a Sra. Delano, e esta é uma palavra mais exata.

Meu primeiro pensamento é começar a falar sem parar, mas quando inspiro o ar, percebo que não adianta. É engraçado. A coisa toda é hilária. Mas não é divertido, por isso não rio.

— A senhora podia me dar um desconto — digo, baixinho — se soubesse o tipo de dia que eu tive.

— Fiquei acordada a noite toda ouvindo seus amigos — reage ela, sem uma migalha de piedade.

Isso é o mais perto que já estive da Sra. Delano. Ela deve ter a minha idade, talvez seja alguns anos mais nova. Cabelo louro, liso e comprido. Provavelmente tem um belo corpo, mas é difícil dizer com o roupão felpudo que ela está usando. Tem olhos azuis pintados com lápis preto, encarando-me como se ela tivesse poderes mentais. Noto pela primeira vez que a mulher tem olhos de gato, como Ava Gardner ou Madonna. Linda, mas perigosa.

O apartamento é muito bem-arrumado, mas é frio. Há uma corrente de vento vindo por um buraco na janela.

Ela percebe que estou olhando.

— Eu estava passando por um momento difícil — explica. — Foi uma droga de uma tangerina. Dá para acreditar? Fez um tremendo buraco.

Algo a fazer, graças a Deus. Para tirar minha mente daqueles olhos.

Ponha essas mãos desocupadas para trabalhar, soldado, e nem ao menos pense em estrangular essa mulher.

No exército aprende-se a usar as mãos. Coisas se quebram no campo e precisam ser consertadas. Não adianta esperar as caixas com requisições. A Irlanda fica muito longe do Líbano, e mesmo que seu pacote consiga passar pelos trambiqueiros nas duas pontas do processo de transporte, ainda demora meio ano para chegar. Havia um sujeito no meu esquadrão que consertou um velho rádio com peças de um pequeno sintetizador comprado na rua Mingi. Era um MacGyver da vida real. Eu não sou bom em eletrônica, mas consigo fazer consertos domésticos básicos.

Começo a avaliar a janela, franzindo os olhos, depois vou remexer embaixo da pia para ver se há alguma coisa que possa usar.

— Ei, irlandês, você está brincando de quê?

Talvez a Sra. Delano pense que estou procurando sacos de lixo para enrolar seu corpo.

Bom.

Uma pena ela não conhecer meu instinto pro-tetor. Talvez eu lhe conte mais tarde.

Embaixo da pia não há nada para tapar um buraco, por isso reviro a despensa. Essa mulher tem mais comprimidos do que um traficante de Nova York e mais gavetas do que uma loja de cuecas.

Bum-bum, ri o fantasma de Zeb. *Você é um matador divertido, Daniel McEvoy, é mesmo.*

— Fique longe das minhas gavetas, irlandês.

Eu dou uma risada.

— Não precisa se preocupar com isso, Sra. Delano.

— Vai se foder!

— Você vem me foder? — digo, distorcendo suas palavras. Sei que é infantil, mas preciso rir um pouco.

A maioria das gavetas está meio vazia, então despejo as coisas de uma em outra e dou um soco no fundo da primeira. A madeira sai limpa, pregos vermelhos de ferrugem como se tivessem lacrado um caixão.

Fique longe das imagens retóricas, disse Simon certa vez.
Porque isso aumenta minha dor?
Não. Porque você é uma droga para criar imagens.
Eu gostaria de ler o manual de onde isso veio. Capítulo Seis: Tolices em Criar Imagens e seus Efeitos na Babaquice Latente.

A Sra. Delano não pergunta do que estou brincando, mas agora traga o cigarro com força, a ponta pulsando em vermelho e branco.

Me exibindo, é isso o que estou fazendo. Eu poderia simplesmente colocar uma fita adesiva no buraco, tem um rolo ali mesmo, mas essa tábua parece uma expressão mais adequada do meu humor, como diria um colega meu. Coloco-a sobre o vidro quebrado, depois bato os pregos na moldura usando um martelo de carne que peguei no secador de pratos. O vento diminui de um vendaval para um assobio. Até que não ficou ruim.

Pela primeira vez, a Sra. Delano fica boquiaberta. Ela permanece sentada como uma estátua, a fumaça saindo de seus lábios num redemoinho.

— Vou ligar para um amigo meu — digo ao sair. — Ele trabalha vinte e quatro horas com fechaduras; para a sua porta e a minha. Até ele chegar, eu manteria baixo o nível de ruído. Você não vai querer atrair ninguém indesejável.

Apesar do dia que tive, estou sorrindo na escada. Do apartamento da Sra. Delano não vem nenhuma palavra. Nem um pio.

CAPÍTULO 6

Antes de ter coisas mais sérias com que me preocupar, eu costumava passar os dias que antecederam a primeira sessão de implante revirando o passado e tentando deduzir por que desejava tanto implantar cabelo. Por que um crânio brilhante incomodava tanto a minha alma? Passei horas suficientes no sofá para saber que esses desejos costumam ter raízes na minha própria história.

Nunca descobri nada. Meu pai morreu antes de ter a chance de ficar totalmente careca. Que eu lembre, nenhum careca jamais me bateu nem me humilhou. Não tenho nenhum herói cabeludo que eu quisesse ser, nem sujeitos sem cabelos em quem eu não queira me transformar.

Isso está no subconsciente, informou Zeb uma noite no parque. Nós dois estávamos dividindo uma garrafa de uísque Jameson depois que os bares tinham fechado. Um boi pesado como eu espremido num balanço de criança, as correntes cortando o fluxo de sangue que ia para os pés. Eu devia estar bêbado.

Acredite, Dan. Alguma coisa aconteceu.

Sei o que aconteceu. Zeb me fez uma proposta boa, começou a me mostrar fotos, atiçou minha vaidade.

Se você tem cabelo, talvez não esteja tão velho e sua vida não esteja tão acabada.

Zeb era capaz de vender merda para uma usina de esgoto. Ele é um vendedor tão bom que pode literalmente cobrar para injetar em alguém a gordura que acabou de tirar do traseiro dessa pessoa.

— Sacanas escrotos. Este é um ambiente estéril. — Foram as primeiras palavras que Zeb falou comigo, e eu soube imediatamente, pelas botas militares que se projetavam debaixo de seu jaleco, que o cara era do exército israelense, algo que o sargento Fletcher estava ocupado demais para notar, já que tinha um dedo enfiado até a metade do nariz.

— Eu tenho um calombo no nariz, está vendo? — disse ele, a voz abafada pelo dedo na narina. — Isso me provoca um ronco terrível. Preciso que você conserte.

O doutor se parecia um pouco com o Bee Gee que se casou com a Lulu, se ele tivesse atravessado um painel de vidro. Ou você saca essa referência ou não.

Ele terminou de aplicar a injeção no pênis do cara inconsciente e jogou a seringa numa pia metálica.

— Ora, pessoal. Eu estou pondo gordura no detetive aqui. É um trabalho delicado. Esse homem é um figurão numa milícia não-sei-das-quantas.

Preciso dizer que fiquei meio surpreso. Mesmo para a rua Mingi, uma clínica de cirurgia cosmética clandestina era algo bem radical, apesar de eu já ter ouvido falar de um lugar no Sudão que fazia transplantes de órgãos. Você ficaria espantado de ver a rapidez com que um doador compatível pode ser encontrado. Esse israelense era um verdadeiro empreendedor, especialmente porque noventa por cento das pessoas do local não hesitaria em cravar nele uma das suas próprias agulhas. Acho que você recebe imunidade quando fornece um serviço valioso.

Fletcher tirou o dedo.

— E o meu nariz, doutor?

— Isso aqui parece uma clínica suíça? Só faço injetáveis — disse o homem, que mais tarde eu conheceria como Zeb. — Nada de nariz.

— Quem você está chamando de narigudo? — perguntou Tommy, e deu um tiro no joelho de Zeb.

Certo, isso não aconteceu, mas eu posso sonhar.

Não durmo muito bem depois do meu encontro com a Sra. Delano. Provavelmente isso tem a ver com o fato de eu perceber que minha vizinha de cima é um tanto bonita, de um jeito meio psicopata, ainda que todos os mortos e agonizantes, especialmente Connie, tenham provocado um arranhão na minha libido. Sinto-me um pouco traiçoeiro por ainda não estar de luto por Zeb, mas não o vi no asfalto, então estou alimentando uma fagulha de esperança.

Não me sentir seguro é a principal coisa que me mantém acordado, mais ainda do que o sol da manhã, porém acho que os bandidos não vão começar a fazer ronda pelo menos até o meio-dia. Esses gângsteres celtas são capazes de dar a vida por um uísque Jameson com Coca. Mas assim que o sol atravessar o mastro central, os capangas de Mike Madden podem fazer outra visita para ver se encontram mais coisas para quebrar. Cubro a porta com um guarda-roupa. Se algum idiota passar por ele, vai achar que chegou em Nárnia. Penduro um cartaz de *The Joshua Tree* em cima da janela. Não é à prova de balas, mas é uma charada. Tudo tem a ver com dar orientações erradas, o que só funciona se o alvo da orientação estiver em algum lugar entre a idiotice e a inteligência. Muitos dos melhores soldados do mundo têm merda no cérebro e uma foto de seu alvo.

Como eles me acharam, afinal? Será que o Mike Irlandês tem alguma coisa específica ou somente uma lista de conhecidos?

Fico intrigado com isso, e minha mente acaba afundando nos círculos negros do sono. Confie em Bono.

Graças a Deus. Estamos quase lá. Finalmente um pouco de descanso.

Então um pensamento me ocorre. Uma dessas ideias que expulsam o sono, como um vento forte soprando teias de aranha.

Meeeeu Deus.

Foi o que a Sra. Delano disse. *Meeeeu.* Não o velho e simples "Meu". Bom, onde foi que ouvi isso recentemente? Ontem. Anteontem.

E de repente estou empertigado na cama. Aquele sujeito, com cabelo de isopor. O lambedor, qual era o nome dele?

Lembro-me antes mesmo de tirar o cartão da carteira.

Faber, o advogado. Com todo o tumulto na boate naquela noite, esse tal de Faber me escapou totalmente.

A Sra. Delano repete o que ouve, e ela ouviu *Meeeeu*. Faber esteve aqui e destruiu minha casa.

Estou de pé, andando de um lado para o outro, dando socos na palma da mão, o que paro de fazer quando percebo como isso parece coisa de heroína de telenovela. Não dá para deixar essa questão de lado, mesmo se eu quisesse. Faber sabe onde eu vivo e ele obviamente teve ajuda. Um nanico como ele não causaria um dano desses sozinho. Aquele idiota nem conseguiria levantar um micro-ondas.

Isso não tem a ver com Zeb, tem a ver com Connie. Faber a matou e agora está atrás de mim.

É isso. Tem de ser. Meu Deus, certamente ninguém mata ninguém por causa de uma lambida no traseiro, não é? Eu testemunhei Faber bulinando Connie e acabei com aquilo. Poderia ser tão simples assim?

Ultimamente, todo mundo anda querendo me matar. Isso já é suficiente para deixar alguém paranoico. Como o Dr. Moriarty costumava dizer com certa frequência: *Sabe de uma coisa, Dan? Só porque todo mundo está a fim de pegá-lo não significa que você não seja maluco.* Sempre achei que essa frase tinha duas negativas a mais do que o necessário.

Três horas mais tarde, eu ainda estou acordado, pensando. A velha massa cinzenta fica borbulhando com teorias, que discuto com o Zeb Fantasma.

Faber matou Connie.

Possivelmente.

E como você sabe disso?

Porque uma dona maluca falou da mesma forma que ele.

Isso é uma porra de argumento completamente frágil, como Riggs e Murtaugh poderiam dizer.

O mundo é construído sobre a fragilidade. Pergunte a George W.

Então, presumindo que tenha sido o tal de Faber. Por quê?

Porque Connie deu um tapa nele. Porque ele **é** um psicopata.

É uma vingança bem pesada para um tapa. E Faber não parecia ser um sujeito que gosta de armas.

E quem o está ajudando? Você não sabe quem está puxando o revólver para ele.

Bom argumento.

Obrigado.

Então vamos procurar a polícia.

Não existe nós, somente eu. E não quero a polícia metendo o nariz na minha vida.

Por causa daquela coisa de ter matado um gângster.

Exato. Então o que fazemos agora?

Agora existe um nós?

Salto de volta para Tommy Fletcher. Nesse ponto, ele voltou a ser cabo, depois de um incidente em que encharcou uma ovelha com gasolina, pôs fogo nela, e em seguida chegou a comer uma grande parte do animal. Envolvida no caso havia uma boa quantidade de birita feita em casa. Tommy está de barriga para baixo num penhasco em uma terra de ninguém, disparando sua FN contra cães selvagens magricelos.

— Está atirando nos vira-latas, cabo? — pergunto a ele.

— Não — responde Tommy, rindo. — Estou atirando perto dos vira-latas e vendo eles pularem.

Fecho os olhos e sinto o sono passando por cima de mim como uma onda de névoa densa.

Atirar perto para vê-los pular. É mais ou menos o mesmo que fazer nada. É ser agressivo e passivo.

Simon ficaria muito orgulhoso.

Encontrei Zeb pela segunda vez quando eu estava trabalhando de porteiro no Brooklyn. Era uma boate chamada Queers, que tentava atrair a galera cor-de-rosa, mas acabava pegando os artistas nova-iorquinos que adoravam ironias. Este não foi meu melhor período, pois o chefe exigia que seus leões de chácara usassem rímel e coletes com lantejoulas. Qualquer foto dessa época não entraria no meu site, se eu tivesse um. De qualquer modo, foi por pouco tempo. O emprego durou cerca de uma semana, até que fiquei com uma irritação nas pálpebras e decidi que a solução era comprar maquiagem hipoalergênica com dinheiro do meu próprio bolso ou ir embora. Óbvio que escolhi a segunda opção.

Então eu estava na porta do Queers, na minha última noite, imaginando que o potencial de merda subia cerca de duzentos por cento quando o porteiro usava rímel, no momento em que apareceu um sujeito completamente de porre. Espalmei os cinco dedos no peito dele, só para que ele soubesse como minha mão era grande.

— Senhor, não adianta nem pedir. O senhor não vai entrar aqui.

Algo no cara me pareceu familiar. Ele se parecia um pouco com um dos Bee Gees depois de alguns anos difíceis.

— Qual é, cara? — gemeu ele. — Eu tenho grana, muita. Quer ver?

Eu não queria ver. Quando se expõe dinheiro ao ar livre durante mais de cinco segundos do lado de fora de uma boate, alguém vai começar uma briga.

— Não, senhor. Mantenha seu dinheiro no bolso.

O homem me ignorou, o que iria se tornar um hábito seu, e mostrou um rolo de notas de 50 que seria capaz de tapar uma toca de ratos.

— Sabe o que é isso?

Coloquei um pouco de pressão nas pontas dos dedos, o suficiente para que o sujeito recuasse um ou dois passos.

— Sei o que é, senhor.

— Não, você não sabe. Você acha que sabe. — O bêbado bateu no próprio nariz como se houvesse um grande segredo enfiado ali. — Isso aqui são dois pares de peitos de silicone e uma lipo de barriga. E foi um serviço maneiro. Se você me deixar entrar eu te dou mil pratas. Que tal? Mil dólares só para ficar de lado.

Permaneci firme, não porque não pudesse ser comprado, mas porque o cara achava que podia me comprar, se é que isso faz sentido.

— Sinto muito, senhor. Guarde o seu dinheiro. — E então ele me encarou, possivelmente para aumentar a oferta, e algo fez "ping" entre nós.

— Ei — disse ele, balançando um dedo. — Eu conheço você.

Foi então que percebi. A pele oleosa, os olhos meio brilhantes. O tal doutor do Líbano.

Mas o que eu disse foi:

— Não, acho que não nos conhecemos.

Zeb recuou e abriu os braços como se fosse um mestre de cerimônias de circo, apresentando-se.

— Ei, sou eu. O sujeito da injeção de gordura no pau.

Ficou falando como se eu não tivesse informações suficientes.

— Sabe, o pau daquele cara da milícia explodiu numa batalha. Sou um herói nacional.

O que talvez seja a coletânea de declarações mais estranha que já ouvi antes ou depois disso.

Durmo até as quatro da tarde e rolo para fora da cama, surpreso e mal-humorado, o que é uma combinação difícil de manter. Quatro horas. O dia está morrendo e nem estou calçado. *E esse quarto é um buraco de merda, e por que não fiz uma arrumação enquanto estava ali deitado, pensando?* Fazer a barba me acalma, como sempre. A hora de acordar costuma ser ruim. Há um momento de abençoada ignorância e então a vida vem com tudo. E hoje a vida está praticamente pior do que nunca.

Corto-me com a lâmina e vejo uma gota de sangue escorrer pelo pescoço.

Connie, penso. *Não haverá mais fins de semana. Nem você.*

Depois de me barbear jogo um pouco da raiva que habita dentro de mim contra a parede, usando um tijolo de concreto que fazia parte da minha estante para abrir um buraco no painel de gesso acartonado. Tiro uma mochila de Kevlar que estava presa entre os barrotes. Minha bolsa de armas, escondida quatro anos atrás no reboco. Esporos de poeira pousam na manga da minha camisa, espano-os com a mão e vou para a lanchonete Chequer's Diner, que está se tornando meu QG extraoficial. Agora estou notando esporos de poeira? Devo estar com muito tempo disponível.

O sol se desbotou de vermelho para branco e eu estou tomando um café da manhã de rei. Panquecas, bacon, salsicha, uma pilha de torradas e seis xícaras de café. Agora sim, estou acordado.

A garçonete, Carmél, vem com meu troco e fica um pouco surpresa quando peço mais uma xícara de café. Ela bate com a coxa no meu cotovelo.

— Eu achava que você era um cara que se mantinha em forma, Dan. Perdeu uma competição ou algo assim?

— A vida é curta demais — respondo. — Talvez eu passe a fumar também.

Carmél ri. Parece um motor ligando. Imagino que ela própria seja adepta dos cigarros.

Tenho uma espécie de plano.

Vai salvar minha vida?, pergunta Zeb Fantasma.

Não. Vou deixar você de lado por enquanto, mas esse tal de Faber... Preciso fazer alguma coisa quanto a ele, antes que ele abra um buraco na minha testa.

Zeb Fantasma está mal-humorado.

É, se a gente passasse um fim de semana na cama, talvez eu ficasse no topo da sua lista.

É um bom argumento.

Bom, vamos ao plano. Vou telefonar dando uma dica anônima, algo vago sobre Faber e seu pequeno desentendimento com Connie, depois vou ver como o advogado reage quando o interrogarem.

Zeb Fantasma fica incrédulo.

É isso? Esse é todo o seu plano? Por que simplesmente não faz um pedido à estrela cadente, já que está com a mão na massa?

Zeb Fantasma está se revelando um pé no saco tão grande quanto seu eu encarnado.

Encarnado. Havia um recruta no quartel que costumava confundir "encarnado" com "engajado", até que alguém lhe explicou a diferença.

Acho que não importa como você consegue as informações, desde que se lembre delas.

Ah, e ninguém sai prejudicado. Muito.

Pelo menos ninguém decente.

Separo algumas moedas do troco e vou para a cabine telefônica na esquina.

Zeb Fantasma está tão bravo que quase fica na mesa sem mim.

Ligo para a delegacia e peço para falar especificamente com a detetive Deacon, porque Goran é astuta e me identificaria num segundo.

— O que é? — diz Deacon rispidamente ao atender. Estou interrompendo seu telefonema para o comissário Gordon.

— Você está trabalhando no caso DeLyne? — pergunto, usando meu melhor sotaque nova-iorquino.

— Que caso?

— Connie DeLyne. A garçonete do Slotz.

— Quer dizer, aquela stripper?

— Eles não têm nenhuma stripper lá. — Meu sotaque desceu para o sul e recuou para o século passado.

— É, aquela *garçonete* é um caso meu. Quem está falando?

— Isso é uma denúncia anônima. Acredito que seja o jargão da polícia.

Agora estou embromando. Não deveria. Uma amiga morreu, outro está sumido, mas em ocasiões de estresse não consigo me conter. Algumas vezes dou risinhos como uma menininha. É constrangedor.

Deacon suspira, desconsiderando o telefonema. Aposto que eles recebem uma centena de trotes por dia.

— O senhor tem alguma informação sobre o caso DeLyne?

— Tenho uma coisa boa para você, moça.

— Me chame de *detetive*.

— Agora eles permitem que mulheres sejam detetives? Isso explica muita coisa.

Qual é, sargento? Você não tem tempo para isso. Caia na real. Isso não é um trote de alguém do sexto ano.

Ouço alguma coisa estalar. Deacon deve estar apertando o telefone com força.

— Essa atitude é desagradável, senhor.

Disfarço o risinho com uma tossidela.

— Vá com calma, detetive, só estou tentando ajudar.

Por alguns instantes, Deacon tenta se controlar. Provavelmente está sussurrando para si mesma: *você é uma profissional*.

— Então ajude. Já estou ficando velha.

— Eu estava no Slotz algumas noites atrás, senhor...

— É *senhora*... Lembra-se? Detetive, mulher.

— Desculpe-me. Você tem uma voz meio grave. Gosto disso.

Deacon suspira fundo.

— O senhor tem alguma informação pertinente? Espera aí, é o Randy? Você está me sacaneando, Randy?

Não sei quem é Randy, mas adoraria conhecê-lo.

— Não sou nenhum Randy. Quer a informação ou não?

— Sim, diga. Mas se for o Randy, vou arrancar suas bolas... senhor.

— Certo, senhora... se é que você é senhora. Eu estava no Slotz e vi Connie brigando com um cara.

— Que cara?

— Um advogado. O nome dele é Faber. Jerry Faber, ou talvez Gary.

Ouço um som como o de algo sendo raspado. Deacon está anotando isso.

— O senhor ouviu alguma coisa específica?

— Um pouco. Que ele ia matá-la. Ela ia pagar. Coisas assim.

Deacon está tomando notas, pode apostar.

— O senhor ouviu ele dizendo que ia matar Connie DeLyne? Essas foram as palavras exatas?

— Sim, senhor... senhora... detetive... Foi isso mesmo que ele disse. Mais de uma vez.

— O senhor testemunharia isso?

— Estou testemunhando agora, não estou?

— Sim, mas eu preciso...

Então desligo, sorrindo enquanto imagino Deacon gritando palavrões no fone.

Pobre Randy, penso. *Vai precisar de um suporte atlético.*

Segundo passo do meu plano astucioso: ficar de tocaia na frente do escritório de Faber.

Pego o ônibus 14 e atravesso a cidade até o distrito financeiro, onde o cartão de visitas de Faber diz que ele trabalha. Talvez "distrito" seja uma expressão grandiosa demais. O que temos em Cloisters é um quarteirão financeiro, um ou dois prédios de escritórios com um Bennigans e um Cheesecake Factory para o pessoal almoçar.

O Bennigans fica do lado oposto ao saguão do prédio de Faber, por isso peço um Turkey O'Toole que não quero e espio-no do outro lado da praça através de uma janela pintada com trevos verdes.

Turkey O'Toole. Meu Deus.

Não preciso esperar muito. Quinze minutos depois, um sedan da polícia para em frente ao hidrante, fica alguns segundos em ponto morto e depois vai para uma vaga mais à frente.

Sorrio por trás do sanduíche. Deacon queria parar junto ao hidrante, mas Goran a fez continuar mais um pouco. Interessante. O que o Dr. Moriarty acharia disso?

Talvez Deacon tenha sido espancada por alguém vestido de hidrante, ou talvez Goran tenha perdido seu cachorrinho num incêndio.

Psicologia. Qualquer um pode fazer.

Mais dez minutos, e Faber sai, disparando ameaças com seus dedos ágeis. Goran e Deacon vêm atrás dele com olhos vítreos. Conheço essa expressão. É a expressão que você tem quando algum sargento berra a ponto de arrancar a pele da sua testa. Aposto que Faber está gritando que vai processá-las e mencionando o chefe de polícia pelo apelido que ele usa quando vai jogar golfe. Goran bate com dois dedos no antebraço de Deacon.

Calma, diz o toque. *Vamos fazer isso direito.*

Agora Faber está praticamente dançando. Do outro lado da praça, vejo seu tufo de cabelo ruivo vibrar.

É engraçado, só que talvez ele tenha matado Connie.

Os lábios da detetive Goran estão se movendo, e eu preencho as lacunas.

Dê uma volta, Sr. Faber, mas não vá muito longe. Vamos ligar para você.

De modo que agora a merda havia atingido o ventilador.

Como assim?, pergunta Zeb Fantasma.

Não sei. Esse ditado em particular sempre me deixou confuso.

Faber abre a porta de um Mercedes novo que está mais adiante usando sua chave eletrônica, e as policiais voltam para o velho sedan, provavelmente achando que estão no ramo de trabalho errado.

E agora, gênio? Todo mundo tem carro, menos você.

Zeb Fantasma está virando uma espécie de adereço fixo na minha cabeça.

Você parece um ajudante mal-assombrado.

Foda-se.

Encantador. Preciso arranjar um amigo vivo que eu possa deixar em outro lugar.

De qualquer modo, o negócio de transporte está resolvido. Há bicicletários por toda a cidade, parte da plataforma do prefeito, *Uma Cloisters melhor e mais limpa*, junto com lixeiras para cocô de cachorro e tolerância zero para bêbados em abrigos de papelão.

Saio rapidamente, deixando o sanduíche inexplorado, e passo meu Visa no bicicletário. Com o tráfego da tarde igual ao de todas as cidades, desde aqui até Atlantic City, não devo suar para acompanhar Faber. Ele poderia ter dificuldade para me alcançar, se decidisse fazer isso. Grande parte de mim espera que ele decida. Isso simplificaria bastante as coisas, lei da selva.

Ainda estou enfiando a barra da calça dentro das meias quando noto que Deacon fez um retorno preguiçoso. As policiais também estão na cola de Faber.

"We got a great big convoy", canta Zeb Fantasma.

Confirmo com a cabeça, passando a perna por cima da bicicleta. Sempre gostei dessa música. E, além disso, ela é adequada.

Andar de bicicleta não costumava ser tão perigoso assim. Quase sou imprensado três vezes enquanto atravesso a cidade até a rua principal. Três vezes! Comandei patrulhas em zonas de guerra com menos dificuldade do que isso. Finalmente, um caipira numa picape me obriga a descer da bicicleta e dar um soco no seu capô para fazê-lo manter a distância.

Por sorte, as policiais estão concentradas no carro de Faber, caso contrário poderiam ter visto minhas estripulias. Mas elas viraram a esquina e entram na Cypress, praticamente sem piscar a luz de freio.

Dou meu melhor olhar frio ao caipira e pedalo atrás delas.

Não é fácil parecer durão montado numa bicicleta, observa Zeb Fantasma, com simpatia.

Ele tem razão.

Quando Faber para, freio e largo a bicicleta atrás de um monte de entulho junto a um prédio de dois andares arruinado, que já abrigou um restaurante chinês, a julgar pelo cheiro do lixo.

O Flor de Lótus. Lembra daqueles rolinhos primavera?

Sim. Agora entendi. Eles fecharam o lugar?

O que você acha?

Zeb Fantasma está ficando meio estridente. É como se eu estivesse me dando um passe para ser maluco.

Subo no montinho, que fede a bolinhos de camarão, e verifico a rua com uma velha mira de visão noturna dos tempos do Vietnã, que comprei numa loja de penhores em Hell's Kitchen.

Ainda funciona bem, apesar de ter passado alguns anos guardada na mochila. Já está bem escuro, mas a mira amplifica duas mil vezes a luz da rua e me dá uma boa visão do bar para onde Faber está se dirigindo. É um lugar chique chamado The Brass Ring. Um local por cuja porta eu provavelmente jamais conseguiria passar, a não ser que decidisse que queria entrar de verdade. Faber joga as chaves para o pobre coitado de um porteiro idiota e segue adiante como se fosse o dono do lugar. Sei como o idiota se sente.

Goran e Deacon recuam num beco e se acomodam rapidamente em posição de tocaia. Afrouxam-se no banco, entreabrindo as janelas. Dois minutos depois, sai fumaça dos dois lados. Dentro de mais quinze, Deacon vai sair para comprar café.

O plano delas é tão idiota quanto o seu, observa Zeb Fantasma. *O que vai acontecer agora? Vamos ficar aqui sentados, perdendo tempo?*

Você não está aqui. Não vou discutir com você.

Isso é que é ser maduro.

Assobio alguns compassos para distraí-lo.

Que música é essa?

Qual é? O que estamos fazendo agora?

O riso de Zeb Fantasma chia pelo nariz, e minha mente demonstra atenção aos detalhes.

Elvis Costello. "Watching the Detectives". Muito bom.

E isso o mantém quieto por um tempo.

Os policiais chamam isso de tocaia, e o Exército chama de reconhecimento, mas é a mesma coisa. Esperar e observar.

Duas horas depois, Faber ainda está na boate, e não consigo encontrar uma posição no monte cheio de especiarias que não implique numa pedra ou raiz cutucando minha virilha.

Talvez você goste de ter uma raiz cutucando a virilha.

Não me digno a responder.

Goran e Deacon estão sentindo a tensão. A detetive mais nova está fora do carro, batendo os pés por causa do frio e falando sem parar. Goran tem uma expressão de mãe irritada, suportando o chilique.

Com a mira noturna quase posso ler os lábios dela, e o que não identifico, invento.

Qual é, Josie? Me deixa entrar lá e ver com quem Faber está falando.

Não. Vamos fazer isso do modo correto. Esperar, montar um processo.

Dane-se. Ele é o cara. Viu como ele pirou? Começou a ameaçar a gente e coisa e tal.

Vamos esperar, detetive.

Algo assim.

Ou talvez não.

De repente a seriedade da situação cresce de modo alarmante. Deacon dá as costas para a superior, os ombros encurvados, a mão agitada com o cigarro traçando trilhas no ar.

Trilhas? Nada mal para um porteiro.

Não há tempo para discutir com Zeb Fantasma. Goran saiu silenciosamente do banco do carona e tirou uma pistola que estava presa no tornozelo. É uma arma não registrada. Droga.

Posso estar errado. Talvez esteja entendendo mal a situação.

Goran tira um silenciador de sua bolsa e o enrosca no cano com movimentos casuais, enquanto seus lábios se movem, mantendo a conversa tranquila, sem sinais de alerta.

Com sinais de alerta ou não, Deacon vira e se vê diante de um beco deserto, em uma parte inóspita da cidade, com o olho preto de um silenciador olhando para ela, sem piscar.

Não estou entendendo mal coisa nenhuma. A detetive Goran vai executar sua parceira.

Junte suas coisas e vá embora, diz Zeb, sério.

É o melhor conselho da minha vida e eu sei disso, mas tenho essa coisa de proteção cutucando minha psique.

Vá, agora!

Policiais atirando em policiais. Não há como entrar no meio desse sanduíche sem ser mordido. Mas em última instância, não sou um animal, então não tenho escolha a não ser ajudar a detetive Deacon.

A mochila não saiu da parede durante anos. Nunca deveria ficar naquele prédio por tanto tempo. Nem eu. Nada vai funcionar. Como alguma coisa poderia funcionar? Nem um borrifo de óleo nas armas, nem um pano esfregado nas balas. As paredes do meu apartamento são como esponjas.

Pela mira, vejo Deacon passando pelos estágios. Primeiro as sobrancelhas se juntam, confusas.

Que diabo você está fazendo?

A percepção pesa em suas feições como trinta anos malvividos. Isso é seguido pela negação, e finalmente pela bravata.

Agora Deacon está exibindo o peito para Goran, batendo nele com o punho, fazendo voar fagulhas do cigarro. Chego a ouvir seu desafio do outro lado da rua.

— Anda, sua vadia, atira!

Não parece real. É o que um policial de Hollywood poderia dizer.

Durante todo o tempo, estou calçando um par de luvas descartáveis tiradas de uma caixa na mochila, depois procurando o fuzil que, claro, está desmontado. Fomos treinados para esse tipo de coisa no Exército: montar a arma com venda nos olhos, na chuva, com um cara atirando balas de festim junto aos nossos ouvidos, sendo mijados por um grupo de soldados rasos. Certo, talvez não essa última parte, mas mesmo assim eu sempre fui inútil com essa coisa de montar arma com venda nos olhos. Normalmente demorava uma hora, e eu acabava com uma peça de arte moderna que ficaria deslumbrante com a iluminação certa, mas que não vale nada na hora de atirar.

Emito uma sequência de imprecações e pouso a mira noturna. Do outro lado da rua, Goran está fazendo um discurso antes de puxar o gatilho. Graças a Deus existem os assassinos exibicionistas. Voltando ao passado, certa vez meu pelotão foi chamado para caçar um esquadrão de sequestradores do IRA que havia atravessado a fronteira. Somente os pegamos porque eles atrasaram uma execução programada para poderem filmar de vários ângulos. Todo mundo quer ter seu momento de estrelato.

Agora que tenho os dois olhos focados no serviço, o fuzil customizado parece montar-se sozinho, saltando das tiras de Velcro. O cabo dobrável se prende atrás da guarda do gatilho. O cano de aço inoxidável atarraxa perfeitamente. Parece um pouco úmido. Talvez eu esteja imaginando isso.

Abro uma caixa de balas com os dentes e enfio uma na culatra. A trava está liberada, a mira noturna presa no suporte. O cheiro de molho de soja está realmente me incomodando.

Haverá tempo para dar um tiro, talvez. Não é momento para ajustes ou para pensar nas consequências.

Goran ainda está falando, graças a Deus. Talvez esteja advertindo Deacon. Quem sabe não haja necessidade de atirar.

A detetive mais nova fica de joelhos na sujeira do beco, com lágrimas escorrendo pelo rosto.

Estágio final, a aceitação.

Isso é um aviso e tanto.

Goran gira em volta da parceira, jamais permitindo que o cano baixe. Não há espaço para Deacon agir. Para seu crédito, ela tenta mesmo assim, e recebe uma pancada com a pistola.

Goran é uma mulher fria. Eu havia julgado essas duas de forma totalmente errada.

Deacon faz um gesto de assentimento com a cabeça. Talvez ela esteja rezando, ou então reagindo ao cano encostado contra seu crânio.

Através do estranho brilho da luz da mira noturna, eu vejo que o rosto de Goran está quase sem expressão, exceto por uma pequena sombra de dor, como se tivesse perdido as chaves. Ela engatilha o revólver.

Eu puxo meu gatilho...

... E fico surpreso comigo mesmo por acertar no que eu estava mirando. No alto do ombro direito. Goran roda como um giroscópio e cai de cara num abrigo de mendigo, feito de papelão. Parece que o prefeito deixou passar um.

A detetive Goran vai viver, mas durante um bom tempo ela não vai apontar nenhuma arma com aquele braço.

Estou no meio da desmontagem do meu fuzil e treinando uma pequena e presunçosa referência sobre algum filme de Clint Eastwood para Zeb Fantasma quando Deacon percebe que não levou o tiro. E depois de um pouco de dor incandescente e um ataque de tosse que arrancaria os dois pulmões da caixa torácica, Goran está suficientemente viva para ter certeza de que não morreu.

Belo gesto, cabrón, diz ZF. *Agora temos uma possível acusação de tentativa de assassinato.*

Cabrón. Uma das quatro palavras em espanhol que Zeb adora usar. A segunda é *puta*, a terceira é *amigo* e por fim *gringo*, que ele adora jogar para cima de mim, apesar de o próprio Zeb ter a pele cor de queijo cottage largado de um prédio alto sobre uma calçada.

Deacon vê a parceira rolar, saindo de rosto erguido com seu revólver especial da polícia engatilhado, soltando imprecações em meio a gorgolejos de sangue. Deacon abaixa-se a fim de evitar um tiro dado de qualquer jeito, remexe no lixo até encontrar a arma não registrada de Goran e descarrega meia dúzia de balas na parte superior do corpo da parceira.

Ex-parceira, eu imagino.

Demoro um momento para processar aquilo. Alguém que deveria estar apenas imobilizada agora está morta, e aproximadamente catorze por cento das balas no cadáver pertencem a mim.

Aquilo foi legítima defesa, digo ao Zeb. Será um relatório difícil para Deacon redigir, mas foi legítima defesa.

Vá agora, diz Zeb Fantasma. *Você não precisa redigir um relatório.*

Desta vez, eu escuto.

CAPÍTULO 7

Naquela noite, Zeb esperou nas imediações do Queers até que eu saísse. Digo *esperou*, porém uma descrição mais exata seria *apagou* na farmácia vinte e quatro horas do outro lado da rua. Ele foi mais ou menos jogado no meu caminho pelo proprietário enquanto eu ia para casa.

— E mantenha o pau longe das minhas freguesas! — Foi o comentário de despedida.

Obviamente Zeb não estava fazendo coisa boa antes de apagar. Talvez os dois tivessem um vínculo.

Eu estava de péssimo humor depois de acabar de dizer ao meu chefe onde ele podia enfiar seu rímel, mas alguma coisa naquela figura totalmente arrasada aos meus pés dissolveu o mau humor, e eu peguei Zeb do chão e o ajudei a andar uns dois quarteirões até a lanchonete Kellogg's na Metropolitan.

Ele voltou a si depois de uma jarra de café e falou comigo como se eu fosse um colega perdido.

— Ei, Paddy O'Mickster. Onde estamos? O que aconteceu?

— Parece que você estava tentando injetar gordura de pau em algum freguês.

Zeb demorou um minuto para entender o trocadilho, depois um riso lento iluminou suas feições.

— Engraçado. Você é um sujeito engraçado, irlandês. Não percebi isso quando você usava uniforme.

— Meu nome é Daniel McEvoy — respondi, sem estender a mão. — Paddy O'Mickster era a segunda opção da minha mãe.

Zeb chegou a dar um tapa na mesa.

— Mais engraçado ainda. Adoro esse cara — anunciou ele aos cinco fregueses da lanchonete. — E aí, Daniel McEvoy, vai me deixar entrar no Queers amanhã? Agora que nós quebramos o gelo?

Em resposta expliquei que havia deixado o serviço de porteiro no Queers por causa de um desentendimento sobre a maquiagem.

— Fico surpreso. Por que alguém se demitiria por causa de um pouco de rímel? Diabos, agora mesmo eu estou usando calcinha de mulher. Nunca se sabe, certo?

Nesse momento, eu estava meio que me divertindo e meio que pensando em ir embora. Zeb realmente era desprezível, mas tinha certo encanto.

— Bom, de qualquer maneira, Daniel McEvoy, você está sem trabalho e eu tenho um vaga de trabalho sem ninguém nela, o que acha? Quer trabalhar para Zeb Kronski?

Essa talvez tenha sido a oferta de emprego mais vaga que eu já ouvi, e considerando que o sujeito diante de mim estava usando calcinha de mulher, achei que deveria pedir mais alguns detalhes.

O caso era que, como Zeb não tinha licença para exercer a profissão de médico nos Estados Unidos, ele andava fazendo aplicações de Botox e cobrando apenas em dinheiro vivo e já havia sido ludibriado duas vezes. Seria bom ter alguém para recolher a grana, como ele disse.

Assim que ele explicou, concordei em tentar por uma semana. Provisoriamente. Para ver como as coisas andariam.

— Provisoriamente — disse Zeb, rolando a palavra na boca. — É, gosto disso. — Ele apontou para a minha testa. — E então, você está ficando meio ralo no topo, amigo irlandês. Eu tenho um procedimento que faz você ficar igual ao Tom Cruise. O que acha?

Agradeci educadamente ao meu novo chefe, mas disse que não. Nada de agulhas na cabeça. Aguentei seis anos até que ele me convencesse do contrário.

Vou embora antes que Deacon tenha tempo de se perguntar quem lhe deu uma segunda chance na vida. Não que eu esteja esperando rosas e um abraço de agradecimento. Uma pessoa com a predisposição dela pode nem sentir gratidão. Já vi isso antes. Alguns policiais são tão durões que precisar ser salvo é sinal de fraqueza. E Deacon é bem durona.

É uma pena me despedir do meu lindo fuzil customizado, mas mantê-lo é o mesmo que deixar uma trilha de migalhas indo da minha mochila até a cena do crime. Sem dúvida, já existe uma floresta de fibras no montinho chinês. Não preciso dar à turma da perícia minha identidade amarrada com uma fita de veludo. Desmonto a arma e pedalo até o lado oeste da cidade, largando os pedaços em vários bueiros. As balas também vão embora, tilintando entre as barras. Ouvi dizer que há um teste capaz de identificar o lote de uma determinada bala, mas foi Jason quem me disse isso, de modo que pode ser papo furado de leão de chácara. Uma vez, Jason jurou que o pai dele tinha olhos na nuca, *olhos de verdade na nuca*, de modo que nada que o meu colega diga pode ser considerado cem por cento legítimo.

Deixo a bicicleta na estação de ônibus e guardo a mochila num armário alugado. Pode apostar sua última cueca que vou ser chamado para interrogatório em qualquer investigação que esteja a caminho. Ter a posse de uma grande mochila com armas não vai atrair votos para o meu lado. Contudo mantenho uma pequena Glock 26, para o caso de alguma emergência, o que parece ser bastante provável pelo andar da carruagem. Não é uma questão de *se*. É uma questão de *quando*, *quem* e *quantos*. Na verdade, são três questões.

Não é preciso ser um Napoleão para deduzir meu próximo passo. Uma rápida passada em casa para pegar algumas coisas necessárias, depois me enfiar em algum motel barato onde possa planejar meu próximo passo, menos um.

Você está me deixando para morrer, diz Zeb Fantasma em tom acusatório.

Você provavelmente está morto. E não estou deixando você. Estou me afastando um pouquinho do Mike Irlandês e da po-lícia, só isso.

Você está me deixando. Isso é que é amigo. Irlandês idiota.

Um fantasma mal-humorado, era tudo o que eu precisava.

Minha rua parece bastante calma, exatamente como seria se alguns gângsteres experientes estivessem de tocaia. Pode ser que os policiais também estejam aqui. Talvez as partes interessadas tropecem uma na outra e provoquem um banho de sangue.

Dedos cruzados.

Começo a três quarteirões de distância e trabalho em círculos cada vez menores, analisando cada rua. Verificando carros parados, procurando o revelador símbolo de "à prova de balas" no para-brisa. Quando se encontra aquele familiar triângulo, sabe-se quem são os mocinhos, os bandidos ou talvez um rapper rezando para alguém atirar nele.

Nada. Nenhum sinal de alguém vigiando meu apartamento. Tento enganar a mim mesmo, pensando que isso faz sentido. Goran não foi morta com minhas balas, e Faber não precisa mais manter as coisas em sigilo. Já está sob investigação.

Há uma escada de incêndio aparafusada na lateral do meu prédio. Ela faz um zigue-zague ao longo dos tijolos, camuflada pela ferrugem, e parece que não é usada há décadas. Seria de pensar que se alguém puxasse a parte inferior, móvel, a escada faria um tremendo barulhão, mas isso estaria errado. Durante anos, eu venho mantendo as dobradiças lubrificadas para o caso de haver necessidade de uma saída discreta. Tarde da noite, com um travesseiro sobre o rosto e uma torrente de insultos vindo do andar de cima, eu costumava imaginar que finalmente piraria e estrangularia a Sra. Delano. Com um silêncio abençoado, eu poderia dormir durante oito horas, depois tirar a mochila da parede e descer pela escada de incêndio lubrificada.

Esta noite vou subir. Cinco dedos limpando a sujeira do corrimão, os outros cinco escondendo a pequena Glock na palma da mão. É arriscado voltar aqui, considerando o tamanho e a complexidade da pilha de merda em que me encontro, mas será por apenas alguns minutos. No máximo dez. Estou indo pelos fundos para diminuir as chances de ser visto. Além do mais, ainda não tenho a chave da fechadura nova. É entrar e sair, depois Daniel McEvoy será história, e quem quiser encontrá-lo é melhor ser invisível ou à prova de balas.

A escada de incêndio não está localizada perto da minha janela, mas é suficientemente perto para que eu possa subir no corrimão e pousar o cotovelo no parapeito. E enquanto estou lá em cima, equilibrado precariamente em dois dos dedos dos pés, percebo que esqueci de tirar o bip do bolso.

O bip da janela é uma pequena invenção da qual me orgulho. É somente um controle remoto ligado a um minúsculo motor, mas permite que eu entre no meu apartamento sem precisar deixar a janela aberta.

Panaca, zomba Zeb Fantasma.

Não posso dizer o quanto desejo que ele saia da minha cabeça.

Estou aqui, você sabe. Posso ouvi-lo.

Bom.

É necessário um pouco de contorcionismo, e há um longo momento em que fico cambaleando na ponta de um dos sapatos, mas pesco o controle remoto no bolso da calça e consigo entrar no apartamento.

Ao cair sobre o parapeito, meu estômago azeda só de pensar na devastação lá dentro. Pela primeira vez na minha vida civil, me ocorre que talvez eu devesse ter arrumado um pouco o lugar antes de sair. Minha mão raspa no chão, esperando bater em lascas das caixas de som ou em tufos de espuma dura da poltrona destruída, mas não há nada a não ser o carpete áspero. Estranho.

A simplicidade da vida de um segurança está me parecendo bem atraente agora. Manter a paz, retirar os que podem violá-la. Sem dilemas morais. Minha vida está ficando cada vez mais complicada desde que as pessoas começaram a morrer ao meu redor...

Desde que você começou a matar pessoas...

Eu feri Goran, e Deacon a matou.

E quanto a Barrett?

Legítima defesa.

Sim, porque ele estava dando aquele passinho de lado. Diga isso ao juiz.

Não creio que Mike Irlandês faça uso de juízes.

Acendo o abajur, que funciona. Surpreendente, pois da última vez que estive aqui a lâmpada estava igual a uma casca de ovo quebrada no tapete. Será que voltamos no tempo ou alguém arrumou isso?

Opção "B", creio. Se bem que a "A" seria melhor.

Então, quem?

Acho que sei, diz Zeb Fantasma.

Eu também, e é um pensamento alarmante.

O apartamento ainda está bastante maltratado, mas não pior do que um albergue de estudantes. As superfícies foram varridas e o brilho de polidor reluz na mesa, que está sem pernas, no chão. Três sacos de lixo enormes estão encostados na porta, como sentinelas gordas.

Esta é uma dimensão extra da qual não preciso na vida.

Corro para o banheiro. Minha sacola de lona está no armário, pronta para ser arrumada. Com uma das mãos estendida em direção à maçaneta da porta, me vejo no espelho.

Meus olhos são borrões distendidos de tinta, com quarenta anos de rugas pendendo embaixo como fios elétricos frouxos. O gorro preto rolou para trás, revelando um trecho de testa e um chumaço de cabelos implantados.

Está crescendo.

Você acha?

Sem dúvida.

Ele não deveria cair antes de crescer?

Mais tarde falaremos sobre isso.

Eu parecia tão velho assim dois dias atrás, antes de todo esse turbilhão? Ser leão de chácara nunca pesou tanto no meu rosto.

Pisco algumas vezes, com uma tensão súbita no peito. Quando exatamente comecei a me preocupar tanto com a idade? Algumas noites no Líbano, eu me sentia como se mal pudesse esperar para morrer. Ou, se não isso, pelo menos a ideia não me incomodava. Só queria que fosse rápido, era minha única exigência. A maioria de nós tinha pactos de morte. Se alguém que fez o pacto recebe um ferimento mortal, os outros tiram a sorte e o matam. Parece brutal, mas os pactos de morte eram bem populares. Fiz alguns amigos de verdade. Ainda escrevo para eles de vez em quando, para garantir que saibam que o pacto está desfeito.

Noto outra coisa no banheiro, além do meu rosto macilento. Os rolos de papel higiênico estão empilhados em forma de losango. Isso é muito bizarro. Passo ao largo da escultura como se ela pudesse ganhar vida de repente e começar a me fornecer conselhos zen.

Por que uma escultura de papel higiênico forneceria algo além de papel? De onde veio esse pensamento?

Sei quem construiu isso. Só há uma pessoa capaz.

O suor se acumula na minha nuca. Apesar das sessões de terapia, eu me sinto pessimamente preparado para lidar com alguém que monta losangos de papel higiênico.

Minha bolsa está no devido lugar, e rapidamente localizo os produtos de higiene que foram espalhados por quem destroçou o lugar, mas que agora se encontram enfileirados ao longo da bancada verde da pia.

Enfio-os na bolsa e pego um último item essencial. Eu guardo dez anos de economias, quase 50 mil dólares, no sifão da pia, para emergências, e, se a situação atual não é uma emergência, está me enganando muito bem. Desatarraxo o tubo e solto os maços de notas. Ver tanto dinheiro assim normalmente me deixa nervoso, porém já estou tão nervoso quanto é possível ficar sem ter um curto-circuito no cérebro. Enfio o dinheiro no bolso e vou para a porta. Em retrospecto, deveria ter saído de volta pela janela.

Deacon chega à porta do meu apartamento no instante em que eu a abro. Sua arma está empunhada e há manchas de sangue em sua blusa. Examino seus olhos brevemente, buscando sinais de gratidão e amor.

Sem sorte.

Penso em pegar a Glock dentro da jaqueta. Talvez conseguisse, ou talvez aquela policial jovem, treinada e em forma, desenhasse uma bela carinha sorridente no meu coração usando uma dúzia de balas.

As bochechas de Deacon estão molhadas, e os olhos, ameaçadores. Duas horas atrás, ela era a personificação da lei, e agora ela matou a parceira a tiros sem ter ideia de por que a companheira estava prestes a atirar nela. Ela não sabe em quem confiar e quem culpar.

— Polícia — diz ela, e bate no distintivo preso ao cinto.

— C-certo — respondo, interessado em ouvir o que vem em seguida.

— Foi você? — pergunta ela, a arma apontada para o meu rosto. Está tremendo. Prefiro sempre uma arma firme a uma arma trêmula. As armas trêmulas costumam ter dedos trêmulos no gatilho.

— Fui eu o *quê*?

Deacon encosta o cano na minha testa. A sensação é de uma daquelas pastilhas de hortelã com um furo no meio, só que não tão agradável.

— Não me sacaneia, McEvoy. Foi você, *soldadinho*?

A arma trêmula está fazendo cócegas nas minhas sobrancelhas.

— Está tentando ser engraçado? Agora você está fazendo careta para mim, McEvoy?

— É a arma — respondo, impotente. — Eu só estou aqui parado.

Deacon está no limite. Está estampado em seu olhos, no trincar dos dentes.

— Pela última vez. Diga que foi você.

Não creio que haja uma resposta certa para isso.

— Certo — admito. — Fui eu.

— Foi você o *quê*?

Meu Deus, ela está brincando comigo?

Ela engatilha a arma. Então não está brincando.

— Fui eu tudo. Coloquei vocês no encalço do Faber, imobilizei Goran e vi você acabar com ela.

Deacon esperava essa resposta, mas ainda está atordoada. Vendo pelo lado positivo, sua arma é abaixada ao lado do corpo.

— Foi... *foi* você.

Confirmo com a cabeça, cansado. Ainda não saí da zona de perigo. Os olhos de Deacon estão vítreos e suas mãos tremem. Acho que ela está em leve choque. Se você encara o vazio e mata uma amiga na mesma noite, isso deve lhe provocar algum efeito.

Na minha experiência, as coisas podem seguir dois caminhos. Deacon se dissolve em soluços, ou seu coração endurece e ela atira em mim, porque pelo menos esta é uma ação positiva.

Melhor agir agora, enquanto ela está com a guarda baixa, porém mal consigo fechar os punhos quando ela parte para cima de mim com a mão espalmada no meu peito. Isso é perturbador.

Cambaleamos de volta para a sala, seus dedos rasgando minha camisa como se esta estivesse pegando fogo. Então a palma de sua mão está sobre o meu coração, procurando a vida lá dentro. Sua boca está em cima, rosnando, querendo o beijo. Então eu beijo a detetive Deacon, sentindo um prematuro arrependimento pós-coito que deveria me alertar para cair fora, mas não alerta. Viajamos como se fôssemos um só por cima dos restos do sofá até o tapete caucasiano que comprei num mercado libanês. Ocorre-me que o que vamos fazer nesse tapete é provavelmente pecado em várias religiões.

Não que isso me faça parar. Estou me sentindo bem tenso, e esse é um modo igualmente bom de pôr tudo para fora.

Acho que havia um terceiro caminho para as coisas. No exército nunca me deparei com essa opção.

Muito cedo, na manhã seguinte, nos pegamos amassados contra a parede, meio cobertos com algumas almofadas de sofá.

Na manhã seguinte?

Eu sei. Sempre odiei isso: você está assistindo a um filme ou lendo um livro, finalmente uma cena ardente parece surgir no horizonte e de repente é *a manhã seguinte*. Como isso faz você se sentir?

Enganado, eu sei.

Então...

Não que eu seja puritano, mas essa rolada no tapete foi definitivamente estranha. Deacon me jogou de um lado para o outro, passando a mão pelo meu corpo. Estou surpreso, dado os meus problemas de baixa autoestima, por ter ao menos conseguido ter algum desempenho.

Vá em frente, encoraja Zeb Fantasma.

Você não precisa de mais detalhes. De qualquer modo, você estava lá.

Sim, mas gosto de como você conta, com seu sotaque irlandês.

Você é um amiguinho imaginário, Zeb.

Devo dizer que essas conversas com Zeb Fantasma são cansativas. Mesmo sabendo que ele não passa de uma fita dos melhores momentos reunidos pela minha memória, estou começando a pensar coisas, baixinho, para o caso de ele me escutar.

Escutei isso, seu cabeçudo. Pensar baixinho? O que você é, maluco?

Decido não responder à pergunta.

Assim, de manhã, estamos espremidos no canto como dois cadáveres que foram jogados ali, nenhum dos dois com a mínima ideia do que dizer.

Recupero a consciência primeiro e uso aqueles preciosos minutos para examinar a mulher com quem acabei de ter algum tipo de relação. Geralmente faço o exame antes, mas não há nada de normal nesse encontro. Tudo em Deacon fala de força. Testa larga, nariz forte, lábios cheios, pele cor de jacarandá encerado. O corpo é esguio e musculoso como se ela vivesse espancando suspeitos, e há um inchaço na parte de cima do braço que parece um ferimento de bala.

Toco a cicatriz gentilmente. Parece haver uma bola de gude por baixo.

— Nove milímetros? — pergunto. O próprio Sr. Romance.

— Acidente de marcação a ferro — resmunga Deacon, ainda meio dormindo.

Tenho a sensação de que jamais vamos mandar cartas perfumadas um para o outro.

Ela sacode o ombro para afastar minha mão e sua pulseira chacoalha. É uma pulseira bastante incomum a ponto de eu notar. Serpenteia algumas vezes ao redor do pulso dela e é cheia de pequenos penduricalhos. Argolas, tampas de garrafa, vidro colorido. Já vi dessas na África. Pulseiras com lembranças, a história da sua vida usada no pulso.

Tento alguma confirmação.

— Pulseira com lembranças?

Deacon resmunga de novo.

A maioria dos penduricalhos parece bem comum, mas há uma esfera enrugada, parecendo uma bola de golfe encolhida.

Bato nela com uma unha.

— O que é essa aqui?

A voz de Deacon está sonolenta.

— É de um cara que ficava fazendo perguntas o tempo todo — diz, engrolada. — A bola esquerda dele.

Certo. Chega de perguntas. Talvez eu só tire uma soneca. Afinal de contas, tenho proteção.

A pele de Deacon é lisa contra o meu peito e tento fingir que ela gosta da pessoa em quem está apoiada. Talvez depois de dois anos juntos a detetive Deacon desenvolva de má vontade um certo respeito por mim e possamos ter uma série de aventuras.

A não ser que ela dê um passinho de lado e você tenha de matá-la.

Estou começando a pensar que é quase impossível desligar Zeb Fantasma enquanto eu tiver ao menos uma célula cerebral que não esteja distraída pela vida.

Tento me concentrar em como Deacon vai conseguir ficar fora da prisão. Obviamente, ela não saiu limpa na questão com Goran, caso contrário estaria preenchendo um milhão de formulários em triplicata e disputando olhares sérios com o departamento de ouvidoria.

— Será que já encontraram Goran?

Deacon se enrijece, e penso que talvez ela estivesse tentando se distrair com toda aquela conversa durona.

— Ainda não. Eu a coloquei no porta-malas.

Essa notícia não é boa. O porta-malas de Deacon fica na parte de trás do carro dela, que provavelmente está estacionado em frente à minha porta.

— Goran está no seu porta-malas? Vai ser difícil explicar isso à ouvidoria.

Algo parecido com pesar passa rapidamente pelo rosto de Deacon. Talvez haja um coração humano batendo dentro da Robocop.

— Explicar à ouvidoria? Está brincando, né? Você estragou a minha carreira, McEvoy, e eu era uma boa policial. Estava lá há doze anos. Era a detetive negra mais jovem do estado.

Senti que deveria me defender.

— Você preferiria estar morta?

— É engraçado — responde Deacon, e estou supondo que seja tragicômico, e não engraçado tipo rá-rá. — As pessoas sempre acham que eu sou uma policial corrupta por causa da minha atitude. Típico. Um policial homem durão é considerado independente, não segue as regras, mas faz o serviço. Se você vê uma mulher com bagos, deve haver alguma coisa com ela. Eu nunca fiz nada sujo, até hoje. Estou acabada. Vou ter sorte se sair com uma condenação por homicídio culposo.

Eu me sento para fazer a pergunta óbvia.

— Por que você não telefonou? Foi um tiro em legítima defesa.

Deacon deixou-se afundar ainda mais no canto, subitamente sentindo-se cansada.

— Deveria ter ligado. Fiquei me fazendo essa pergunta a noite inteira. Acho que entrei em pânico. É isso que você quer ouvir, soldadinho? Minha parceira e superiora tentou me matar. Eu não sabia em quem confiar, a não ser no cara que tinha o fuzil de elite, que achei que deveria ser você. Esperava que pudesse me contar alguma coisa. Mas você não sabe porra nenhuma, certo?

De repente, meu tempo passado com Simon se mostra útil.

— Estamos lidando aqui com uma possibilidade muito forte de estresse pós-traumático.

— Quem é você? Sigmund Freud? Eu sou uma policial e sei como pensamos. Além do mais, eu não engoliria essa babaquice psicológica nem por um minuto.

Forço para seguirmos por esse caminho.

— Não, escute, Deacon, é verdade. Sua parceira tentou matá-la. Você não fazia ideia de qual era a conspiração. Entrou em pânico, escondeu o corpo e foi para um lugar seguro. Há alguns furos, mas a verdade básica é que você agiu em legítima defesa. Acredite ou não, você está em choque.

— E você se aproveitou disso.

Sim, é uma hipótese, mas ela está aceitando a história de encobrimento. É uma boa história porque, por acaso, é a mais verdadeira. O único detalhe que ela precisa omitir é o irlandês careca. Posso ver seus olhos perderem o foco, enquanto ela imagina como isso seria aceito na delegacia. Há uma saída.

Então o telefone de Deacon apita e ela rola, agachando-se, instantaneamente alerta. Vejo a curva de sua coluna brilhando como uma espada de samurai.

Ela sacode a calça até que um telefone cai do bolso, e verifica a mensagem de texto. Sua postura estava muito tensa, mas agora se retesa mais ainda. Os tendões se destacam como cordas de piano atrás dos joelhos.

Não deve ser boa coisa.

Deacon se curva, abaixada, puxando a Sig com o dedo no gatilho.

— Você é especialista em facas, certo, McEvoy? É o que estava na sua ficha.

Não gosto disso. Qual é mesmo a palavra?

Agourento?, sugere Zeb.

É, obrigado.

— E daí? Sou especialista em fuzil também, você provavelmente deduziu isso.

— Deduzi — respondeu Deacon, girando a pistola. — Mas agora recebi uma mensagem do departamento de medicina legal dizendo que Connie DeLyne foi morta com uma lâmina.

Eu me sento muito depressa, desejando estar usando uma calça. Nesse momento, eu aceitaria até um lenço para me cobrir.

— Nem amanheceu ainda. Que tipo de legista trabalha tão cedo?

— Um que me deve um favor. E quanto à lâmina?

— Aquilo era um buraco de bala. Que tipo de faca faz um buraco daqueles?

— Você que me diga, homem da faca.

Deacon se inclina em cima de mim, batendo com o cano da arma na coxa, e eu me sinto careca e nu, o que é verdade. Duas vezes por semana, eu tenho pesadelos que são exatamente assim. Me ocorre que o número de Simon Moriarty ainda está na minha carteira. Preciso mesmo ligar para ele.

— Qual é, Deacon? Eu salvei sua vida. Coloquei você na cola do Faber.

— É você-você-você — diz Deacon, apontando a arma. — O que quer que aconteça, Daniel McEvoy está envolvido. Definitivamente há alguma coisa que você não está me contando.

Eu me sinto encolher.

— Quer apontar essa arma para algum lugar menos sensível? Para o coração, talvez.

— Não. Acho que estou mirando o lugar certo.

— Pense bem, Deacon. Nós estamos nisso juntos. Você precisa de mim para apoiar sua história.

Deacon fecha os olhos por alguns segundos.

— Não preciso de você, mas preciso de tempo para colocar os pontos nos is, ou pingos, sei lá qual é o ditado. Preciso falar com algumas pessoas, avaliar minhas opções. A situação de Goran precisa ser resolvida antes que eu me entregue.

— Isso tudo está bem. Você está fazendo todo o sentido. Nós precisamos descobrir a conexão entre Faber e Goran.

— Não existe *nós* — diz Deacon. — Só eu.

Zeb dá um risinho.

Não existe nós. Como se sente agora?

Perco as estribeiras por um segundo.

— Cala a boca! Não é hora para isso.

Deacon franze a testa.

— Não é hora? Do que está reclamando, McEvoy? Você fica emotivo depois de trepar, é? E que cabelo é esse?

Penso brevemente em explicar com quem eu estava falando, mas não há como apresentar o Zeb Fantasma e não parecer meio instável.

— Certo. Calma por um minuto. Pense bem na situação...

Deacon engatilha a arma numa nudez resplandecente, sem ao menos um átomo envergonhado no corpo, ao passo que eu estou muito envergonhadamente nu.

— Vou pensar na situação. É exatamente isso. Algeme-se ao aquecedor, McEvoy.

Ficar algemado não vai ser bom.

— Escute, Deacon... Diga, qual é o seu primeiro nome?

— Detetive — responde ela, jogando as algemas que estavam em seu cinto.

— Você não quer fazer isso.

— Agora você lê mentes, McEvoy? Essas agulhas na sua cabeça são algum tipo de antena?

Já são duas piadas com o meu cabelo. Estou contando.

— Tem gente má atrás de mim, Deacon. Se você me deixar preso aqui, estou morto.

Deacon encolhe os ombros e seus seios balançam, coisa que alguma parte de mim não consegue deixar de notar.

— Não encolha os ombros. Estou lutando pela vida.

— Está perdendo. Sem dúvida.

Os olhos dela são dourados e firmes. Ela não vai mudar de ideia.

— Pelo menos deixe eu pegar o gorro.

Finalmente um sorriso; não do tipo feliz.

— Olha só você, McEvoy. O grande soldado atirador de elite está desmoronando sem o gorro. Isso não pareceu incomodar você antes.

— Antes eu tinha distrações.

Juro que o sorriso dela suaviza um grau; pode ser minha imaginação.

— Ah, distrações. — Então o gelo retorna. — Agora algeme-se à droga do aquecedor ou eu vou estropiar você com um tiro na perna.

Odeio essa palavra. *Estropiar*, por algum motivo, não conjura uma imagem muito atraente.

— Você não vai atirar em mim. Nós acabamos de...

O dedo de Deacon roça no gatilho.

— Nós acabamos de fazer o quê? Eu atirei em Josie e estava dormindo com ela fazia oito meses.

Pego as algemas, porém não tenho tempo de prendê-las nos punhos.

Deacon está no modo multitarefas quando a Sra. Delano entra pela porta, segurando uma fumegante bandeja de lasanha. A detetive está com a arma apontada para mim e um dedão do pé passando pelo elástico da calcinha. Sem dúvida, este é o momento mais surreal da minha vida.

— Espero que não se importe por eu aparecer tão cedo, Sr. McEvoy — cantarola a Sra. Delano, com maquiagem igual à de Cindy Lauper na época de "True Colours". — Seu amigo, o gentil faz-tudo, me deu sua chave nova, por isso fiz uma pequena limpeza.

Esta não é a Sra. Delano que eu conheço. Essa pessoa está sorrindo, os dentes à mostra. A blusa tem ombreiras de onde seria possível decolar um jato, mas mesmo assim ela está usando roupa de sair. Por um momento, eu penso que a Sra. Delano levou uma surra, mas então percebo que ela foi um tanto liberal com o rímel. Parece uma stripper que andou chorando, mas há luz em seus olhos. E não são os lasers mortais de sempre; é uma luz calorosa.

Durante um minuto, minha vizinha não nota nada estranho. Está com os olhos baixos e o rosto tímido, e dá um sorriso de adolescente apaixonada. Foi o conserto da janela que provocou tudo isso.

— Sei que você come na boate — continua ela. — Mas achei que poderíamos assistir a um filme hoje à tarde, Daniel, e talvez dividir essa lasanha. Eu mesma fiz, podemos esquentá-la.

Deacon congela, uma perna levantada no ar, o traseiro virado para a porta. Deus me ajude se eu rir agora.

— O que você diz, Dan? Gostaria de passar um tempinho com a sua melhor amiga?

— Sem dúvida — respondo. Não faço ideia do motivo.

Na fração de segundo que resta antes que alguém se machuque, imagino uma dúzia de resultados possíveis para essa situação ridícula. Na melhor das hipóteses, eu levo um tiro no pau. Na pior, levo um tiro no pau e um nas bolas.

O olhar da Sra. Delano pousa na policial nua no meu apartamento. Há um lindo silêncio de momento Kodak, depois todo mundo começa a gritar ao mesmo tempo.

— Fica parada aí, senhora — diz Deacon. — É assunto da polícia.

— Deite-se, Sra. Delano — grito. — No chão.

As bochechas da Sra. Delano se estufam e ficam vermelhas. Eu meio que espero que chamas saltem de seus ouvidos.

Deacon tem tudo sob controle. Ela é profissional e seus pés estão plantados numa postura ampla agora, mas a Sra. Delano a deixa abalada com:

— Eu empilhei seus rolos de papel higiênico! Maldito!

Deacon inclina-se para trás como se tivesse levado uma mordida no nariz, e me lança um olhar dizendo *que diabo você tem com a maluca?*

O olhar é seu erro, porque a Sra. Delano ataca, levantando a bandeja de lasanha fumegante.

Cubro o saco, porque queijo derretido gruda. Por mais que Deacon seja durona, não existe uma pessoa nua neste planeta que não tenha medo de massa quente. Então ela dá atenção total à Sra. Delano e dispara, arrancando a bandeja das mãos dela. Há uma explosão de bechamel, a carne picada acerta a parede como chumbinho de espingarda e eu entro em ação.

Saio do chão depressa, forçando as pernas como se estivesse saindo de um agachamento. Deacon já sabe o que está acontecendo, mas não é suficientemente rápida para girar a arma. Ela grita, frustrada, então eu a tenho contra a parede, com as algemas estalando em seus pulsos, a arma apertada no meu punho.

— Isso é sequestro — protesta ela. — Eu sou uma policial amigável. Você quer mesmo descartar isso?

Amigável? A maioria dos meus amigos não aponta armas contra minhas partes pudendas. A maioria.

A Sra. Delano ainda está vindo. Ela também está gritando algo sobre eu ser tão ruim quanto todos os outros, o que não seria tão ruim, a não ser pelo caco de vidro que ela está brandindo junto com cada palavra. Deacon não se acalma, tampouco. Ela se debate como se houvesse um escorpião em suas costas, esforçando-se ao máximo para mandar um calcanhar contra minha virilha.

Não tenho alternativa a não ser aproveitar a fantasia da Sra. Delano.

— Graças a Deus você chegou, querida — digo, esperando que ela esteja distraída o bastante para notar minha interpretação atroz. — Essa mulher tentou me agredir. Você viu a arma. Olhe, algemas.

Os olhos da Sra. Delano ficam turvos e ela para, gaguejando, com pedaços de lasanha pingando das mãos sobre o meu tapete bom. Eu estremeço, mas não menciono isso.

— Algemas?...

Empurro a cabeça de Deacon contra a parede com o máximo de gentileza possível, cobrindo o lado de seu rosto com a palma da mão. Já tive relacionamentos que deram errado, mas não tão depressa.

— Sim. Você pode acreditar nisso? Acordei e encontrei essa mulher maluca, me apontando uma arma.

— Mulher maluca — diz a Sra. Delano, devagar. — Já ouvi essa expressão.

— Aposto que sim, sua louca — diz Deacon, cuspindo as palavras através dos lábios amassados.

— Feche essa boca imunda — ordena a Sra. Delano, e sem hesitar acerta a cabeça de Deacon com o canto da bandeja que está segurando. O golpe tem uma força surpreendente, e a detetive Deacon fica frouxa nos meus braços.

— Desculpe, *baby*. Acertei o seu dedo?

Baby?

— Ah... não, estou bem.

— Acha que deveríamos matá-la? Cortá-la como nos filmes? Eu tenho uma faca elétrica. Pênis bonito, *baby*.

Apoio Deacon no tapete, depois visto rapidamente uma calça, muito desconfortável com o fato de meu pênis ter sido mencionado junto com uma faca elétrica, na mesma frase.

— Não. Não é preciso matá-la. Ela está confusa, só isso.

A Sra. Delano pisca para mim, ou talvez apenas seja difícil manter a pálpebra aberta com aquela pilha de rímel em cima

— Talvez ela tenha ouvido falar do Sr. Pintinho e tenha vindo ver por si mesma.

— T-talvez — gaguejo. — Qualquer que seja o motivo, essa mulher tem problemas. Precisamos ser compassivos, demonstrar compreensão.

— Ou decepar a cabeça dela. Eu tenho sacos plásticos.

Claro. Poderíamos jogá-la no porta-malas do carro ao lado da parceira, depois ir até o shopping onde eu larguei o Macey e enfileirar os três corpos no Lexus. Diabos, por que não roubar o cadáver de Connie do necrotério para completar a combinação?

A Sra. Delano aperta meu braço.

— Estou brincando, Dan. É o meu senso de humor louco. É por isso que você me ama. — Seu rosto está reluzente. Ela parece jovem. — Lembra daquela vez que você consertou minha janela? Foi quando eu soube.

Não sou qualificado para lidar com isso. Por que todo mundo que eu conheço tem problemas mentais?

Ah... mas eles tinham problemas mentais antes de conhecer você? Quem é o denominador comum aí, Dan?

Não tenho problemas mentais!, digo à voz na minha cabeça, com toda a consciência de como isso pareceria condenatório se eu falasse em voz alta.

A pulsação de Deacon está firme, mas ela tem um calombo reluzente na cabeça, e duvido de que isso possa melhorar seu humor. Além disso, ela estava suficientemente brava antes que Madame Lasanha a acertasse na cabeça.

Deacon geme e murmura algo que se parece com:

Vomitar bufê fim da luta

Mas que provavelmente é:

Vou matar você, filho da puta.

E tendo isso em mente, guardo a arma dela no bolso. Pelo menos assim ela terá de me matar com os punhos.

Eu não posso dizer, sinceramente, que estou protegendo qualquer uma dessas mulheres. É muito para minha psicose. Isso me dói, mas eu tenho que proteger a mim mesmo nessa situação, e manter essas mulheres longe. Optar por ficar aqui e cuidar de Deacon com certeza resultaria em surras de mangueira, incriminação injusta e tempo na cadeia. Não necessariamente nessa ordem.

Visto a roupa e elaboro mentalmente uma história para minha nova namorada.

— Está falando comigo, *baby*?

— Não... não... estava?

A Sra. Delano parece preocupada.

— Bom, você estava murmurando algo, e parecia que também estava tocando um piano invisível. Tudo bem?

Dois dos meus tiques de estresse: falar alto e reger. Simon Moriarty os apontou para mim. Preciso mesmo ligar para o cara.

— Só estou pensando. A senhora precisa ficar em segurança, Sra. Delano.

Ela caminha com os dedos subindo pelo meu peito.

— O que nós somos? Estranhos? Pode me chamar de Sofia, por favor.

Pigarreio.

— Ficar aqui é perigoso para você... S-Sofia.

Ela encosta o rosto no meu peito.

— Lembra de quando você me chamou de Sofia pela primeira vez, *baby*? Naquela noite em Coney Island. Nunca vou esquecer, Carmine.

Carmine? Agora sou outra pessoa. Será que isso é uma melhora?

A maquiagem da Sra. Delano deixa a marca de um rosto no meu peito quando a desgrudo dali.

— Agora você precisa ir lá para cima, Sofia. Suba e espere o meu telefonema. — Vislumbro rapidamente as fileiras de frascos de comprimidos na cozinha do andar de cima. — Você deveria estar tomando algum remédio?

Sofia Delano franze a testa.

— Chega de remédios, Carmine. Eles me deixam burra.

— Que tal um? Só para ajudá-la a relaxar até eu ligar?

— Talvez só um para você, *baby*.

— Bom. Muito bom... *baby*. Promete?

— Claro.

— Diga. Me prometa.

Sofia faz beicinho e subitamente "Girls Just Wanna Have Fun" começa a tocar no meu mentalPod.

— Prometo. Está feliz agora?

— Estou. Agora estou feliz.

Conduzo-a até o corredor, mas ela para junto à porta, firmando as costas no batente. Seu peito está arfando e os olhos brilhantes.

Carmine era um sujeito de sorte, penso. *O que ele fez com você?*

— Me beije, *baby* — geme ela. — Venho sonhando com isso há muito tempo.

Depois de tanto tempo, eu tive sorte duas vezes num mesmo dia. Uma pena as circunstâncias encharcadas de sangue.

— Vamos, Carmine — diz Sofia, a voz amuada e impaciente. — Sem beijo não tem comprimido.

Então eu a beijo. Ela agarra um punhado de cabelos da minha nuca e me puxa com força, e é como um beijo de cinema, longo e lânguido, e depois de cerca de um ano começo a desejar que meu nome fosse Carmine.

Paramos para respirar e os olhos de Sofia estão molhados. O rímel azul escorre pelas bochechas.

— Ainda temos a fagulha, Carmine.

Também estou me sentindo um pouco emotivo.

— Sim, Sofia. Foi incrível.

Ela franze o nariz.

— Mas o que houve com seu cabelo?

Empurro-a escada acima com Zeb Fantasma rindo no meu ouvido.

Fecho a porta atrás da Sra. Delano, depois desço a escada de três em três degraus e volto ao meu apartamento. Deacon está de pé, cambaleando com a cabeça nas mãos, palavrões saindo de seus lábios. Ela ainda não está totalmente consciente, mas agora falta pouco.

Ela me vê, revira os olhos e salta na minha direção como um figurante de *O dia dos mortos-vivos*.

— Calma aí, detetive Deacon — digo, conduzindo-a gentilmente para o que sobrou do sofá. Ela afunda nas almofadas sacrificadas. Toda a parte mediana de seu corpo desaparece, dos peitos aos joelhos. Em qualquer outro dia seria de rir, exceto talvez ontem, ou anteontem.

— Como está se sentindo, detetive?

— Foda-se.

— Nós fizemos isso, lembra?

— Fizemos? Não notei.

— Fiquei sabendo, por uma pessoa com muita credibilidade, que tenho um pintinho lindo, portanto corta essa.

Agora os olhos de Deacon estão clareando. Consigo ver astúcia neles.

— Certo. Foi maravilhoso. Você parecia um garanhão, Daniel. — Ela sacode as algemas sob meu nariz. — Agora, me solte.

Assinto, devagar.

— Você usou um bom argumento, dizendo que eu parecia um garanhão e coisa e tal. Então tudo bem.

Tiro uma algema apenas por tempo suficiente para prendê-la à estrutura de metal do sofá, que ficou exposta.

— Maldito! — Ela suspira, revirando os olhos.

— É temporário — garanto. — Só até eu decidir o que fazer com você.

— Você poderia enfiar uma faca na minha testa.

Penso na possibilidade.

— É tentador. Mas não. E se eu a imobilizasse e depois você atirasse *em si mesma* meia dúzia de vezes?

— Não é engraçado, McEvoy. — Deacon dá um chute inútil na minha direção.

— Exatamente.

Termino de me vestir, penduro a jaqueta num prego e abro a torneira da cozinha em cima da cabeça.

— Por que Goran quis matar você?

Deacon escarra e cospe no meu piso.

— Sangue. Machuquei minha língua. Vou até o inferno atrás daquela puta louca, não tenha dúvida...

— Foi por causa do Faber, certo? Por algum motivo ela não queria que ele fosse investigado.

— Não importa onde ela estiver. Ninguém acerta Ronelle Deacon e se livra.

Bato palmas em triunfo.

— Ronelle! Bem, olá, Ronelle.

Deacon faz uma careta, desgostosa.

— As pessoas me chamam de Ronnie. É bom para os héteros e os gays.

Concordo.

— Ronnie. Sim, deve funcionar. Sandalinha ou sapatão, dependendo de como você olhar. — Enxugo a cabeça cautelosamente, fecho o zíper da bolsa e penduro no ombro. — Bom, Ronnie, está pronta para cooperar?

— Você é um homem procurado, McEvoy. Entregue-se sob minha custódia e veremos o que fazer.

— Qual é? Você tem um corpo no porta-malas.

— Você é o único que sabe disso. E é um matador que utiliza facas. Que tipo de credibilidade você tem? Se eu fosse tão corrupta quanto Goran, inventaria que você matou minha parceira e me manteve em cativeiro.

Não estou gostando nem um pouco disso, nem do brilho nos olhos de Deacon quando ela fala.

— Acho que vou entregar você e correr o risco.

Deacon meneia a cabeça.

— Não acredito. Uma daquelas balas no ombro de Goran é sua. Talvez você tenha matado Connie DeLyne e depois atirado na investigadora. Aposto que meus superiores acreditariam nessa história.

Ela está certa. Por isso, digo:

— Ronnie, quando você está certa, está certa.

— Você sacou, *Daniel*. Só preciso colocar uma bala no seu cérebro e depois chorar no enterro de Goran.

Ela diz *Daniel* com desprezo, como se fosse um nome falso que pudesse enganar os outros, mas não Ronelle Deacon.

— Você, chorar? Eu pagaria para ver isso.

— Você já viu, idiota.

A mulher está certa de novo. Ontem à noite, ao entrar pela porta, havia lágrimas nos olhos dela.

— Você não vai me matar, Ronnie.

Ela dá de ombros.

— Não sem uma arma. A não ser que você queira brigar como homem.

— Desisti de ser machão no Ano-Novo. É ruim para minha saúde.

— Banana.

— Não, obrigado.

Dou as costas para esse assunto porque está me dando dor de cabeça e entro no banheiro para usar as instalações e verificar o gorro. Continuo a falar enquanto trabalho.

— O plano é o seguinte, Ronnie. Vou largar seu carro em algum lugar seguro. Sabe, aquele carro que está com a detetive morta escondida no porta-malas. Também vou levar sua blusa suja de sangue que, tenho certeza, o pessoal da perícia pode ler como se fosse um livro. Depois voltarei para cá e nós poderemos bolar alguma coisa. Você quer uma carreira, e eu quero que você tenha uma carreira.

— Filho da puta chantagista! — grita Deacon de trás do sofá.

— Talvez eu devesse jogar você pela janela. Você poderia cair em cima do carro.

— Faça isso, cabelo de boneca.

Minha dor de cabeça cutuca por trás de um dos olhos. Mesmo num momento como esse as pessoas não deixam de pegar no couro cabeludo.

— Eu fiz um implante, se é o que você quer saber — digo, um pouco sensível, entrando na sala de estar. — Essa careca é temporária.

Deacon está parada junto da janela, as algemas no chão, sua arma numa das mãos, a minha na outra.

— Para você tudo é temporário, Dan.

Se eu tivesse tempo e flexibilidade, daria um chute na minha própria bunda, e não seria de raspão.

— Você tinha uma chave na pulseira com lembranças, né?

Deacon sorri como um lobo.

— Isso mesmo. Uma das minhas lembranças mais queridas é uma pequena sessão com algemas há uns dois anos. Agora tire a mão do bolso, ajoelhe-se e diga *por favor, por favor, não atire no meu saco, detetive Deacon.*

Ofereço a ela meu melhor olhar de leão de chácara.

— Só me ajoelho diante do menino Jesus na manhã de Natal. — Olho por cima do ombro dela. — Por que não pergunta ao meu amigo?

Deacon fecha um olho, como se precisasse mirar com cuidado.

— É, claro. Vou perguntar ao cara que está atrás de mim. Ajoelhe-se, McEvoy!

Aperto o botão do controle remoto que está na minha mão e a janela se abre zumbindo, acertando as costas da detetive.

Deacon dá três tiros na direção da janela, e eu saio pela porta antes que o vidro pare de tilintar.

Tenho uma dianteira de dez segundos e posso acrescentar uns dois minutos, a não ser que Deacon seja suficientemente louca para me perseguir seminua.

Melhor acelerar.

CAPÍTULO 8

O período básico no Exército é igual à escola. Você aprende um monte de lixo que nunca vai usar e deixa de aprender coisas que poderiam salvar sua vida. Venho rachando cabeças há vinte e cinco anos, e nunca os sapatos lustrados com cuspe ou o armário arrumadíssimo representaram qualquer vantagem.

Algumas pessoas aprendem do modo difícil que as lições da vida são as mais valiosas, como um certo soldado Edgar English, que teve uma vida curta, em que verificava a existência de entupimentos em seu fuzil Steyer espiando pelo cano. Outros têm sorte suficiente para sobreviver à lição e passar a informação adiante. Sei disso porque fui um estudante do óbvio durante a minha segunda temporada.

Numa noite de secura desértica, Tommy Fletcher e eu estávamos fazendo reconhecimento avançado para nossa patrulha na aldeia de Haddataha quando fomos interrompidos por tiros. Subitamente o ar ficou cheio de projéteis zumbindo, tremeluzindo. Metal soltava fagulhas contra metal e pedaços das construções choviam sobre nossos ombros. Alguns velhos desinteressados jogavam gamão nos degraus das casas, mal parando para olhar os intrusos levarem tiros.

Enquanto eu perdia tempo soltando jargões militares e fazendo sinais com as mãos, Tommy quebrou a janela do carro mais próximo com uma cotovelada e girou a ignição, usando sua baioneta. Trinta segundos depois estávamos a salvo nas fileiras das tropas de paz da ONU. E pode apostar o seguro de saúde da sua avó que a primeira coisa que fiz quando meu coração desacelerou foi aprender como ligar um carro do qual não tenho os documentos.

Época diferente, estratégia diferente; eu escaparia no carro de Deacon, levando comigo a prova e deixando a detetive sem transporte.

Desço a escada de três em três degraus até a rua, e não é preciso ser gênio para ver o veículo sem sinalização de Deacon praticamente abandonado próximo ao meio-fio. Para começo de conversa, no painel há um cartão onde está escrito *Policial em serviço*. E há o fato de que eu segui essa banheira por toda Cloisters numa bicicleta, há menos de doze horas. Mas a pista principal é a trilha de sangue saindo do porta-malas.

Mancha, poça, mancha, é o padrão. Alguém se arrastou, depois descansou, depois se arrastou.

Goran está viva, diz Zeb Fantasma com uma voz do Príncipe Vultan.

Uma policial esvaindo-se em sangue do lado de fora do meu apartamento. Deacon me colocaria no corredor da morte por isso.

Verifico o porta-malas para ter certeza de que Goran não está lá, mas a única coisa que encontro é uma embalagem de hambúrguer grudada numa elevação de metal dentro do lago de sangue meio coagulado. Ninguém com tanto sangue fora do corpo pode se arrastar para muito longe.

— O que você fez, McEvoy?

Deacon está ao meu lado, com a capa de chuva apertada com o cinto. A palidez brilha por baixo de sua pele escura, como um fantasma atrás de uma janela.

— Não fui eu. Acabei de chegar aqui.

Deacon aperta sua arma contra meu joelho, e posso ver que ela tem de novo na mente a palavra *estropiar*.

— Há pessoas na rua — observo, mas ela não está nem aí.

Chega disso.

Seguro a arma e a torço, arrancando-a das mãos de Deacon. Um movimento que todo leão de chácara conhece bem.

— Ah, é? — diz a detetive, e baixo os olhos para ver um pequeno revólver de cano curto fazendo cócegas no meu rim. Sua arma de tornozelo. Uma Cobra calibre 32, talvez.

Isso é insano. Preciso comer alguma coisa e dormir mais um pouco. Uma massagem seria legal, e ouvi dizer que máscara de argila também é uma boa.

Acabou de amanhecer e estou brigando com uma policial em frente à minha casa.

— Você não pode simplesmente atirar em mim, Deacon.

A detetive dá de ombros.

— Foda-se, McEvoy. Só estou me mantendo viva até que alguém me mate.

Conheço bem esse fatalismo. Houve noites no Líbano em que a morte e a vida tinham mais ou menos o mesmo apelo.

— Precisamos achar Goran, Ronelle. É a única maneira de sair do túnel.

Deacon mergulha uma unha pintada no sangue.

— Eu descarreguei um pente inteiro nela — diz, observando a ponta do dedo.

— Uma vez eu carreguei um sobrevivente para longe de destroços de bomba, e vi outro cara ser morto por um ferrão de abelha. Nunca se sabe.

— Meu Deus, McEvoy — murmura Deacon, arrancada daquele clima por minha filosofia de botequim. — Picada de abelha? Você toma algum tipo de droga? Se ouvir mais alguma merda sobre abelhas eu meto uma bala em você.

Esta é a Ronelle com quem me sinto confortável.

A trilha de sangue serpenteia pela rua, ao longo do meio-fio, até passar por dois bueiros, depois desce uma escada de porão.

Deacon tira sua arma da minha mão.

— O que acha, olho de lince? Ela está na base da escada? Ou talvez aquele sangue todo seja de um sujeito picado por uma abelha.

Sinto-me confortável com esta Ronelle. Não é a mesma coisa que me sentir feliz.

Um veículo varredor de rua vira a esquina vindo da Cruz Avenue, suas duas escovas giratórias raspando a superfície das sobras da noite anterior. Deacon e eu vemos as cerdas ficarem vermelhas quando o varredor passa inabalável pelos rastros de Goran. A testa do motorista mancha o vidro, e ele parece que precisaria de um desfibrilador para notar alguma coisa.

— Meu Deus — balbucia Deacon, e noto o sangue em suas pernas nuas.

Nós mergulhamos na água espirrada pelo varredor e vamos até a escada. Deacon gira em volta de um poste, sua capa de chuva infla, e eu percebo que ela está com a roupa de baixo e um coldre de ombro, e mais nada.

Algo me ocorre.

— Cuidado, detetive.

Tarde demais. Uma bala acerta o poste, provocando um "bong" de sino de igreja.

Puxo Deacon para longe da escada.

— Você se preocupou em desarmar sua parceira?

— Ela estava morta. Para que desarmar?

A detetive Deacon é o tipo de pessoa que discutiria com são Pedro.

— Obviamente ela não está tão morta quanto você pensava.

Deacon segura sua automática com ambas as mãos.

— Isso é bom. Se eu puder pegá-la viva, ela pode limpar minha barra. Mais ou menos. A parte do porta-malas exigiria alguma explicação.

— Então ligue para eles.

— Com o quê? Com o rádio de espião que está na minha calcinha?

Um carteiro passa correndo, gritando pelo rádio, efetivamente fazendo o chamado por nós. Temos uns três minutos antes que o local esteja apinhado de policiais.

Deito-me de barriga no chão, balançando os dedos para Deacon.

— Me dê sua arma.

Deacon me olha como se eu estivesse pedindo para ela doar um rim.

— Dar o *quê*?

— Você leu minha ficha, Ronelle. É isso que eu faço.

Deacon bate com a arma no meu peito como se fosse uma intimação.

— Certifique-se de acertar a policial certa.

Não respondo. Todas essas conversas engraçadinhas são mais exaustivas do que a brincadeira com armas.

Meu inconsciente procura algum flashback adequado no Líbano, mas forço esse caleidoscópio tumultuoso a recuar. Não é hora de pensar no passado. Seria uma pena levar uma bala na cabeça porque estava revivendo a Operação Linha Verde.

As escadas dos porões no meu quarteirão são bastante uniformes: grade de ferro fundido, oito degraus e uma porta de anão enfiada numa alcova de concreto. Elas não foram feitas para alguém do meu tamanho. Agarro a grade e me arrasto, a camisa raspando nas pedras.

Há ruído logo abaixo. Respiração difícil e tecido farfalhando. Sinto que Goran está quase apagada, mas não é necessário muita energia para apertar um gatilho pela última vez. Já vi caras lutarem durante metade de um dia, alimentados apenas por bile.

Coloco o olho na fresta minúscula entre a grade e a calçada. Deacon puxa minha calça.

— O que você está vendo?

— Uma perna.

— Só uma?

— A outra está dobrada para trás. Acho que ela caiu nos últimos degraus.

— Bom. Está vendo alguma arma?

Arrasto-me mais dois centímetros. A mão de Goran está balançando como um peixe fora d'água; a arma brilha, fora do alcance.

— Largou. Vamos.

Fico de pé, mas Deacon se levanta antes, abrindo o caminho a cotoveladas até o primeiro degrau.

Ela é rápida, mas não o suficiente. Só há tempo para registrar uma impressão do corpo arrasado e sangrento de Goran, frouxo como um manequim quebrado, quando a porta atrás dela se abre. Um par de mãos extremamente peludas se estende, agarra Goran pelos ombros e a puxa para dentro. Num segundo ela sumiu, como se nunca tivesse estado ali. A porta bate e a tranca se fecha.

— Viu aquelas mãos? — indaga Deacon, atordoada. — Parecem mãos de macaco. Dá para acreditar?

Passo por ela e bato na porta. É reforçada com aço.

— Abra, McEvoy. Use algum truque militar.

Tento fazer um *truque* com o ombro. O painel central fica amassado e balança, mas não cede.

— Tem algum maçarico de acetileno enfiado dentro da calcinha, ao lado do rádio de espião, Ronelle?

— Estou pensando numa palavra, McEvoy. Estropiar. Lembra-se?

Não temos tempo para isso. Cloisters é um lugar pequeno e tiros são notícia. Metade da força policial chegará nesse quarteirão a qualquer segundo, e não creio que agora seja uma boa hora para ter companhia armada.

— E então, vai esperar o apoio?

Deacon pensa em voz alta.

— Não dá. Preciso seguir as mãos de macaco.

— Você está afundando, Ronnie. A cada passo se torna mais difícil voltar.

Deacon tem uma expressão nos olhos, como se estivesse espiando o horizonte.

— *Nós* estamos afundando, McEvoy. Nós. Certo, agora estamos numa estrada torta, mas ela pode se endireitar.

Não sou o único no grupo que usa filosofia de botequim.

— É. Com algumas picadas de abelha, talvez.

Novamente é a picada de abelha que traz Deacon de volta.

— Foda-se, Daniel. Temos de sair daqui. Preciso de Goran viva. Sem ela estou acabada na polícia. — Ela me encara e vislumbro uma expressão esperançosa que não tinha visto antes. Isso faz com que ela pareça pelo menos dez anos mais nova. — Se eu prender Goran e você fizer uma declaração, eu posso salvar alguma coisa dessa droga de dia. Eles vão me colocar de volta usando uniforme, claro. Talvez até me obriguem a fazer algum tratamento psicológico, mas vou poder continuar na polícia.

Durante todo esse discurso, a palma da minha mão está pousada na porta reforçada e sinto meus dedos trepidarem quando uma onda de vibração do prédio se transfere pela superfície. Batida de porta.

— Eles saíram pelos fundos.

— Para um hospital, quem sabe?

— Deve ser Faber quem está por trás disso. E sinceramente duvido de que ela tenha sido levada para um hospital.

Deacon sorri, e eu me lembro de um lobo que me seguiu uma vez pelo vale Loup.

— Eles vão acreditar que estamos indo atrás deles — diz ela, pensativamente.

Percebo onde ela quer chegar.

— Então talvez eles andem de carro por aí um pouco.

— Só que sabemos aonde eles vão.

— Talvez.

— De modo que podemos chegar antes deles.

— Um grande talvez.

Deacon sobe a escada.

— Um grande talvez — concorda ela. — Já sobrevivi a probabilidades piores do que essa.

Deacon me faz ocupar o banco de trás enquanto seguimos pela cidade, o que é completamente ridículo, uma vez que não estou sendo preso e este carro nem ao menos é uma radiopatrulha segura. Não há grade, e se eu quisesse poderia pegar a espingarda aninhada debaixo do banco do carona. Não quero. Em vez disso, aproveito a curta viagem para cochilar um pouco.

Geralmente os cochilos não funcionam para mim. Se eu cochilar por dez minutos durante o dia, fico grogue nas horas seguintes. Mas nessa situação, eu não tenho escolha. Apesar das poucas horas de sono no apartamento, estou tão exausto que meus olhos parecem pesar.

Daniel McEvoy não é mais tão jovem quanto antigamente.

Verdade maior não há.

Deacon está dirigindo mais rápido do que deveria, atraindo atenção, mas não me importo. Todo esse sacolejo está me ninando. Até sua voz, desfiando longas e complicadas litanias de palavrões, é calmante.

Deslizo pelo banco de trás, apoiando a cabeça no cinto de segurança, que cheira a maconha. Meus pensamentos estão começando a se dissolver em sonhos quando o telefone de Macey Barrett toca no meu bolso.

Essa droga está vazando radiação no meu ouvido antes que eu pense em olhar o identificador de chamadas.

— Hmmmf? — resmungo, sonolento.

— Seu desertor escroto!

— Hmmmf? — digo de novo, sem saber exatamente o que está acontecendo. O jargão militar está atrapalhando minha realidade.

— Está doidão, babaca? Eu avisei você sobre isso.

— Não. Não estou doidão, major. Só morto de cansaço.

A voz não fica feliz com isso.

— De que diabo você me chamou, Barrett? Major? Está tentando bancar o engraçadinho?

Zeb Fantasma decide me ajudar. *Qual é, Dan? De quem é esse celular?* E de repente estou acordado. Esse é o celular do Barrett, e obviamente quem está falando é o Mike Irlandês.

— É — digo. — É isso aí. Estou tentando ser engraçadinho, como sempre, Mikey garoto.

— Mikey garoto! Mikey garoto?

— É intimidade demais? Acho que nós não somos tão íntimos assim, não é?

Silêncio por um momento, e depois.

— Quem está falando? Chame o Macey.

Deacon estala os dedos para atrair minha atenção.

— Vamos lá — diz ela, toda profissional, como se fôssemos falar com nosso contador.

Olho pela janela. O Brass Ring está fechado neste momento ímpio da manhã, mas aposto que mesmo assim há negócios acontecendo lá dentro. Me lembro do Mercedes de Faber, da tocaia na véspera, e vejo-o estacionado do outro lado da rua, o que praticamente confirma que viemos ao lugar certo.

— Alô! — grita Mike Irlandês. — Quem está falando?

— Sou eu, seu colega — respondo na maior cara de pau, esperando que o FBI esteja ouvindo. — O que você quer falar, Mike? Sobre os assassinatos, as drogas ou a prostituição?

De repente, Mike Irlandês fica doce.

— Não sei do que está falando, senhor. Na verdade, aposto que liguei para o número errado.

— Nãããо — respondo. — Eu reconheço o seu número, Michael Madden. Salvei ele na memória do telefone quando estávamos no Brooklyn, montando a conexão da cocaína. Lembra?

Mike Irlandês desliga.

O Brass Ring tem porteiros para impedir que os indesejáveis entrem, ao passo que o Slotz tem porteiros para ejetar os indesejáveis assim que eles queimam toda grana que têm. É difícil entender por que um homem como Jaryd Faber passaria cinco segundos no antro vagabundo de Vic, quando obviamente é um figurão neste lugar.

Talvez eu pergunte antes de atirar nele.

A boate está mais trancada do que um bunker nuclear durante os tumultos de zumbis que a mídia parece achar mais ou menos inevitáveis, com persianas baixadas sobre a porta e as janelas; e não uma, mas sim duas caixas de alarme aparafusadas na parede.

Deacon deixa o carro da polícia em ponto morto e passamos um momento silencioso, avaliando o lugar. Enquanto isso, enfio meus maços de dinheiro debaixo do banco de trás do veículo. Minha alma imortal ficaria arrasada se Faber atirasse em mim e roubasse minha grana.

— É bastante inexpugnável — admite Ronelle, finalmente. — Não sei se podemos invadir esse lugar.

— Pela porta da frente não adianta. Mas eles não vão entrar pela frente, principalmente com uma policial sangrando no banco de trás.

Deacon assente devagar. Parte de sua bravata se esvaiu. Talvez a verdade da situação esteja caindo sobre ela, isto é, ela está perseguindo uma policial ferida até uma boate fortificada, tendo apenas um suspeito de assassinato como apoio. Os dias descomplicados em que era detetive devem parecer um róseo sonho.

— Certo, então nós vamos pelos fundos.

— Nós? Acho de verdade que é hora de você chamar a cavalaria. Logo Faber vai ter uma policial morrendo lá dentro, se já não tem. Ninguém vai acreditar numa palavra que ele disser. Com sorte, ele mesmo será morto durante o ataque.

Deacon faz beicinho teimosamente.

— Não. A primeira coisa que Faber vai fazer quando ouvir uma sirene será pôr o último prego no caixão de Goran. E quando eu digo *prego* quero dizer bala, e quando digo *caixão* quero dizer cabeça. Preciso resolver isso sozinha.

— Fique à vontade.

— Achei que você tinha um interesse nisso. Esse escroto não matou sua namorada?

Isso é verdade, e eu havia deixado isso de lado, mas até mesmo uma referência a Connie faz meu sangue ferver.

— Certo. Vamos pelos fundos. Mas me deixe levar a espingarda.

— Isso não vai acontecer.

Levanto o pequeno Cobra 32.

— Não vou entrar num prédio com esse brinquedo. Mal consigo enfiar o dedo na guarda do gatilho.

Nós nos encaramos, sérios, como crianças com figurinhas para trocar, até que Deacon faz uma oferta.

— Eu tenho uma faca.

— Bom para você. Por que não joga a faca contra os homens que têm armas de fogo?

— Eu levo a Cobra e a espingarda. Você leva meu Smith & Wesson.

— Tem algum pente?

— Dois no coldre.

Não é uma proposta ruim.

— E a faca? Você vai usar?

Deacon revira os olhos e tira um canivete com cabo de marfim de trás do para-sol do carro.

— Mais alguma coisa, McEvoy? Quer meu sutiã também?

Penso nisso.

— Qual é o tamanho do bojo?

* * *

Só há um caminho óbvio para os fundos, e é pelo mesmo beco onde Deacon descarregou meia dúzia de balas em sua parceira. Ela se move rapidamente, mantendo o olhar longe do barraco de papelão esmagado, abrindo caminho por entre os círculos pretos feitos de sangue.

Então muda de estratégia, volta ao barraco, tira o revólver e encena todo o tiroteio, em silêncio completo.

— Estou enfrentando a situação — explica de má vontade, porque fico olhando por cima de seu ombro. — Ao fazer isso de novo eu diluo o ato, tornando-o menos poderoso.

— Ah. Freud?

— John Wayne Gacy.

Devo parecer chocado, porque Deacon dá um risinho.

— Brincadeirinha. É o Dr. Phil.

— Certo. Assim está muito melhor. Aposto que você gostaria de estar diluindo o ato e usando sapatos, tudo ao mesmo tempo.

Deacon assente.

— O Dr. Phil não mencionou isso.

Há um pequeno estacionamento nos fundos da boate, que atende a três ou quatro entradas de serviço para empresas adjacentes ou do lado oposto. Vejo dois restaurantes e um pet shop que está recebendo um lote de canários. Os passarinhos cantam quando seus caixotes são movidos. Uma cacofonia de pânico agudo.

— É assim que eu me sinto — comento com Deacon, estrategicamente expondo um lado sensível do meu caráter, o qual uma vez o Dr. Simon me garantiu que encorajaria o desejo de criar vínculos.

— E também é assim o barulho que você faz, mariquinha — diz a detetive, que obviamente não leu o artigo do Simon.

O Brass Ring se abre para o canto norte do estacionamento e há um cara junto à porta, verificando carros a cada cinco segundos, parecendo que adoraria estrangular cada canário.

— Eles ainda não chegaram — deduzo, me agachando atrás de uma lixeira verde para material reciclável que cheira a suco de frutas e me lembra de que ainda não comi. — Aquele cara está nervoso. Olhe só, tragando o cigarro como se sua vida dependesse disso. Eles ligaram avisando, mas ainda não chegaram.

— Concordo, Sherlock — diz Deacon, se abaixando ao meu lado. — Olhe aquele idiota. Está mais nervoso do que o Bambi. Todos vocês, porteiros, têm problemas com a paciência.

Todos nós, porteiros. Aposto que parecemos todos iguais para Deacon.

— Tenho uma ideia.

Deacon não bate palmas, deliciada, nem parece impressionada.

— Você tem uma ideia? Foi o que meu ex disse depois que rasgou a última camisinha da caixa.

Esta é uma daquelas ocasiões em que não quero saber o que aconteceu em seguida. Fico meio carrancudo até que a curiosidade de Deacon vence.

— Certo, bebezão. Me deixe fascinada.

Então conto o plano, que parece idiota quando é dito em voz alta, mas tudo que Deacon responde é:

— Quem vai ser o responsável pela parte de machucar?

O que me faz pensar o quanto de policial resta dentro dessa mulher, o que me lembra de uma velha piada que não tem lugar no mundo moderno, a não ser talvez no condado de Sligo, na Irlanda, onde eles adoram uma boa misoginia.

* * *

Piso no freio da caçamba de lixo e apoio o peso na barra para empurrar. A caçamba salta para a frente com facilidade, mais leve do que eu esperava. Só tem plástico e papelão. Na maior parte. Agora o estacionamento está movimentado com pessoas chegando para o trabalho e os caras do pet shop levando passarinhos para dentro. Há um monte de carros para o porteiro ficar de olho.

A caçamba sacoleja ruidosamente pelo estacionamento, e esbarro num caminhão parado para garantir que o porteiro perceba minha aproximação.

É, uma grande caçamba de lixo verde, diz Zeb. *Acho que ele pode "captar" isso.*

Ah, você voltou.

Nunca fui embora. E jamais irei, a não ser que você me encontre.

O porteiro vê minha cabeça e os ombros balançando atrás da caçamba.

— Ei, lixeiro. Saia da rampa, certo? Estou esperando um carro.

Grito acima dos pios:

— Qual é, cara? Quantas vezes eu preciso dizer às pessoas? Sou um engenheiro de reciclagem, e não lixeiro.

Zeb Fantasma dá um risinho. *Legal. Desenvolva o personagem.*

Desenvolver o personagem? O que você é agora? Al Pacino?

— Não dou a mínima para o que você acha que é. Saia da rampa. Ou talvez você queira que eu arranque suas orelhas.

— Essa é uma ameaça bem específica — respondo ao chegar mais perto. — Parece até que pode fazer isso.

O porteiro é orgulhoso.

— Esse é o meu negócio. Ameaças específicas. As pessoas não acreditam nas coisas vagas, mas se você parte *especificamente* para a porrada, é uma coisa totalmente diferente.

Piso no freio da lixeira para ela não deslizar para trás na rampa.

— Entendi. Específico tipo: eu vou abrir essa tampa e uma grande policial emputecida vai apagar você com o cabo de uma espingarda.

O porteiro rumina isso.

— Foi um pouco exagerado. Você sabe. Informação demais. Quando eu acabar de digerir isso, a merda já vai estar acabada há muito tempo.

— Pre-cisamente — digo com minha voz de Moriarty.

— Hein? — pergunta o porteiro.

— É uma piadinha particular — respondo, e em seguida puxo a alavanca.

Deacon salta para fora e apaga o porteiro com o cabo da sua espingarda.

Então agora o porteiro está na lixeira junto com Deacon e eu sou o novo porteiro. Quando eles chegarem com Goran, eu e Deacon tomaremos o carro. Simples. Nós dois, prontos para a ação. Eles serão no máximo quatro e não vão esperar encrenca. Deve ser estressante, mas fácil.

A não ser que alguém venha verificar como você está, diz Zeb Fantasma, sempre pessimista.

Certo. Pode ser.

E desde que Faber não esteja no carro. Ele conhece a sua cara.

Bem-pensado. Agora pode me deixar vigiar o estacionamento?

E não vamos esquecer a possibilidade de que Goran tenha ligado para outra pessoa, e não Faber. Você pode estar na parte errada da cidade.

Esse é um pensamento deprimente e mais plausível do que Mãos Peludas e Goran aparecerem aqui de verdade.

A passagem é uma típica entrada de serviço, em cima de uma rampa de concreto e flanqueada por uma reforçada porta dupla. Do corredor atrás emanam vários sons e cheiros de cozinha, enquanto o pessoal começa a preparar o almoço, e de algum lugar nas entranhas vem o tum-tum de uma *dance music*. Imagino uma TV grandona acima do balcão do bar. Dois trabalhadores da cozinha passam por mim dando um leve resmungo, os ombros encolhidos por causa do frio, fumaça de cigarro deixando um rastro como névoa matinal.

Um Mercedes preto com janelas de vidro fumê entra no estacionamento a mais ou menos 50 quilômetros por hora, mais do que deveria. O carro bate com a parte de baixo na rampa, empurrando a lixeira pelo asfalto. Vejo o Mãos Peludas agarrando o painel no lado do carona.

As rodas da lixeira acertam o meio-fio, lançando o porteiro e Deacon pelo ar como dois super-heróis. Juro que Deacon ainda consegue lançar um olhar de recriminação, dirigido a mim, antes de atravessar o para-brisa de um Chevy estacionado. O porteiro pousa lindamente na traseira do furgão do pet shop, espalhando um bando de canários amarelos.

Estou atordoado. Lá se foi o "estressante, porém fácil". Canários? Qual é? Existem câmeras gravando por aqui?

Meu grande plano vai totalmente para o espaço. O carro deveria parar antes da rampa, por causa da grande lixeira verde bloqueando a entrada. Então os salvadores/sequestradores de Goran seriam obrigados a afastar a lixeira ou levar a policial ferida até a porta da boate. Enquanto estivessem ocupados com isso, Deacon faria seu número de palhaço da caixa de surpresas e eu viria por trás.

Agora, no entanto, Deacon está dobrada no banco da frente de um Chevy e há quatro homens enormes saindo do carro do Mãos Peludas.

Pense, soldado. Improvise.

O estacionamento está um caos. Pássaros guinchando por toda parte, batendo asas e metralhando cocô por todo lado. Dois caras do pet shop, com redes, chamam os canários, como se os passarinhos falassem inglês. Alarmes de carros disparando. Homens gritando uns com os outros.

E aqui estou eu, parado como uma coluna de pedra.

Mova-se. Pelo menos salve Deacon.

Admito que passa pela minha mente desaparecer dali e me poupar de muita dor no coração e possivelmente nos bagos também, mas essa ideia desvanece rapidamente e eu me vejo sacando o Smith & Wesson e avaliando a concorrência.

Derrubar primeiro o Mãos Peludas, penso. Foi ele que resgatou Goran e estava sentado na frente. Além disso, ele tem os óculos escuros mais caros. É o macho alfa, sem dúvida.

Acerto um tiro no cotovelo do Mãos Peludas. Foi um acidente. Estava mirando o ombro, mas a arma é nova para mim. O cotovelo vai demorar anos para curar. Talvez mais tarde eu acenda uma vela por esse cara. Por enquanto, preciso me preocupar com seus dois amigos. Em menos de um segundo, os coleguinhas do Mãos Peludas vão deduzir que não sou o porteiro da casa, talvez meio segundo, se não forem tão idiotas quanto parecem.

Dou alguns passos em direção à rampa, quando sinto duas pancadas no pescoço. Ou fui mordido pelo menor vampiro do mundo ou esses golpes foram dados por um taser.

Alta voltagem. "High Voltage", cantarola Zeb Fantasma. *Rock and roll.*

Então 50 mil volts descem pela minha coluna e me mandam sacolejando rampa abaixo como um macaco com alma de rock and roll.

AC/DC, acho. "Highway to Hell".

Fácil demais.

Há bacon fritando em algum lugar. Ouço-o estalando na panela. É uma crueldade fritar bacon perto de um homem e não deixar que ele prove. Juro que também sinto cheiro de molho picante, ou algo apimentado, e estou com uma tremenda fome.

Biscoitos Garibaldi. Os soldados franceses nos postos de observação fora da base sempre tinham biscoitos Garibaldi. Cobravam preços exorbitantes por eles, mas geralmente eu pagava. Aqueles sujeitos tinham as melhores rações de campo. Cozido, lasanha, assados, encerrando com um pacote de ótimos Gitane. Posso sentir o aroma de todos aqueles pratos agora e pairo à beira do estado de alerta, saboreando as lembranças.

Por fim o sonho se evapora e eu volto à consciência com a minha primeira opção de antes de apagar.

— Vampiro! — grito, me esforçando para saltar da cadeira em que estou grudado com fita adesiva.

— Meeeeu Deus — diz uma voz familiar e irritante. — Vampiro? Aquele taser deve ter fritado seu cérebro, meu chapa.

Agora estou acordado, mas me sentindo como uma casca quebradiça, como se o choque tivesse me deixado oco. Tusso e cuspo o que parece ser um pedaço de carvão. Fico surpreso porque não estou soltando fogo pelas ventas. Faber está inclinado, com as mãos nos joelhos, a poucos centímetros de distância.

— Faber, seu escroto.

— Você me conhece, policial? Eu conheço você?

Meus olhos estão pesados e cheios de areia, mas me obrigo a piscar até que o ambiente fique mais nítido.

Estou numa cozinha. Um lugar de luxo, tudo em aço inoxidável e bancadas de mármore. Há bacon na panela. Graças a Deus. Isso significa que não estou tendo um derrame. Minhas armas se foram e, apesar da situação, consigo me parabenizar um pouco por ter guardado a grana.

— Faber. Estou morrendo de fome. Sério, cara, esses tasers acabam com a pessoa. Você acha que eu poderia ganhar um sanduíche de bacon, alface e tomate? Ou mesmo só de bacon?

Isso deixa Faber fora de controle e ele faz uma dancinha, estalando a língua e apontando, tentando se lembrar de onde me viu. Uso o tempo para absorver o máximo possível do ambiente.

Posso ver seis pessoas. Faber dançando sua sarabandazinha, vestido com outras peças de seu armário de anacronismos. Parece um terno bege de mohair com, eu juro, uma calça boca de sino e botas de capitão Kirk. Quem, diabos, é o estilista desse homem? Engelbert Humperdinck?

Três dos capangas dele estão enfileirados atrás, sem paletós, as mangas arregaçadas e prontos para fazer negócios. Um deles é novo, deve ser o do taser. Deacon está desacordada, presa com fita adesiva a um carrinho de transportar carne, como uma experiência de laboratório, e Goran está tremendo no chão, com uma poça do próprio sangue brilhando no concreto.

— Para de apontar para mim, cara. Caso contrário que Deus me ajude...

Faber faz um gesto para mostrar quem está no comando.

— O porteiro. Daniel. No Slotz, com aquela garçonete.

— Isso mesmo. Connie. Lembra dela?

Algo na minha voz faz Faber recuar alguns passos. Ele põe um de seus capangas entre nós.

— Sim — responde ele, com um risinho. — Eu me lembro. Alguém despachou ela, pelo que ouvi dizer. Se você me perguntar, ela teve o que merecia.

Penso em dar um chilique. Lutar contra os laços que me prendem e xingar a semente, a prole e a geração de Faber. Mas já fui soldado profissional e sei que qualquer demonstração serviria apenas para divertir meus captores. Por isso, respiro fundo algumas vezes e aparentemente me acalmo.

— Todos ganhamos o que merecemos, Faber. No fim.

Faber sai de trás de seu capanga.

— Verdade? Você acha, porteiro? Eu mereço minhas drogas, e por sua causa não posso pegá-las.

Certo. Estamos para chegar ao cerne da questão. Há drogas envolvidas. Goran obviamente estava envolvida com essas drogas.

Ao pensar em Goran, olho para ela. Parou de tremer e está olhando para um ponto no ar. Acho que está vendo anjos.

— Sua policial de estimação está com um certo desconforto.

Faber nem olha.

— Dane-se ela — diz, gesticulando sem dar importância. — Ela não vai se levantar.

— Você é um sujeito doce, Faber. Aposto que sua mulher diz isso toda noite, depois de você contar como foi seu dia. Garçonete morta, policiais sangrando e coisa assim.

Faber se serve de um pouco de bacon, segurando-o com um pedaço de papel toalha.

— O que aconteceu, Dan? Será que você viu um filme onde o mocinho gosta de bancar o esperto e consegue sobreviver?

— Ele enrola a tira de bacon e a coloca na boca. — Não é assim que a coisa funciona fora da sua boate de merda. Certo, você tinha força no Slotz, mas não aqui.

Preciso perguntar, então digo:

— Preciso perguntar, Faber. Que diabo você estava fazendo no Slotz? Aqui é um lugar legal. O cheiro é bom até na cozinha. Caramba, não vi nenhuma barata!

Estou tentando ganhar um pouco de tempo jogando conversa fora, mas genuinamente gostaria de saber. Faber está preparado para me dar um tempo, desde que consiga falar sobre si mesmo.

— É uma pergunta interessante, Daniel, e sei qual é a sua. Você me olha, usando um terno que vale mais do que você ganha em um ano...

Ordeno meu rosto a não reagir.

— ... e pergunta-se o que um sujeito bem-sucedido, classudo como o Sr. Faber está fazendo num buraco como o Slotz?

— É mais ou menos isso — respondo, achando que talvez esteja exagerando na passividade do meu rosto.

Faber verifica os botões de seu colete.

— O negócio, porteiro Dan, é que eu como lagosta com juízes e bebo Dom com milionários, e às vezes, quando o dia acaba, sinto vontade de me rebaixar e me sujar, sabe como é?

Meneio a cabeça, anuindo, obediente.

— Bom, não é possível se rebaixar e se sujar mais do que no Slotz.

— Sim, senhor. Vic é uma tremenda figura.

— É o chefe.

O advogado junta coragem para chegar mais perto.

— Aqui *eu* sou o chefe!

A mudança de humor é acompanhada por um tapa na minha cara, com as costas da mão. Giro a cabeça junto com o golpe, mas honestamente não precisaria ter me preocupado.

Cuspo no chão. Não sangue, somente saliva.

— O que você quer de mim, Faber? Por que não estou morto?

— Você não está morto, Dan, porque preciso saber o que *você* sabe — responde Faber, sacudindo os óculos por algum motivo. Talvez isso signifique que essas lentes podem enxergar minha alma.

— Sobre o quê? As tais drogas que você não pode pegar?

— Continue, porteiro.

— Goran costumava conseguir as drogas para você. Vocês dois tinham algum tipo de armação.

— E temos um vencedor. Dê um charuto ao babaca!

Sinto-me absolutamente perdido. De algum modo, até esse ponto eu tinha conseguido alimentar uma fagulha de otimismo. Já estive em encrencas piores, esse tipo de coisa. Mas agora, com os olhos de Goran ficando opacos e Deacon amarrada ao carrinho, fico subitamente arrasado. O aço e o concreto são verdadeiros demais, e as paredes estão se apertando.

— Não sei de nada, Faber. Só estou aqui por causa da mulher.

Faber ajeita o cabelo de isopor com dedos gordurosos.

— Que mulher?

— Escolha. Você tem uma morta, uma mais ou menos morta e uma no carrinho.

— O quê? A stripper? Foi por isso que você colocou os guardas em cima de mim?

— Ela foi assassinada. E é *garçonete*.

— Você acha que eu a matei?

— Sei que você matou, seu escroto.

Faber anda de um lado para o outro na cozinha, contando nos dedos.

— Então você falou com Deacon sobre minha briga com Connie. Eu pirei por causa do negócio que nós temos esta noite. Deacon suspeitou de algo, e Goran tomou uma decisão súbita de acabar com ela, o que não deu certo. Depois a morte de Goran também fracassou. Por isso, Goran me ligou para que eu fosse buscá-la.

Faber está preenchendo várias lacunas. Obviamente, nesse ponto, ele não se importa com o que eu sei, o que não é bom. Ser posto a par é legal quando você é criança e precisa de informações básicas sobre números, comidas venenosas e coisas assim, mas no meu mundo o conhecimento faz a pessoa morrer mais rápido do que antraz.

— Eu tive um tiroteio com seus rapazes aí fora. — Aponto para o apontador. — Logo os policiais vão nos achar.

Faber está deliciado com essa observação, presumivelmente porque ela é totalmente infundada.

— Nada de policiais, amigo. Eu sou dono de muitos imóveis, inclusive de todo este terreno e do porão onde pegamos Goran. — O advogado agacha para pensar em silêncio. — Não — diz, por fim, os joelhos estalando ao se levantar. — Posso pensar numa saída. Vocês três precisam morrer. É uma pena com relação ao produto, mas você sabe, às vezes é preciso aceitar as perdas.

Não se pode deixar uma declaração dessas esvanecer sem argumentar.

— Espera um segundo, Faber. Você tem capangas. Eles não podem pegar o seu *produto*?

Normalmente não uso palavras como *produto* ou *capanga*. Parecem 2D saindo da minha boca. Eu meio que espero que caiam no chão em letras de papelão.

Faber esboça um sorriso como se gostasse de mim.

— O quê? Esses idiotas? Eu não deixaria que eles pegassem nem mesmo minha correspondência. Sem ofensa, pessoal. Esse negócio todo é complicado demais sem Goran.

Os idiotas dão de ombros, amáveis. Não se ofendem.

Faber bate nos bolsos, procurando alguma coisa, ou talvez só esteja nervoso.

— Isso é um grande passo para mim. Matar policiais. Depois disso não existe volta.

O advogado parece preocupado de verdade, porém acho que é mais uma coisa de logística do que uma questão de consciência, o que me irrita a ponto de eu comentar:

— Mas matar uma garçonete pode. Não tem o menor problema para você. Connie tinha dois filhos, Faber.

— Corta essa, certo? — Ele suspira. — Você ainda tem dois minutos. Use-os bem. Por que não implorar pela vida?

— Implore você pela sua.

Faber faz um sapateado com um "ta-ráá" no final, que seus capangas até aplaudem. Esse negócio de Rat Pack fajuto tem de ser doentio. Simon escreveria alguns capítulos sobre esse cara.

— Certo, senhor — diz Faber, como se eu estivesse na primeira fila do seu espetáculo. — Gostaria que você soubesse que lamento o negócio do Slotz. Alguma coisa naquele buraco vagabundo me atrai, e eu não queria estragar minha ficha lá. Há muita coisa positiva em receber um boquete barato no fim do dia sem esbarrar no prefeito. Não vou pedir desculpas de novo, seria um pouco demais nessas circunstâncias, mas lamento o incidente. Isso é tudo que vou dizer.

Pedir desculpas de novo? Não me lembro quando foi a primeira vez.

— Portanto vou mandar matar vocês três. Sinto-me bem agora, mas acho que provavelmente perderei um pouco do sono no decorrer dos anos.

Um único tiro com silenciador espoca, como um fumante tossindo na mão. Goran tem um espasmo e depois fica imóvel.

Faber guincha de medo, então se recupera.

— Que diabo...? — grita ele, batendo com o pé no chão. — Nunca quando eu estou no mesmo lugar! Quantas vezes tenho de dizer? Se a gente não viu, a coisa não aconteceu.

Aconteceu. Aconteceu definitivamente. Talvez Goran estivesse agonizando, mas agora está morta.

— Desculpe, Sr. Faber — murmura o atirador. — Não vou fazer de novo.

Faber aponta o dedo e balança.

— Sei que não vai. Sei que não vai, Wilbur.

Wilbur? Não consigo conter um risinho. Depois de todo esse tempo, ser apagado por um Wilbur.

Wilbur me lança um olhar venenoso.

— Posso matar ele primeiro, Sr. Faber?

— Claro que pode. Só espere até...

— Até o senhor sair pela porta.

— Muito bem. Quando ouvir o estalo da fechadura, atire. Livre-se dos corpos na fundição.

Fundição? Uma palavra assim torna tudo subitamente real. Tão prático.

— Ei, Faber.

O advogado me ignora.

— É tarde demais, Daniel. Preciso estar no tribunal em uma hora. Como diria um juiz, sua apelação foi negada.

Diga que você pode pegar as drogas dele, sugere Zeb Fantasma.

Faber está com a mão na maçaneta.

— Eu posso pegar suas drogas — digo. Suponho que você poderia dizer que vomitei as palavras. Com a voz um pouco mais alta do que eu gostaria.

O advogado se afasta lentamente da porta, como se um movimento súbito pudesse levar a maçaneta a fazer *clic*.

— Repita isso, Daniel.

Um mata-moscas elétrico na parede solta uma fagulha quando um pobre inseto chega perto demais da luz.

— Eu disse que posso pegar o seu produto.

Faber arrasta uma cadeira pelo piso de concreto e se senta virado para mim.

— Acho que conversar não faz mal.

Capítulo 9

Então agora eu tenho essa coisa na perna, por baixo dos jeans. Faber chamou de tornozeleira de segurança, bastante popular entre as celebridades. Parece que há uma abelha mutante presa no meu tornozelo, esperando para cravar os dentes ou as garras — ou sei lá que armas uma abelha mutante pode possuir — na minha fíbula. É uma maquininha inteligente, sem dúvida. Fico surpreso porque essas coisas ao menos existem fora das páginas de um livro de ficção científica.

Faber se divertiu enquanto me explicava o funcionamento. Ele parecia um técnico idiota que sabe como essa geringonça funciona e aborrece todo mundo com sua migalha de conhecimento.

— Portanto o que temos aqui, Daniel, é uma pequena política de segurança eletrônica. Um juiz que é meu amigo me deu em pagamento por minha opinião num processo estatutário em que ele estava... envolvido. A Agência Nacional de Segurança já está usando isso, e há um forte lobby para colocar essas tornozeleiras nos presos soltos sob condicional, dada a percentagem de criminosos reincidentes.

— É mesmo? Me poupe do sermão, Faber — falei, parecendo tranquilo.

— Certo. Deixe-me dizer as especificações. Isso não pode ser mexido, naturalmente. Há um sensor que monitora a pulsação e a pressão sanguínea. Tem um GPS conectado ao meu laptop, então sabemos em que prédio você está a qualquer minuto. Se você for ao banheiro para uma cagada rápida, a tornozeleira capta o som da merda caindo. Mas tem uma parte que eu adoro de verdade. Posso provocar uma ruptura eletromuscular à distância se você não estiver no lugar certo ou fazendo o que deveria. Ou para dar a versão resumida para porteiros: posso mandar volts suficientes pelo seu rabo a ponto de você cagar nas calças. Essa coisa faz o choque do taser parecer cócegas com uma pluma.

E então Faber me deu uma provinha, só para mostrar que não estava brincando. Pareceu que ele tinha colocado meu cérebro num liquidificador; quando terminou, eu estava considerando seriamente a cagada nas calças mencionada acima.

Portanto, agora sou capanga do Faber. Ele tem a chave para meus batimentos cardíacos. Passo um minuto tentando pensar numa maneira de sacaneá-lo, mas é um sistema à prova de idiotas, então me acomodo no banco de trás do ônibus para Nova York e tento dormir um pouco. Talvez uma taxa de batimentos baixa engane Faber e o faça pensar que estou morto.

Cruzo os cotovelos em cima da sacola de lona aos meus pés. Pelo menos o plano de Faber implicava eu pegar um ônibus, por isso consigo coletar minhas armas e guardar meu dinheiro depois de tê-lo pegado no carro.

Demoro a maior parte do dia para ir de Nova York a Farmington. Primeiro pego um trem de Manhattan a New Haven, depois um ônibus intermunicipal. A coisa poderia ir um pouco mais depressa se no caminho o motorista não parasse em cada esquina de Long Island. Parece que todo mundo sabe o nome dele, menos eu. Não sei por que estou ansioso. Não estou com nenhuma pressa de chegar onde estou indo. Além do mais, o balanço pode me ajudar a digerir o saco do Taco Bell que comprei na Grand Central. Engoli tudo meio depressa, e era minha primeira refeição de verdade em mais de vinte e quatro horas. Quando você está tendo uma semana de merda, nada conforta mais do que comida do Taco Bell.

Eu tenho que admitir, de pé sob o famoso teto abobadado da Grand Central, que pensei em ir até o banheiro, enfiar o pé num vaso sanitário e dar alguns tiros na tornozeleira.

Até que ponto esse negócio é forte?, argumenta Zeb Fantasma, ansioso para me levar de volta para o seu caso.

Enquanto eu pensava nisso, Faber me deu um telefonema quase paranormal pelo celular de Macey Barrett, que eu lhe disse que era meu.

— O negócio é o seguinte, Dan — começou ele, e quase pude ouvir o deslocamento do ar enquanto ele batia com um dedo no fone. — Às vezes a distância deixa as pessoas corajosas. Elas começam a pensar que é uma guerra como outra qualquer e que podem fugir. Antes que você ceda a esse impulso, tenho uma informação que um sujeito cavalheiresco como você deveria receber.

Cavalheiresco? Será que todo mundo conhece meu ponto fraco?

— É mesmo? E o que é, advogado?

— Sua amiga. A policial no carrinho. Se eu não tiver notícias suas até o anoitecer, ela vai para o freezer. Nós acabamos de empurrá-la até lá. E assim que entrar, ela não sairá mais. Mandei aparafusar uma placa em cima da alavanca de segurança. Depois disso, mando meus cachorros para cima de você. Você atirou nas policiais e meus guarda-costas atiraram em você. Simples.

Parece que o cavalheirismo pode estar morto em breve, junto com a detetive Deacon. Os corpos simplesmente continuam se empilhando como sacos de areia.

Passo um momento fútil, desejando que as coisas voltassem ao normal. Se esta fosse uma semana como outra qualquer, eu me encontraria mais tarde com Zeb para um karaokê. Ele adora sair para cantar no karaokê. Sua especialidade é Barry Manilow, se é que dá para acreditar. Acho que ele inventa um pouco as letras.

Karaokê, diz Zeb Fantasma com a boca na manga da camisa, como faz quando está num dos seus humores. *Pouco provável, desde que você desistiu de me procurar para salvar a Princesa Superguarda. Já posso me considerar morto.*

Não fique assim. Não abandonei você, mas estou com pouco tempo quanto a Deacon. Ela vai ser congelada.

Então somos dois, responde Zeb Fantasma. *Por que você não faz alguma coisa com relação ao meu problema, uma vez que está sentado aí. Ao menos já pensou num plano?*

Reviro os olhos, o que deve parecer estranho para a velha senhora que está sentada no banco da frente e que me olha com ar de censura.

No momento estou um pouco preocupado.

Não a ponto de seu cérebro não ter algumas células extras para me evocar.

Certo, certo. Estive pensando nisso, como você sabe perfeitamente bem. Me deixe dar um telefonema.

Dê o seu telefonema, Judas.

Ei, Judas não era irlandês.

Apenas dê o telefonema.

Um telefonema, depois volto para o caso de Deacon.

Demoro um minuto para me lembrar do número do cabo Tommy Fletcher. Digito com cuidado, dedos grandes, botões pequenos.

Pelo que eu soube, Mike Madden Irlandês tem família na Irlanda. Talvez Tommy possa fazer um pequeno reconhecimento, conseguir alguma vantagem para nós.

Acho que é um começo, diz Zeb, não querendo abrir mão do mau humor. *Mas não pense que está livre. Se você não encontrar o meu eu verdadeiro, vou me mudar permanentemente para o seu lóbulo temporal.*

Fantástico. Mais um ultimato, exatamente do que eu preciso.

Tommy atende quando estou a ponto de desligar.

— Que merda é essa? — diz ele, em vez do velho e simples alô, o que é uma expressão bastante comum para o cabo Fletcher, pelo que me lembro.

— É assim que você fala com o seu sargento? — pergunto, esboçando um sorriso, apesar do redemoinho de merda da minha situação.

— Não estou mais no exército — resmunga Tommy. — Especialmente às quatro da madrugada, cacete. Estou com dor de cabeça e já é quase hora de ir para a cama. — Ele respira fundo, enquanto percebe com quem está falando. — Daniel? Daniel McEvoy? É o próprio irlandês imoral?

— Para você é sargento McEvoy, Fletcher.

— Danny, meu irmão. Você está no país? Precisamos sair para curtir. A gente vai pirar, cara. Já viu um perneta dançar? Então, onde está você, sarja?

— Estou no exterior, cabo.

— Ainda arrebentando cabeças?

— Algumas. É por isso que estou ligando.

— Posso ajudar em alguma coisa?

Tommy sempre foi rápido em entender as coisas.

— Tenho uma pequena missão de reconhecimento, se você estiver a fim.

Há um silêncio desconfortável, depois Tommy murmura:

— O negócio é que eu não faço mais esse tipo de coisa, Dan. Tenho filhos...

Agora eu me sinto mal.

— Então esquece o que eu falei, Tommy. Eu não sabia...

Tommy dá uma gargalhada.

— Só estou curtindo com sua cara, sarja. Claro que estou a fim. Mas nada de matar ciganos. Eles rogaram uma praga para cima de mim.

— Nada de ciganicídio, sério. Só preciso que você descubra as raízes de uma certa árvore genealógica.

— O quê?

— Encontrar algumas pessoas. Mas tome cuidado, elas têm parentes perigosos.

Tommy não se impressiona.

— Foda-se, meu irmão tem um parente perigoso. Quem você precisa que eu encontre?

Dou os detalhes, e Tommy promete ligar de volta assim que tiver novidades.

Nunca antes desejei ter telefone, mas estou começando a perceber que pode ser uma coisa conveniente.

Além disso, Mike Irlandês está pagando a ligação, Zeb ri, deixando a birra de lado. *Belo toque.*

Devo ter rido também, porque agora a velha senhora a minha frente está me mostrando sua lata de spray de pimenta.

* * *

É o início da noite quando finalmente chego ao meu destino, em Farmington. Não é o tipo de lugar onde porteiros costumam ser necessários. Toda a avenida é tão pacata e outonal que me faz lembrar da Irlanda. Mesmo nessas circunstâncias posso sentir as primeiras pontadas do gene imigrante.

Farmington é mais legal até do que Cloisters; legal demais para ter um lado negro criminoso, mas como descobri há apenas algumas horas, o lado negro criminoso de Farmington está indo muito bem. Especialmente nesta avenida.

Faço o último quilômetro e meio desde o ponto de ônibus a pé, carregando a sacola de armas, e encontro um banco para descansar o corpo exausto enquanto acabo de comer minha Big Bell Box.

A comida temperada me faz lembrar de Monterrey, e não consigo deixar de imaginar a rapidez com que conseguiria chegar lá.

É, isso mesmo, amigo. Faça as malas e me deixe apodrecendo.

Calma. Eu liguei para o Tommy, não liguei? As engrenagens estão em movimento. Agora dá o fora e me deixa pensar.

Você pensa demais. Precisa sair de dentro da cabeça e cair no mundo real.

Ironia. Deve ser.

Então me sento no banco, contendo minha aura, tentando parecer um membro da comunidade e não um leão de chácara e ex-soldado enviado para roubar um laboratório de esteroides. Mastigo meu *burrito* por um tempo e, de má vontade, admito que Faber e Goran tinham bolado um belo plano.

Em Cloisters, Faber tinha ficado um pouco choroso ao contar.

— Como advogado na cidade, eu represento muitas pessoas ligadas às drogas. Fico conhecendo os caras e eles me colocam a par de todos os detalhes de suas operações, e munido dessas informações, eu os livro na maioria das vezes.

Lembro de que tentei prestar atenção, mesmo que metade das células do meu cérebro estivessem fritas por causa do choque no tornozelo e o restante estivesse ameaçando se separar e liquefazer.

— Então um ano se passa, talvez um ano e meio, e os caras esqueceram tudo sobre seu belo advogado quando um dos laboratórios deles é estourado pela polícia. O primeiro policial a passar pela porta é minha amiga morta, a detetive Goran, seguida de perto por alguns dos meus capangas, usando roupas à prova de bala e capacetes do Departamento de Narcóticos. Eles prendem os bandidos, colocam as drogas no furgão e pronto. Nosso falso esquadrão policial vai embora, deixando os mercadores sem drogas e presos com algemas de plástico. Algumas vezes, colocamos uns dois no furgão só para nos exibirmos, e largamos alguns quarteirões depois.

Ele se inclinou para trás nos calcanhares, esperando que eu pensasse no assunto, apreciasse sua genialidade. E aprecio.

— De modo que o roubo nunca é informado.

— O que eles vão dizer? Que foi a polícia? Eu gostaria de fazer uma queixa quanto a vocês terem roubado minhas drogas? Acho que não.

— E você tem um comprador?

— Eu represento muita gente ligada a drogas. Eles acham que estou fazendo corretagem para outro cliente.

Isso era muito bom, por esse motivo eu disse:

— Isso é muito bom, Jaryd.

Faber não pôde deixar de estufar o peito.

— Obrigado, Daniel.

— Bem, mas agora você se ferrou, porque sua detetive de estimação está morta.

Detetive de estimação, diz ZF. *Legal*.

— E suponho que Goran não era idiota a ponto de deixar você ficar com o equipamento necessário para a invasão.

— Correto. Goran comandava as operações no campo. Eu fazia o planejamento.

— É um bom plano. Irado, como diriam os jovens.

— De novo, obrigado. Porém por mais que eu considere a sua apreciação, preciso de mais do que isso antes de deixar que você vá atrás do meu pacote.

Na Irlanda, ir atrás do pacote do cara significa agarrar o saco dele. Acho que Faber está falando de novo sobre drogas.

— Você leu minha ficha?

— Não. Tem alguma parte boa?

— Tenho habilidades especiais.

— Alguma habilidade dessas é relevante?

— Merda, Faber, se o seu *pacote* estivesse em Faluja eu poderia extraí-lo de lá.

Faber lambeu os lábios. *Extrair*. Ele gostou desse jargão militar.

— Começa com F, mas não é Faluja.

Dez minutos depois, Faber estava com o computador de Deacon no joelho, lendo a minha ficha.

— Meeeeu Deus, Daniel. Isso é bom. Você matou alguém por lá?

— Só os que morreram. O que eu ganho com isso, Faber? Se vou ser um criminoso, é melhor que seja bem-pago.

Achei que se alguém podia entender de cobiça, seria um advogado.

— Se você pegar o meu pacote, eu vou dar a você 50 mil, além de sua vida de volta.

Ele estava mentindo, e nós dois sabíamos disso. O que não sabíamos, porém, era se a outra pessoa sabia que nós sabíamos.

Quantos são vocês, seis?

— Certo, Faber. Trato feito. Me solte e diga os detalhes.

Faber chamou um dos seus rapazes, deu-lhe um jogo de chaves e algumas instruções sussurradas.

— Ainda não, Daniel. Primeiro preciso causar uma impressão em você. Mostrar que tipo de sujeito sério eu sou. Mais um gostinho de ruptura eletromuscular deve ser suficiente.

A casa que estou vigiando sai diretamente dos créditos de abertura de um seriado passado no subúrbio americano. Segundo o que a TV nos diz, deve haver um pai gordo, uma mãe astuta, duas crianças espertinhas e talvez um parente morando no porão. Pense em algumas expressões corriqueiras, tipo *caraca, mãe*, ou *ninguém me entende*, e quando você menos espera, chega a nona temporada e um box de DVDs está no topo da lista de mais vendidos.

É o último lugar onde esperaria encontrar um laboratório de esteroides. Mesmo assim, segundo Faber, é exatamente onde encontrarei um.

— E um bocado de segurança — disse ele. — Tecnologia de ponta. Esses caras não economizam.

Faber não vai arriscar nenhum dos seus rapazes nessa missão, por isso estou sozinho. Nenhum apoio de falsa polícia. Uma pena, pois segundo Faber, Goran havia montado uma tremenda força de ataque. Pés de cabra, aríetes em miniatura, todo tipo de bagulho.

— Pense nisso como um teste, Daniel. Se você trouxer alguma mercadoria de volta, talvez da próxima vez eu o deixe levar alguns rapazes.

Eu deveria ligar para o FBI, era isso o que deveria fazer. Mas assim que os federais se envolvessem a melhor hipótese para mim seria passar o restante dos meus dias no serviço de proteção a testemunhas. A pior é Deacon congelar e eu pegar prisão perpétua sem direito a condicional. Então talvez eu coloque Newark na memória de discagem rápida, mas por enquanto não vou apertar o botão.

Newark na memória de discagem rápida? Seus pensamentos estão começando a parecer americanos.

Zeb está certo. Fiquei aqui por tempo demais. Preciso de uma caneca de Guiness que leva cinco minutos para ficar cheia, e um encontro com uma ruiva sardenta.

A casa parece normal, mas eu forço a vista em meio às sombras e vejo cúpulas com câmeras escondidas sob os beirais. E sensores a laser também, sobre estacas enfiadas no jardim. As janelas são pequenas, com barras decorativas de ferro fundido, e a porta é pintada para parecer de madeira, mas aposto que é de aço. Holofotes no gramado e no telhado completam o pacote. Esse lugar é uma fortaleza sutil. Não há chance de eu forçar minha entrada.

Dou a volta até os fundos, o que não é fácil como parece. Nos subúrbios paranoicos dos Estados Unidos modernos, a tendência é primeiro atirar nos estranhos e depois fazer perguntas, se é que alguém faz. Os noticiários contam histórias todos os dias sobre lixeiros levando tiros de donas de casa em pânico só porque estavam falando alguma língua que não era inglês. Algumas vezes essa é a defesa delas no tribunal.

Ele estava nos fundos da minha casa, mexendo no meu lixo, falando coisas sobre terroristas. O que ele esperava?

Mas estou politizando.

Por sorte, as sombras estão se prolongando, eu estou vestido de preto e já fiz esse tipo de coisa antes. Vou rapidamente pelo quintal vizinho, pronto para apagar alguém, se necessário. Espero que seja homem. Eu poderia viver depois de dar um soco num jardineiro atarracado, mas um deslize com uma garota poderia ser mais do que minha psique abalada suportaria.

Controle-se, caso contrário vai começar a cometer erros.

É. Isso é fantástico vindo de um cara que uma vez engoliu três doses de polidor de móveis depois de ir à boate uma noite. Três doses antes de notar que havia algo errado.

Foi a primeira merda decente que eu tomei em meses, diz Zeb Fantasma.

Vou até os fundos, passando por um beco calçado de tijolos sem ter de arrancar os sentidos de ninguém, e me escondo atrás de um agrupamento de sempre-verdes. Espio a janela através dos galhos e vejo a sala vazia de uma rica casa de subúrbio, com a espreguiçadeira Eames que é cara demais para as crianças sentarem. Mas o jardim é legal, devo admitir. Um bocado de verde, uma bela sensação selvagem, sem ser negligenciado. Faz com que eu me lembre...

Ah, por favor, cala a boca.

Certo, então.

Ouço um rosnado súbito e percebo que há um cachorro comigo no meio das plantas. E é bem grande, suponho, pelo modo como seu bafo está na minha orelha. Essas árvores são *dele* e ele está bravo. Tenho dois segundos, talvez, antes que ele crave os dentes no meu rosto. Então Faber vai notar um baita pico nos meus sinais vitais.

Por favor, que não seja um rottweiler. Por favor, que não seja um rottweiler.

Olho, e ali está um rottweiler a 60 centímetros de mim, com a cabeça acentuada parecendo usar uma cômica peruca de samambaias verdes. Está com os beiços puxados para trás sobre os incisivos e os olhos pretos fixos em mim como mira laser, o que tira todo o ar de comicidade.

Meu Deus. Isso não está certo. Quanta merda pode ser jogada numa pessoa num só dia?

O cão salta e eu rolo para trás com ele sobre as raízes da árvore e dos arbustos, apertando seu focinho com uma das mãos. Pego um punhado de saliva canina, mas pelo menos os dentes estão contidos por um momento. Abaixo a outra mão e agarro a virilha do cachorro.

Parabéns, é um menino.

Fodam-se os melindres. Nas palavras de David Byrne: *Não tenho tempo para isso agora.*

O cachorro está nos meus braços, contorcendo-se como uma criatura marinha fora d'água. Posso sentir a fúria do animal testando meus músculos até os limites. Galhos estalam em volta das nossas cabeças, e, com a escuridão caindo, pareço estar numa cena de um filme de terror. Parte de mim espera que algum mascarado apavorante surja do beco com uma fixação pela mãe e uma faca de trinchar.

Aperto os testículos do rottweiler para pegá-lo de jeito e com raiva, depois uso cada grama de força que consigo reunir para jogá-lo por cima da cerca do jardim. Ouço a pancada surda e o som raspado quando ele pousa desajeitadamente e logo se apoia nas patas. Esse não é um movimento que jamais tenha planejado ou repassado mentalmente como sendo uma possibilidade. É uma coisa de momento e até poderia funcionar a meu favor.

Vá, Bonzo, transmito mentalmente ao cachorro. Infernize esse pessoal.

Na casa vizinha a comoção é imediata. Bonzo parte pelo quintal dos fundos do antro de drogas, procurando algumas gargantas para rasgar. Aposto que aquele cachorro não está acostumado a ser lançado por cima de uma cerca. Dizem que o inferno não conhece fúria igual a de uma mulher desprezada, mas eu seria capaz de argumentar que uma mulher desprezada empalideceria e sairia da sala diante de um rottweiler que acabou de ter o saco torcido.

Espio por cima da cerca. O quintal ao lado tem mais ou menos as mesmas dimensões: um gramado retangular com cerca de 6 por 9 metros, com vários arbustos agrupados ao fundo. Também tem uma entrada de veículos, com uma picape com a traseira virada para uma porta dos fundos, que obviamente é reforçada.

Há um homem junto à porta que não sabe se faz cara de valente para Bonzo ou se molha as calças de medo.

Posso não ser capaz de entrar naquela casa, mas talvez possa fazer quem está lá dentro vir até mim.

O cachorro sacode a cabeça como se estivesse estraçalhando um coelho imaginário, depois vê o homem junto à porta e decide transferir meus crimes para ele. Seu rosnado diz: *vou comer você vivo, seu filho da puta espremedor de saco.*

Não existe uma pessoa neste planeta que não tenha medo de um rottweiler vindo em sua direção, com baba pingando da boca.

Eu me agacho para remexer na bolsa aos meus pés. Primeiro pego dois protetores de ouvido numa embalagem plástica, então escolho um fuzil de assalto Steyer Bullpup com lançador de granadas de 40mm pendurado sob o cano. E pensar que quase não topei a opção do lançador, mas o vendedor me convenceu. *Ei, não leve o modelo com lançador, não me importa, mas por cem pratas eu posso acrescentar duas granadas. Cem pratas! Está me dizendo, irlandês, que não pode pensar numa única situação em que duas granadas seriam bem-vindas?*

Eu podia pensar em algumas situações. Esta não era uma delas. Cachorros voadores e granadas no subúrbio.

Estico a cabeça por cima da cerca e espio por entre os galhos bem a tempo de fazer leitura labial do porteiro dizendo *foda-se* e vê-lo correr pela entrada dos fundos. Ele bate a porta atrás de si, meio segundo tarde demais para impedir que o rottweiler entre.

Isso é um bônus de sorte. Eu esperava que o cão ficasse do lado de fora, provocando uma distração, mas dentro da casa propriamente dita... Deve acontecer uma carnificina. Espero.

Segundos depois tem início a consternação. Sons de móveis caindo, vidros quebrando, gritos de surpresa. Dois tiros.

Eles devem estar pensando: *que diabo está acontecendo? De onde veio isso?*

Guarda o bagulho. Guarda tudo.

Primeira regra de qualquer fábrica: proteger o produto.

Encosto o fuzil de assalto no ombro e solto a trava, e instantaneamente sou um soldado de novo. É o *clic*. Assim que a trava é solta, não é mais exercício.

Atiro no telhado, abrindo buracos na ardósia, deixando caibros expostos e cortando a fonte de energia. Se eles não tiverem um gerador lá dentro, as câmeras de vigilância estão desligadas. Mas mesmo que tenham, ainda me resta um minuto.

Não, estão pensando eles, *tiros. É uma batida. Precisamos ir embora.*

Tiros são uma coisa, mas explosões realmente acendem um fogo nas pessoas. Coloco uma granada no lançador, travo e aperto o gatilho secundário, mandando um ovo de 40mm de explosivos por um buraco no telhado. Espero que ninguém esteja escondendo seus presentes de Natal lá em cima.

A explosão não é hollywoodiana, mas basta para reduzir o sótão a praticamente pedaços de lenha. As ondas de som fazem parecer como se o rolo da realidade saltasse um ou dois quadros, e uma nuvem de fumaça e poeira paira sobre a casa, sinalizando para o corpo de bombeiros.

Esta é toda a destruição que preciso. Enfio o fuzil de volta na minha bolsa mágica e pulo por cima da cerca para dentro do território inimigo. Talvez as câmeras deles estejam desligadas, talvez não. De qualquer modo preciso agir.

A picape está espremida na entrada de veículos como um animal selvagem. É uma Hilux novinha em folha com pneus enormes e provavelmente muito mais cavalos do que os de fábrica esperando embaixo do capô. Esse é o veículo de fuga, sem dúvida. Qualquer problema que surgir pela porta da frente, os esteroides saem pelos fundos naquela belezura.

Um homem sai para o quintal, arma numa das mãos e chaves na outra. Há um fio de sangue em seu braço, e eu estou pensando *bom garoto, Bonzo*. E também *descanse em paz, cãozinho*. Mexo o retrovisor externo para acompanhar o que está acontecendo, em seguida me agacho atrás da grade da Hilux e dou alguns segundos para a situação se desenrolar. Talvez esse homem esteja com os esteroides.

Ou talvez não. Um segundo homem empurra dois grandes barris plásticos lacrados num carrinho para tambores. Ele está mancando devido a uma mordida na perna, e eu começo a ficar triste por causa do Bonzo.

Os homens colocam os dois barris na carroceria, grunhindo e xingando.

— Pegue o último barril — grita o primeiro por cima dos estalos das chamas que aumentam no sótão.

— Que se foda — responde o mais novo. — Não vou voltar para lá.

O homem número 1 brande sua arma de uma maneira que me diz que ele não tem muita experiência com o uso de armas.

— Certo — diz o mais novo, apressadamente. — Meu Deus, Bobby. A gente acabou de dividir um sanduíche de atum.

— Foi um sanduíche ótimo, cara, e sempre teremos aquele momento. Mas eu sou o supervisor e preciso deixar o atum de lado. Então pegue o barril, Bomba E.

Bomba E entra na casa na ponta dos pés, de um jeito que me faz pensar que Bonzo ainda está vivo.

Bomba E? Meu Deus, a que ponto chegaram os apelidos! O problema é que esses caras estão inventando os próprios nomes. Ninguém se batiza de Quatro Olhos ou Bafo de Bosta. Um cara em Dublin pegou seis meses de cadeia por crimes de voyeurismo. Ganhou o apelido de Windows 2000. *Isso* é que é apelido.

Mesmo que a casa esteja sob ataque, esse cara está tão concentrado em garantir que não haja um cachorro agarrado em seu traseiro que não me vê chegando. Me esgueiro em volta da Hilux, do lado do motorista, e lhe dou um soco na têmpora. Com força. Pego as chaves antes que estas batam no chão. Nem preciso tirar da bolsa meu kit de abrir portas.

Obrigado, Bobby.

Bobby ricocheteia na porta, depois desmorona no chão. Sinto cheiro de atum. Fico surpreso quando ele balança a cabeça e tenta me dar um soco. Um soco bom, que me acerta bem no rosto. De manhã vou estar amassado como um purê. Estou com tanta raiva que bato a cabeça de Bobby contra o para-choque, talvez com um pouco mais de força do que o necessário.

Abro a picape com um chaveiro Toyota e pulo dentro, jogando minha bolsa mágica no banco do carona.

Esse soco fez doer minha mão. Talvez até tenha quebrado um osso.

Pode ser atrite, diz Zeb Fantasma, folheando minhas memórias reprimidas. *Seu pai sofria disso. Era um dos motivos para ele beber.*

Era o que ele dizia. E isso não impedia que ele nos batesse.

A picape dá a partida na primeira volta da chave. Não deveria ser surpresa, com toda a grana que aqueles fabricantes de esteroides gastaram nela. Puxo a alavanca de câmbio e piso no acelerador. A única coisa que me separa da rua é um portão com fechadura de código que parece ter barras em número suficiente para conter até mesmo a Hilux.

É por isso que viro à esquerda e passo pela frágil cerca de madeira. Idiotas. Sério, que tipo de imbecil organizou a segurança deles? Só foi preciso um homem e um vira-lata para reduzi-la a cacos.

A última coisa que vejo da casa dos esteroides no retrovisor é Bonzo, saindo pela porta dos fundos com um pedaço de alguma coisa nas mandíbulas. *Bom cachorro*, penso. *Bom cachorro*.

CAPÍTULO 10

Tento me manter concentrado enquanto dirijo de volta a Jersey, mas o passeio é tranquilo e minha mente começa a vagar.

Sempre digo que não sou bom em flashbacks, mas sempre que minha mente fica turva, o Líbano está lá. Céu riscado por foguetes, lascas de metal retorcido chovendo constantemente. Tudo era furado por estilhaços. Tudo. Velhos homens batendo papo na porta de casa como se a vida continuasse igual. E provavelmente era verdade.

Eu me lembro de um francês cuja reivindicação de fama era um pau do tamanho de uma baguete. Isso foi testado um dia em que ele chegou a um ringue de briga de cães e...

O telefone de Macey Barrett toca e eu quase salto para fora do corpo quando o carro capta automaticamente seu sinal em Bluetooth e transfere a ligação para o sistema de som do Toyota.

— Daniel?

— Santa mãe de Deus! — reajo, o que é uma representação bastante exata de um membro dos Christian Brothers que eu costumava fazer nos anos 1980. Ele ainda aparece de vez em quando, em momentos de estresse.

O riso de Faber é distorcido pelo alto-falante.

— Para você eu sou Nossa Senhora, Deus, Jesus e o coelhinho da Páscoa reunidos num só.

Eu me recupero um pouco.

— Faber. Como vão as coisas, Jaryd? Teve um bom dia no tribunal apontando para tudo que é merda?

Faber para de rir.

— Eu aponto para dar ênfase, só isso.

— Você aponta o tempo todo. Isso passa a não significar nada se você faz tantas vezes. É como um tique. Estou dizendo, Faber, é por isso que você nunca sai ganhando nas mesas de jogo.

Silêncio por um momento. Só posso ouvir o rosnado discreto do motor e as juntas do asfalto batendo sob as rodas.

Os batimentos cardíacos da estrada.

Faber supera seu mau humor apontativo.

— Pegou o produto?

— Dois barris. Espero que você tenha um depósito seguro.

— Dois barris? Onde eu vou colocar dois barris, porra?

— Ei, posso jogar um fora, sem problema.

— Não. Eu posso guardar. Não esperava dois barris. Talvez uma pasta.

— Isso são esteroides, Faber, e não heroína. Deve haver meio milhão de doses aqui.

Faber assobia.

— Esses caras dos esteroides trabalham de verdade. A queda no valor de mercado faria um traficante de crack se mijar de tanto rir.

— Faber, você não está tentando se esquivar de pagar meus 50 mil, não é? Porque se for assim, eu conheço uma dúzia de pessoas a quem posso levar essa picape.

— Seria uma má ideia, Daniel.
— E por que, seu escroto?
E ele me diz.
— Porque a sua coleguinha Deacon já foi para o freezer.
Meu estômago afunda.
— Certo, babaca. Olhe a sua telinha e vai ver que eu estou indo.
— É melhor que venha rápido. Aquele freezer é frio.
Odeio esse cara e desejo que ele estivesse morto.

Faber está bancando o tranquilo, mas deve estar suando com sua decisão de me mandar pegar os esteroides. Mesmo com um monitor no tornozelo eu sou imprevisível, e ele sabe disso. A cobiça o fez se apressar, e ele teve um dia inteiro para pensar nas possíveis consequências. Aposto que aquele macaco apontador mal pode esperar para me empurrar para o freezer junto com Ronelle e começar a vender seus esteroides do lado de fora das academias em todo o estado de Nova Jersey.

Dirijo devagar, mantendo o limite de velocidade, com o rádio ligado nos noticiários locais para o caso de precisar evitar um engavetamento na estrada. Acidentes significam policiais, e essa picape grita dinheiro de drogas.

O tráfego está tranquilo e há uma garoa cortando as luzes dos postes. Todas aquelas gotinhas, como um milhão de pílulas de esteroides brilhantes.

Sigo sem ver uma única radiopatrulha, apesar da campanha do nosso prefeito quanto à segurança nas estradas, e em duas horas estou de volta à boa e velha I-95, passando por monolíticos Borders e Pottery Barns, por gigantescos estacionamentos vazios e lanchonetes 24 horas. Invejo as pessoas em seus casulos de luz, desfrutando do prazer simples de ovos ou mais uma xícara de café. Não que eu esteja com fome, ainda tenho o naco de comida mexicana para viagem dissolvendo-se lentamente em meu estômago.

Meu Deus. Quando você está dentro de uma lanchonete quer estar fora, e quando está fora quer voltar. O que você é, esquizofrênico?

Estou falando com você, não estou?

Por volta das três e meia, estou batendo os pneus nas lombadas da rampa de saída para Cloisters e fazendo um arco amplo para o estacionamento da estação de ônibus. Preciso procurar bem para ver um jovem traficante vendendo maconha. Se você não a conhecesse, acharia que essa cidade sonolenta não tem advogados assassinos de garçonetes. Atravesso vagas vazias no estacionamento e paro atrás das lixeiras, ao lado de um certo Lexus branco que esperava nunca mais ver.

Sem dúvida, o computador de Faber vai captar essa parada não programada, mas ele não vai se arriscar a me dar um choque agora, com todo esse bagulho no carro. Se ele telefonar, direi que estou abastecendo nas bombas 24 horas.

Poderia ser verdade. Long Island fica muito longe de Nova Jersey e as bombas estão a 15 metros daqui.

O motor ainda está ligado quando Faber telefona.

— Estou com o dedo no botão, McEvoy.

— Qual é, chefe, preciso de gasolina. Um atraso de cinco minutos. Talvez sete, se eu pegar um café. Cheque a sua tela, tem um Texaco aqui.

Imagino Faber apontando para o telefone.

— Gasolina? Você não podia dirigir mais 7 quilômetros?

— Está apontando para o telefone, Jaryd? — Esse lance de ele ficar apontando serve para ótimas alfinetadas e eu vou aproveitar isso até a morte. — Acho que ouvi uma rufada de ar. Tipo um negócio ninja. Você é um apontador ninja, Faber?

Ouço um ruído entrecortado, como se Faber estivesse fungando junto ao telefone.

— Essa pequena observação custou dois graus de calor para sua amiga detetive. Aquela capa de chuva não vai manter ninguém quente no freezer, especialmente porque estou com ela aqui na minha mão. Que diabo vocês dois estavam fazendo antes de vir para cá? A policial só estava usando uma calcinha roxa e uma capa de chuva. Explique por que você realmente parou, Daniel.

— Estive andando com o tanque na reserva durante a última meia hora. A porcaria do computador de bordo está me dizendo que tenho só mais 3 quilômetros. Então vou encher o tanque, a não ser que você queira que os guardas de verdade peguem os seus esteroides.

— E?...

— Como assim, *e*?

— Estou sentindo um *e* aqui, McEvoy. Quer me dizer o que é ou eu devo ir em frente e baixar o termostato até o máximo? Para ver se podemos congelar a lingerie de Deacon agora mesmo.

Assim, eu lhe dou um *e*, mas não o *e* de verdade.

— Certo. Tudo bem. Vá com calma. Na ida eu peguei algumas armas no meu armário na estação de ônibus e agora vou guardá-las. Se eu levá-las até aí, elas serão confiscadas, certo?

O segredo de uma boa mentira é enterrá-la dentro da verdade.

— O que você tem aí? — pergunta Faber, como se soubesse a diferença entre uma metralhadora Gatling e uma Colt 45.

— Tenho dois fasers e um raio de peidos. O que importa? Você vai receber seus esteroides. Talvez você devesse tomar uns dois, para bombar esse seu dedo apontador.

Não consigo me conter. É uma maldição.

— Cinco minutos — diz Faber, carrancudo, e desliga.

Aperto o volante até o couro gemer, depois dou um riso longo e espasmódico que corta minha garganta como um machado retalhando um bife. Quando o ataque passa, baixo a janela e cuspo na noite.

Você está legal agora?, pergunta Zeb Fantasma.

Sim. Estou bem. Numa boa.

Pouco mais de sete minutos depois, o que tenho de fazer foi feito e estou parado nos fundos do Brass Ring, pensando que o estacionamento parece um tanto plácido sem canários e rezando para que não tenha qualquer resquício de sangue nas roupas.

Um dos capangas de Faber, Wilbur, está na rampa estalando os dedos, e eu estou dando um risinho por causa de seu nome idiota quando me lembro de como Wilbur pareceu ansioso para atirar em Goran. Acho que o sujeito foi sacaneado um pouco demais no pátio da escola e está se vingando do mundo.

Wilbur me faz um gesto de cabeça que fala por si só. Não parece uma coisa boa como: *ei, McEvoy, vamos comer uma salada*, e sim *viu o que eu fiz com Goran? Você é o próximo*. Já vi tantos seguranças fazendo cara feia para mim nos últimos dias que isso está ficando cômico. Fico imaginando se é assim que o mundo me vê.

Careca e cômico, diz Zeb Fantasma. *Exatamente isso.*

Foda-se, Zebulon Kronski. Por que não permanece fodido?

Ei, qual é? Estou brincando. Não se pode mais brincar?

Mantenha uma linguagem educada na sua cabeça. Chega de piadas sobre careca, ainda mais depois de toda a grana que eu paguei a você.

Hum, já entendi.

É melhor entender mesmo.

Wilbur desce a rampa e vem em direção à Hilux antes que o veículo pare totalmente. Piso um pouquinho no acelerador só para sacaneá-lo, depois dou marcha a ré até a rampa.

— Que porra você está fazendo? — Ele bufa quando desço da cabine.

— Desculpe, Wilbur. Foi sem querer. O carro é grande, você sabe.

Wilbur pousa a mão no retrovisor.

— Cadê o bagulho?

Isso merece uma revirada de olhos.

— Cadê o bagulho? Você está vendo os dois barris enormes na traseira. O que acha?

Wilbur dá um tapinha em alguma coisa. Em seu coração ou num coldre no peito.

— Eu não bancaria o espertinho comigo, irlandês. Não mesmo.

É demais. Não aguento. Então dou o meu melhor soco no rim desse babaca. Algo se parte dentro dele e minha mão machucada canta como um violino de serrote.

Wilbur cai, ofegante, desejando que fosse cinco minutos atrás e ele tivesse ficado de boca fechada.

— Você é um babaca — digo, desperdiçando tempo num pequeno discurso. — E assassino. De mulheres. Um babaca assassino de mulheres. Por isso estourei seu rim. E também para que você não possa atirar em mim mais tarde, por causa de toda a dor e do sangramento interno.

Wilbur opta por não retrucar, e eu vou em frente com meus negócios.

Há um carrinho para dois tambores na área de carga, o que é bem prático. Nem terei de fazer duas viagens. Rolo os barris até o carrinho e empurro-os rampa acima.

Agora a boate está silenciosa. É noite de meio de semana, de modo que a esta hora todo o quarteirão está calmo como uma sepultura, a não ser por Wilbur, que se retorce no chão como um dançarino de break idoso. Respiro fundo e empurro o carrinho até a boate propriamente dita, certificando-me de deixar a porta dupla escancarada atrás de mim. Sigo por um corredor revestido com papel de parede vermelho aveludado e escotilhas de latão. Se Faber gosta do look de iate à la Liberace, acertou na mosca. Eu não havia notado muita coisa sobre a decoração na última vez que entrei pelos fundos porque meu corpo estava cheio de eletricidade extra.

Entre as escotilhas, as paredes estão repletas de fotos de celebridades autografadas. Pelo que posso perceber, são fotos de divulgação, sem nada sugerindo que Kevin Costner frequente o Brass Ring. Esse tal de Faber está ficando mais classudo a cada segundo.

Ouço vozes no fim do corredor, o que me faz empurrar o carrinho para lá. É o Faber ou o pessoal da limpeza; quase nem me importo. Toda a minha existência está ficando meio onírica e me sinto à prova de balas e condenado à morte ao mesmo tempo.

Empurro a porta da cozinha, com os barris na frente, e pego Faber no meio de uma anedota. Dois dos capangas dele estão ao redor, rindo calorosamente como se ele fosse Bill Cosby no auge. Enquanto espero que a diversão termine, vejo um transmissor de rede wi-fi AirPort plugado numa tomada perto da porta e arranco-o com a roda do carrinho.

— E aí o cara saiu com oito meses de suspensão — diz Faber, levantando as mãos para o desfecho. — E eu sou pago por todas as partes. — Todo mundo ri, seguindo a deixa, e um dos capangas puxa-saco chega a ponto de repetir o desfecho e enxugar uma lágrima. Desavergonhado.

Faber deixa o riso morrer para que eu saiba como ele está despreocupado com essa coisa toda. Ele lida com peixes maiores do que eu todo dia.

— Terminou, Jaryd? — pergunto, mal-humorado, empurrando o carrinho para o centro do cômodo. — Quer tirar Deacon do freezer agora?

Faber gira, fingindo uma tremenda surpresa por eu estar ali.

— Ei, Dan. Está na hora? Droga, eu estava contando algumas histórias de guerra aos caras aqui e esqueci da nossa questão. — De repente ele vê os enormes barris no meio de sua cozinha e bate palmas. — Você me trouxe um presente.

Continuo a fingir que estou fazendo isso pelo dinheiro.

— Você tem um para mim? Cinquenta mil presentinhos?

Faber dá uma piscada para seus rapazes.

— É, claro. Tenho o seu *presente* aqui mesmo. Por que não dou uma olhada nos meus comprimidos primeiro?

Empurro o carrinho na direção do capanga maior e ele tem de dar um pulinho ágil para salvar os dedos dos pés.

— Saia da frente.

Faber põe seus três rapazes para trabalhar. Um deles aponta uma pistola para mim, outro me revista rapidamente, enquanto o terceiro tira um barril do suporte e abre a tampa de segurança. A boca do tambor reluz e o queixo duplo do sujeito é coberto por um crescente facho de luz azul.

— Puta que pariu — diz ele. — Essa merda é radioativa.

Faber enfia o braço até o fundo e deixa os comprimidos deslizarem por entre os dedos, como se fosse um pirata sentindo os dobrões. É nesse ponto que o que eu gosto de chamar de *plano* poderia ter descarrilado seriamente, mas me dei bem. A chance era de meio a meio, e eu escolhi o meio certo.

— Supimpa — diz ele.

— Supimpa — digo. — Quantos anos você tem, Jaryd?

Eu poderia muito bem provocá-lo. Nós dois sabemos o que está por vir. Pelo menos o que ele pensa que está por vir.

Faber abre a boca para dizer algo, mas tem um pensamento que o perturba.

— Onde está Wilbur?

— Qual é, Jaryd? Você disse a ele para cobrir a retaguarda?

— Eu perguntei onde está Wilbur.

Dou de ombros.

— Não sei exatamente. Não o centímetro exato.

Faber joga um punhado de comprimidos no tambor.

— McEvoy, seu escroto. É melhor ele não estar morto.

— Ou então o quê? Você me matará duas vezes?

O riso do advogado é dissimulado.

— Matar você? Por que eu ia querer fazer isso?

— Porque seria melhor. Eu sei sobre você e Connie, e já tentei com os policiais uma vez e não deu certo. Da próxima vez, vou fazer o serviço pessoalmente.

Faber banca o frustrado.

— Por que ainda estamos falando daquela stripper? Foda-se. Não vou perder tempo discutindo com um morto.

Ele vai até seu laptop, os braços balançando para que eu saiba que ele está falando sério. Esse cara vai me dar um choque de novo. Eu sabia que ele faria isso. Ele gostou das últimas vezes.

— Por que não se deita um pouco? — sugere ele, num tom que parece ensaiado, e aperta o enter.

O sinal da tornozeleira é ativado, e no momento certo eu caio no chão balbuciando. Eu me sinto sem graça por me sacudir e babar daquele jeito, mas com isso eu devo ganhar um tempinho.

Sinto um impulso poderoso de me sentar e explicar a Faber que até uma criança sabe que não se pode mandar um sinal pela internet sem um transmissor sem fio, mas engulo isso e continuo com os espasmos.

E isso é bom, porque dois segundos depois de eu bater no chão as coisas começam a acontecer bem depressa.

O primeiro sinal de encrenca é o estalo alongado de um tiro de pistola ecoando no corredor.

Wilbur indo conhecer seu criador, imagino.

E daí? O cretino atirou em Goran. Talvez tenha matado Connie também, de maneira que não vou derramar nenhuma lágrima.

Faber pula nas pontas dos pés como uma bailarina.

— Que diabo foi isso?

— Um tiro — diz um dos caras dele, respondendo literalmente à pergunta.

Ainda que uma bala tenha sido disparada lá fora, Faber perde tempo se virando na direção do capanga.

— Eu sei que foi a droga de um tiro, Abner. Sei disso.

Abner? Abner e Wilbur? Você não pode estar falando sério.

Abner está segurando sua arma com ambas as mãos, apontando para baixo, entre os dedos dos pés. É uma arma grande, e ele é um homem grande, mas sua testa está franzida como a de uma criança.

— Acho que o senhor provavelmente sabia disso, Sr. Faber.

E, previsivelmente, ele começa a apontar.

— Vá descobrir quem deu aquele tiro.

Abner sai pela porta e acho que não vai voltar.

Capto tudo isso do meu ponto de observação no piso. Não me incomodo mais em fingir que tremo, mas ninguém nota essa mudança. Volto o olhar para o freezer e vejo que o termostato está no azul.

Não resta muito tempo.

Mais dois tiros soam do lado de fora e a parede ressoa como se um rinoceronte estivesse batendo nela.

É o Abner indo desta para a melhor.

Agora restam dois, incluindo Faber. Eu provavelmente poderia dominá-los, mas então teria de dominar quem quer que esteja vindo lá de fora. Melhor sair da equação.

Giro sobre os cotovelos e me arrasto rapidamente na direção do freezer, de cabeça baixa como me ensinaram. Faber está gritando alguma coisa, mas é somente pânico. Seria de pensar que um advogado saberia ligar para a emergência, porém ele não é capaz de montar um plano. Quase sinto pena do que joguei em cima dele.

Passos trovejam no corredor lá fora, vindo para a porta, inevitáveis como um maremoto. Eu me agacho e viro o termostato para o vermelho, esperando que isso sirva de alguma coisa. Vai demorar minutos para esse freezer velho acordar. Mas é melhor do que nada.

Agarro a maçaneta de aço e rolo para dentro em meio ao chiado e ao vapor. Dois segundos depois a porta pesada se fecha atrás de mim. O som faz com que eu me encolha, mas é para o bem. Ali dentro está definitivamente melhor do que fora, no momento.

Ronelle está presa ao carrinho, gelada como um sorvete, branca como uma estátua de mármore, estacionada descuidadamente numa floresta de carcaças congeladas.

Então ela é um sorvete em uma taça de mármore... numa floresta.

Agora não, Zeb. Por favor.

Os laços que a prendem são frios e desnecessários. A detetive está viva, mas fraca como um recém-nascido e vibrando suavemente com o *trrrr* do frio profundo. Tiro as amarras e cubro com minha jaqueta a maior parte possível do seu corpo. Qualquer parte que se projeta para fora eu esfrego rapidamente com as mãos.

— Não tenha nenhuma ideia, Ronnie — digo a ela. — Só estou esquentando você. Nada de gracinhas.

Ando em volta do carrinho e o empurro com o quadril até a porta a fim de olhar pela janelinha. Há um interfone na parede. Eu me inclino para apertar o botão com a testa. O barulho inunda o freezer como uma onda.

A escotilha está cheia de cristais congelados e manchada de gordura, e parece que estou vendo o mundo lá fora numa velha TV com tubo de imagem.

Quatro homens entraram na cozinha, garantindo a segurança para a chegada do quinto. Esses homens parecem bons, mas não fantásticos. Não são ex-militares, isso é certo. Há buracos em suas posições pelos quais um jogador de basquete de 5 anos poderia passar.

Ainda assim. A seu favor, eles têm uma bela seleção de armas. A maioria é automática, mas vejo dois revólveres antigos também.

— Estamos melhor aqui — sussurro para Deacon, que está com um dos olhos aberto me encarando como se eu fosse um alienígena.

— McEvoy — diz ela, apesar do queixo tremendo, para meu alívio. — Eu estava errada. Precisamos chamar o reforço agora.

Agora vamos chamar o reforço?

— Não precisa. Os policiais chegarão em breve, de um modo ou de outro.

Lá fora, um homem entra na cozinha como se adentrasse num palco em Las Vegas. É um cara grande, o rosto parece um mapa rodoviário de capilares partidos, um boné mole puxado sobre um olho. Sei quem é. Nós trocamos mensagens de celular.

— Mike Madden Irlandês — sussurro para Deacon, que conseguiu abrir o outro olho.

— Onde está minha arma? — É a resposta dela a essa notícia. Razoável, diante das circunstâncias.

— Não está aqui. Fique quieta.

Deacon quer questionar, mas está sem energia no momento e tudo que consegue é fazer uma careta.

Mike Madden vai arrastando os pés, o tempo todo sorrindo, e para com um floreio do braço.

— Advogado — diz a Faber, que está se esforçando o máximo para não cair.

— M-Mike — gagueja ele. — Sr. Madden. O que está... O que o traz aqui?

Adoro esses caras. Ainda se agarrando à fachada de civilidade quando há homens mortos ou agonizando no corredor.

Mike cofia o próprio queixo, como se tivesse de pensar na pergunta de Faber.

— Um dos meus está sumido, rapaz — diz ele, finalmente. — Eu o enviei para fazer um serviço numa loja de comprimidos e ele não voltou.

Faber ajeita a gravata, respirando um pouco melhor. Isso tudo é um mal-entendido.

— Mike. Sei que essa cidade é sua, todo mundo sabe. Eu nunca iria...

Madden se sobrepõe a ele.

— Eu mandei o sujeito a uma loja de comprimidos. E aqui está você, com dois barris. Cheios de comprimidos, não é?

— Não são os seus comprimidos. Não são os seus, Mike. Você acha que eu sou idiota?

Mike suspira, como se a verdade o deixasse triste.

— O dinheiro deixa as pessoas idiotas, rapaz. É a vida.

Faber pega um punhado de pílulas azuis no barril aberto.

— São só esteroides, Mike. Só esteroides. Não é o seu território. Praticamente não há lucro nisso.

— É mesmo? — Mike se aproxima do barril, dando um tapinha na bochecha do último homem de Faber no caminho. — Vamos dar uma olhadinha. — Ele inclina o barril, jogando milhares de comprimidos azuis no chão. Faber levanta um dos pés, como se aquilo fosse água infestada de piranhas vindo na sua direção.

— De fato você não estava mentindo. São só comprimidos.

E de repente o sorriso de Madden desaparece.

— Abra o outro barril, advogado.

Faber é um homem esperto. Então ele saca.

— Ah, Meeeeu Deus. Estou vendo. Tem um... eu tenho uma explicação para você. Provavelmente...

Mike pega seu celular, navegando pelos menus com *touchscreen*.

— Então eu estou desfrutando de uma garrafa de Jameson com minha garota quando chega essa mensagem. — Ele joga o telefone para Faber, que o deixa pingar pelas mãos algumas vezes antes de conseguir segurá-lo. — Leia para mim.

Faber lê primeiro para si mesmo, e o pouco de sangue que há em seu rosto vai embora.

— Nossa! — Ele ofega. — Meu Deus.

— Leia alto! — ruge Mike, de repente na ponta dos pés. — Alto, seu sacana ruivo trapaceiro.

Ele estala os dedos e um dos seus homens derruba o capanga de Faber com um único tiro. O sujeito morre em silêncio, deslizando pela parede sem qualquer mudança de expressão.

Faber larga o telefone e começa a chorar.

— Pegue o celular.

É difícil para Faber entender. Durante toda a vida ele andou tirando pessoas de encrenca, e agora de repente há um obstáculo impossível de ser transposto.

— Pegue a porra do celular.

Faber cai de joelhos e tem de apertar o aparelho com ambas as mãos antes de firmá-lo o suficiente para ver o que há na tela.

— Agora, se você fizer a gentileza...

E Faber lê a mensagem numa voz entrecortada, cheia de medo.

— Estou num barril no Brass Ring. Sangrando muito. Faber fez isso... — O advogado para de ler, incapaz de terminar.

— E...

— Por favor, Mike. Não fui eu que fiz isso.

— Leia o restante.

Faber respira fundo algumas vezes.

— Diz... diz...

Mike não pode mais esperar.

— Diz: *se eu morrer, arranque a porra da cabeça do sacana.* É o que diz. *Arranque a porra da cabeça do sacana.* — Ele ri. — Texto previsível.

Faber faz um apelo desesperado pela vida.

— Tem um cara. Ali atrás, no chão. Provavelmente todo cagado. Ele fez isso. Tudo isso.

Mike olha ao redor como se estivesse muito curioso.

— Não. Não tem nenhum cara cagado misterioso. Você está encrencado, doutor.

— Mas ele estava ali. Você tem de acreditar. Estou dizendo a verdade.

Mike suspira.

— Isso é muito alvoroço para pouco esforço.

Acho que, se você é poderoso como Mike, pode inventar uma expressão, se bem que a dupla alvoroço/esforço tem um certo apelo.

— Abram o barril, rapazes.

Dois dos homens de Mike tiram a tampa até que um dos lados dela cede. O resto se solta e o barril boceja, abrindo-se como um crocodilo preguiçoso. Eles remexem nos comprimidos que estão por cima durante um tempo, até que Mike fica impaciente pelo grande momento.

— Virem — ordena ele.

— Não. Por favor.

Faber está implorando. Talvez isso devesse me dar alguma satisfação, mas não dá. Ficar vivo é tudo que quero agora.

Os rapazes do Mike empurram o barril com os ombros e este se inclina até não ter volta, ricocheteando e rolando pelo chão, derramando um leque de comprimidos e o cadáver de Mike Barrett, que pousa aos pés de Madden com poças de pílulas azuis nos olhos e na boca.

Faber grita como se estivesse vendo a própria morte, o que, claro, está.

— Ah, por favor — diz Mike Irlandês, indignado, e de repente uma arma está em sua mão.

Faber levanta a mão para se proteger das balas, porém Mike já puxou o gatilho. A bala tira o dedo apontador de Faber, depois continua em direção ao coração do advogado.

Faber aperta o peito, com um último grito escapando, dá um passo para trás e pisa nas pílulas espalhadas. Seu último ato é uma vergonhosa queda de bunda, e então está morto no chão.

Mike se ajoelha ao lado de Macey Barrett e está para tocar nele quando um dos seus rapazes tosse baixinho.

— Ei, chefe. Digitais.

Mike puxa os dedos para trás.

— Sim. Bom. Obrigado, Calvin. Sempre cuidando de mim.

Ele guarda a arma no bolso, depois examina rapidamente a cozinha, imagino que procurando câmeras. Eu me afasto da escotilha do freezer e fico acocorado embaixo do vidro, respirando e esperando. Agora Deacon está voltando a si, murmurando, principalmente coisas a meu respeito, a maioria ruim.

Espio de novo pela escotilha e as únicas pessoas no cômodo são cadáveres.

Eu vejo gente morta, brinca Zeb.

É. Eu também. Com muita frequência.

Você estava com o Mike Madden lá fora e nem perguntou a ele sobre mim.

Tudo tem seu lugar e sua hora, Zeb. E não é aqui nem agora.

Estou com uma sensação de vitória da qual não me orgulho. Meu plano era cheio de furos, mas ninguém caiu neles. Dois pássaros com uma bala só. Faber pagou o preço de assassinar Connie, e Mike Irlandês não está mais caçando o assassino de Barrett. Estou livre.

Isso é fantástico. Fico feliz por você.

Uma coisa de cada vez, Zeb. Ainda tenho problemas.

Um dos meus problemas geme e tenta se sentar. Enfio o antebraço sob a cabeça dela e tento dar um sorriso terno.

— Ei, Ronnie. Como vai?

— Quem é você, porra? Joey Tribbiani? E que olhar estranho é esse?

Abandono o sorriso terno.

— Vamos tirar você desse carrinho, detetive. O fracasso da sua carreira está do outro lado desta porta.

Deacon bate com a palma da mão no freezer.

— O quê? Da porta de aço trancada?

Ajudo-a a se sentar, apertando minha jaqueta em volta de seus ombros.

— Tenha um pouco de fé, Deacon. É um freezer, e não Fort Knox.

Há um lacre em volta da escotilha, que se solta facilmente quando enfio a unha embaixo. A maioria dos freezers modernos tem uma alavanca de segurança no lado de dentro, para o caso de alguém ficar preso, mas, como Faber disse, há uma placa soldada sobre ela.

Mesmo assim é só uma porta com uma fechadura básica. Muito menos complicada do que a porta de um automóvel comum.

Enfio a mão dentro das calças.

— Que diabo você está fazendo?

Tiro o kit de arrombar fechaduras que está grudado na minha perna com fita adesiva.

— Para sua informação, vou arrombar a porta. Pensar no futuro, Ronnie. Esse é o segredo.

— É, você é um puta Nostradamus que prevê o futuro.

Este pode não ser o momento para convidá-la para um segundo encontro. Acho que eu preferia a detetive Ronelle Deacon quando ela estava azul e congelada.

Enfio a fina tira de aço da ferramenta na fresta da porta, através da fenda onde ficava o lacre. Um bom ladrão de carros poderia abrir essa porta em menos de 12 segundos, mas eu demoro meio minuto. Sinto o cabo da tranca cutucando a barra de aço e não resisto a piscar para Ronelle antes de abrir a porta.

— Exibido — diz ela, mas está sorrindo, e acho que talvez haja um futuro onde ela não tentará me matar. Talvez.

Deacon tenta me afastar com um tapa, mas eu a carrego para a cozinha. O vapor do freezer vem atrás de nós como a névoa de Londres.

— Meu Deus! — A detetive ofega, e eu percebo que provavelmente é a primeira vez que ela vê uma carnificina. — De quem é a culpa disso tudo? Nossa?

Coloco-a em cima de uma banqueta com encosto alto.

— Goran estava traficando drogas — respondo. — Tinha um trambique com Faber, roubava dos traficantes. Faber matou minha amiga também. — Aperto os ombros dela com firmeza, fitando-a. — Eles iam acabar desse jeito. Nada disso é nossa culpa.

Deacon não desvia o olhar.

— Acho que talvez muito disso seja *sua* culpa, Dan. Mas não sei como.

Uma sirene soa distante. Aproximando-se.

— Finalmente um cidadão preocupado — diz Deacon. — Eu estava começando a achar que não restava nenhum.

Hora ruim. Eu não tive tempo de incutir uma história na cabeça dela.

— Escute, Ronelle. Nos encontramos em circunstâncias sombrias. Muito dúbias. Você tem de contar à ouvidoria alguma coisa que eles queiram ouvir, caso contrário nós dois vamos fazer uma viagem à penitenciária estadual.

Deacon franze a testa, quebrando o gelo que havia ali.

— Preciso dizer a verdade, Dan. Não há outra maneira. Ainda sou uma policial.

— Há balas da sua arma no corpo da sua parceira. Quem poderá afirmar que você não era a detetive corrupta, e que Goran morreu tentando prendê-la? No mínimo sua carreira acabou por não ter avisado isso ontem à noite. No máximo você será presa por homicídio doloso.

Faz sentido, mas será que Deacon vai enxergar a tempo? Essa sirene está ficando cada vez mais perto.

— O que você sugere?

Graças a Jesus Cristo.

— Você recebeu uma denúncia anônima, dizendo que Faber assassinou DeLyne, o que é verdade. Você foi checar e encontrou uma negociação de drogas em plena ascensão. Eles pularam em cima de você, mataram sua parceira e trancaram você no freezer. Você saiu e fez com que eles pagassem por terem atirado numa policial.

As sobrancelhas de Deacon se erguem e um cristal flutua, descendo pelas bochechas.

— O quê? Todos eles?

— Ei. Você é Ronelle Deacon. Estava puta da vida. Eu acreditaria.

Deacon movimenta os dedos, fazendo o sangue correr.

— Certo, me deixa pensar. — Ela move os dedos mais um segundo. — Tudo bem, este é o plano mais idiota, mais parecido com um balde de bosta que eu já ouvi. Sabe quanto tempo a ouvidoria vai demorar para transformar isso em papel picado? O que é? Você me odeia, McEvoy. É isso?

— Ei, pega leve, Ronelle. Eu tenho sentimentos.

— Então, policial Deacon, você sai de um freezer usando uma calcinha sensual, desarmada, e mata uns cem caras. Jesus Cristo.

As sirenes estão mais perto. Acho que estou ouvindo pneus cantando.

— Pareceu melhor quando eu disse. Você está usando uma voz cheia de zombaria, e isso muda todo o sentido da coisa.

Enquanto está pensando, Ronelle passa a mão numa automática sobre a pia, pegando-a com dedos que ainda estão brancos.

— Isso provavelmente está carregado, Ronnie. Só para você saber.

Ela gira o dedo congelado em volta do cabo.

— Carregado. Certo. Meu Deus, espero que meus dedos tremendo não atirem em alguém acidentalmente.

Engulo em seco.

— Certo. Engraçado. Agora preciso ir andando.

A automática está apontada na direção da minha virilha.

— Eu devo deixar você ir embora?

Tento parecer sério e bom.

— Qual é, Deacon? Eu não passo de uma complicação. Se eu desaparecer, tudo estará certo no mundo.

A sirene está em frente ao prédio agora. Luzes vermelhas giram pelo teto, atravessando as persianas. Começo a bater o pé; não consigo evitar. As batidas de pé sacodem a tornozeleira, então corto rapidamente a tira com um cutelo que está à mão.

— Você está com uma aparência horrível, McEvoy — comenta Deacon, enquanto eu trabalho.

— O cara me pegou quando eu estava tentando salvar sua vida pela segunda vez — respondo, pegando o telefone de Barrett, ao qual passei a me sentir ligado.

Espero não ter pegado pesado com essa coisa de herói. Na verdade não importa, porque qualquer ponto que eu tenha acumulado está para ser arrancado de vez.

— Bom, de qualquer maneira, eu tenho de colocá-la de volta no freezer — digo, enfiando a tornozeleira no bolso.

O rosto de Deacon diz: *que droga é essa?*

— Meu plano era legal, até a última parte, sobre você abrir a porta e virar o Rambo.

Deacon não diz nada por um momento, e tenho quase certeza de que ela está pensando em me acertar numa veia.

— Você é uma boa policial, Ronelle. Eu sei. Essa é a sua chance de virar uma boa policial outra vez. Isso talvez lhe custe algumas células cerebrais, mas você pode oferecer o sacrifício a Jesus. É o que a gente faz na Irlanda.

Deacon pensa um pouco, depois devolve minha jaqueta e faz um meneio de cabeça na direção da porta do freezer.

— Está certo. Preciso entrar de volta.

Realmente é a única maneira. Se os policiais encontrarem Deacon presa numa maca dentro de um freezer trancado, ela estará totalmente livre. Até poderá argumentar perda de memória.

— Será apenas por alguns segundos. Eles já estão aqui, e eu aumentei a temperatura.

Ronelle deixa que eu a carregue para dentro.

— Bom, então abaixe de novo, seu idiota. Espero que não sejam Krieger e Fortz. Aqueles dois não conseguiriam nem achar os próprios paus com um caralhoscópio.

Caralhoscópio. Maneiro.

Coloco Deacon no carrinho, esperando que seu tutano congelado não se parta, e prendo-a com força suficiente.

Antes que possa prender seu braço direito, ela levanta a mão trêmula e segura meu queixo.

— Estou com frio, Daniel.

— É só um minuto.

Ela me puxa para um beijo gelado. Sinto nossos lábios se tocarem.

— Obrigada por ter voltado. Não vou esquecer isso. Na próxima vez que eu pegar você por homicídio duplamente qualificado, talvez diminua para crime doloso.

— Fico feliz por isso. — É necessário muita coisa para alguém como Deacon dizer obrigada. Eu esperei a farpa no final assim que ela começou a frase.

— É melhor você sair daqui antes que eu comece a esquentar. Fofa.

Saio dali

CAPÍTULO 11

Trabalhei esporadicamente para Zeb durante alguns anos, principalmente em Manhattan, e vi galões de Botox sendo injetados em hectares de pele. O dinheiro era irregular, porém bom, e devo admitir que os privilégios adicionais eram empolgantes. O único problema era que as mulheres em quem Zeb ministrava o tratamento não deveriam sacolejar muito durante 24 horas para que as coisas permanecessem na surdina.

A princípio nos demos bem. Quando digo bem, quero dizer que nunca tive de pedir meu pagamento mais de cinco vezes, e que Zeb nunca tentou segurar mais de quarenta por cento. Em certa ocasião, fui obrigado a sacudi-lo pelo colarinho, mas nunca passou disso. Ninguém tentou roubá-lo no primeiro ano, o que realmente deixou Zeb puto da vida. Em sua mente deturpada, ninguém roubá-lo era o mesmo que eu o fazer, já que ele estava me pagando em troca de nada. Tentei explicar que minha presença era um pouco como possuir uma arma nuclear como forma de impedir conflitos, mas Zeb se recusava a entender, uma vez que isso não se alinhava com seu modo de pensar. A coisa chegou a ponto de ele começar a arranjar brigas com as pessoas, desafiando-as a sacaneá-lo, ou a me sacanear. A maioria dessas pessoas era composta por donas de casa confusas que nunca tinham ouvido palavrões que não fossem censurados pela TV, mas de vez em quando os alvos dos desafios tinham sua própria segurança, e eu levei alguns socos desnecessários porque Zeb sentia a necessidade de parecer mais importante. Ele pegou a mania de andar pela Oitava Avenida imitando o Tony Manero, lançando insultos para a esquerda e a direita. Ele mal me notava, simplesmente dava minha presença como algo certo. Uma noite, eu simplesmente parei no cruzamento e deixei que ele fosse em frente, soltando seus *foda-se* e *saia da minha frente, idiota*, até que um universitário deu-lhe um belo soco na lateral do rosto. O tipo de soco que faz todo mundo que vê dizer *caceta*.

Logo depois, nós nos separamos e eu me mudei para Cloisters. Mas depois de seis meses, Zeb me encontrou e montou a Kuras do Kronski no minishopping. Durante quase um ano, ele disse que a mudança foi porque eu era seu único amigo. Mas uma noite no O'Leary's, ele ficou tão bêbado que esqueceu quem eu era e fez confidências a quem achava que eu era, dizendo que a namorada de um traficante do Queens tinha ficado com um lado do rosto permanentemente caído por causa do botox barato que ele injetara em sua testa, e que ele estava escondido ali no fim do mundo com o grande irlandês até que as coisas esfriassem. Mas então ele tinha começado a ganhar uma grana boa aqui em Cloisters e decidiu ficar um tempo.

Não trabalho mais para o Zeb, ainda que ele me implore isso todos os dias. Só fico perto dele de graça. É bacana ter um colega biriteiro, além disso temos uma brincadeira de ficar fazendo citações de filmes e nomes de músicas. Pode ser bastante divertido.

* * *

Já estive em pior forma, mas não recentemente. Parece que houve um tempo em que eu suportava castigos do mesmo modo que um rapaz aguenta beber: ficando acordado a noite toda e ainda trabalhando direito no dia seguinte. Agora eu solto grunhidos a cada passo, andando como se meus ossos fossem feitos de vidro. Os vários embates com Bonzo, com o cara do sanduíche de atum e com os capangas de Faber realmente cobraram seu preço, e eu não ficaria surpreso se como resultado disso eu morresse mais cedo do que deveria.

Pelo menos, a questão do Faber está encerrada, a não ser que ele possa gerar um coração novo. Quaisquer que tenham sido seus motivos para matar Connie, ele os levou para o túmulo. Talvez quando flutuar para fora do Túnel ele tenha de se explicar com são Pedro. Para seu próprio bem, espero que ele consiga pensar em algo melhor do que *ela me deu um tapa, Jesus*. Eu pagaria uma grana para ouvir essa conversa.

O problema de Deacon está em espera. Mas tenho a sensação de que, assim que se cansar do papel de superpolicial, ela vai me dar um telefonema. Seria legal acreditar que a detetive Deacon estaria do meu lado se eu precisasse de uma carteirada. Darei o telefonema se for necessário, mas não estou contando com isso. Em primeiro lugar, Ronnie é policial, e ela defenderia a lei mesmo que isso significasse nos enforcar.

Contando com o ovo no cu da galinha?, cantarola Zeb Fantasma, ainda mantendo-se ali. *Por que diabos você está contando com isso?*

Você não ouviu? Eu *não* estou contando.

Contando com o ovo, não contando com o ovo, estou cagando e andando. Você está fechando a porta para todas essas situações; e eu? Eu estou por aí, em algum lugar.

Provavelmente morto.

Provavelmente, sim. Mas já pensou que eu poderia estar simplesmente mutilado? Estou por aí em algum lugar, com o pau cortado fora. Talvez eu tenha apenas 45 minutos para chegar à emergência para a cirurgia de reimplante.

Não consigo deixar de me encolher.

Certo, Zeb, certo. Vou fazer algumas investigações.

Quando?

Logo. Muito em breve. Só preciso pegar meu dinheiro na estação de ônibus, depois ajeitar as coisas no trabalho e com a Sra. Delano.

Eu estou sangrando até a morte e você vai ajeitar as coisas?

Se por acaso eu encontrá-lo, você vai sair da minha cabeça?

Não só isso, mas faço todas as suas consultas de graça.

Pois é, é assim que eu sei que você não é o Zeb de verdade.

Meu apartamento deve estar livre de capangas agora que o hálito de Faber embaçou seu último espelho. Só para o caso de haver algum desgarrado hostil, ligo para a polícia avisando sobre uma falsa invasão no apartamento do Sr. Hong, que fica no mesmo corredor, e subo ao número de Sofia quando a radiopatrulha para diante da entrada do prédio.

Sofia Delano abre a porta antes que a reverberação da minha batida desapareça e para diante de mim, o peito arfando como se tivesse corrido um quilômetro para chegar ali.

— Carmine... — Ela ofega. — Esperei tanto tempo!

Entro em seu saguão, passando perto dela, sentindo no rosto o hálito de sua boca virada para cima, vendo o brilho de seu batom.

A Sra. Delano me faz lembrar de alguém. Não é mais Cindy Lauper; e sim outro ícone dos anos 1980. Cabelão louro, resultado de escova e secador. Vestido de lã listrado, legging e sapatilha.

Zeb Fantasma acerta na bucha: *We're the kids in America, woh-oh.*

— Meu *look* Kim Wilde — diz Sofia Delano. — Você sempre gostou, Carmine. Lembra-se daquela discoteca? A One Eight Seven? Bons tempos aqueles.

Ela está maravilhosa, com um cheiro inebriante. Se ao menos eu pudesse me lembrar dos bons tempos!

— Sra. Delano... Sofia... eu não sou Carmine. Sou Daniel McEvoy, seu vizinho do andar de baixo. Você me odeia, lembra?

Ela segura meu rosto com ambas as mãos.

— Não mais — responde, e me beija com força. Não mais? Isso significa que ela não me odeia mais? Ou não se lembra?

Não sei, e por um momento não me importo.

E mesmo não compartilhando os anos 1980 com essa mulher, eu me lembro da década, que está aqui, na minha frente, de volta. Com um doce perfume achocolatado, ombreiras, a névoa de laquê e lábios vermelhos macios. Isso é mais do que um beijo. É uma máquina do tempo.

Sinto o cabelo laqueado de Sofia raspar meu rosto e ouço o gemido em sua garganta como se todos os seus sonhos tivessem se realizado, e quero chorar. O quão baixo eu cheguei, beijando uma mulher perturbada?

Empurro-a, gentilmente, ouvindo o estalo fraco quando o lacre a vácuo dos nossos lábios se parte.

— E-espere — gaguejo. — Isso não está certo. Não posso... nós não podemos.

Há uma mancha de batom espalhada sobre o lábio superior de Sofia.

— Claro que podemos, *baby*. Não é a primeira vez. Mas vamos fazer como se fosse a última.

Que convite! Seria possível vender um filme com uma frase dessas.

— Não, Sofia... Sra. Delano. Não sou eu. Quero dizer, eu não sou Carmine.

Então acontece algo inesperado. Ela me dá um tapa no rosto com força. Chego a balançar para trás nos calcanhares.

— Caia na real, Carmine! Quantas vidas você acha que temos? Eu faço 40 anos no próximo verão, e esta é a minha última segunda chance. Vai partir meu coração outra vez?

Não posso fazer isso. Deveria, droga, mas não encontro forças.

— Certo, Sofia. Tudo bem, entendi. — Acaricio seu rosto com ternura. É fácil. Natural. — Nada de corações partidos esta noite. Quero ir devagar, com calma. Nós temos tempo, certo?

Ela pisca, hesitante, como se oferecer sexo a esse tal de Carmine fosse tudo que ela soubesse fazer.

— Tempo?

— É, tempo para romance?

— Ro-mance? — A palavra sai como um soluço de sua garganta. — Você *quer* romance?

— Claro. Um homem pode mudar, não é?

— Eu... acho que sim.

Uau. Um adiamento, se bem que uma parte grande e insistente de mim não queria adiar.

— Bom. Excelente. E então, Sofia, você tem alguma coisa para beber?

— Tenho um pouco de xarope para tosse. E café.

Reajo a "café" como se fosse o santo graal.

— Uau. Café seria *fantástico*.

Total exagero. Uso a palavra *fantástico* quase tanto quanto uso a palavra *joinha*.

Sofia vai para a cozinha com as pernas bambas, um sorriso perplexo no rosto.

— Carmine Delano pedindo café. Sem dúvida meu marido mudou. Talvez você tenha deixado para trás um pouco daquela bagagem machista que vivia carregando por aí, junto com o cabelo.

— É temporário — respondo, agora querendo agradá-la. — O cabelo. Está crescendo outra vez.

Sofia serve duas canecas de café da cafeteira.

— Com cabelo, sem cabelo. Para mim não importa, *baby*. Desde que eu tenha você. Faz horas que você partiu. Estava começando a achar que eu tinha feito alguma coisa errada.

Horas? Mais provavelmente anos.

— Eu... ahn... tinha alguns negócios para resolver.

Sofia me empurra suavemente para o sofá macio de couro marrom, que chia quando me sento. Um homem pode facilmente relaxar num sofá como esse. Cheira a comida italiana e perfume.

— Negócios? Como aquela vadia nua do andar de baixo? O mesmo Carmine de sempre.

Eu, absurdamente, me defendo.

— Aquela mulher era uma detetive. Ela estava tentando me matar.

Sofia olha para mim com malícia.

— Ahã. Aposto que tinha bons motivos para isso. Eu sei o que você é, Carmine, sei tudo sobre sua libertinagem.

Libertinagem. É a primeira vez que ouço essa palavra desde que saí da Irlanda.

Bebida e libertinagem. É a sua cara, não é? Esse é o resumo de toda a sua vida.

Mamãe gritava isso para o meu pai, e ele ria. Coçando o queixo com uma das mãos e varrendo o ar com a outra, tentando pegar uma mosca invisível.

— Libertinagem, é? — cantarolava ele, em seguida fazia uma pequena dança, zombando. — Isso foi antes ou depois do croqué?

De volta ao aqui e agora, mas estou tremendo um pouco.

— Não, Sofia. Nada de libertinagem. É só você. Você é a única para mim.

É fácil dizer e seria fácil falar a sério.

Sofia empurra o cabelo louro para o lado, os olhos baixos como os de uma noiva de 20 anos.

— Sério, *baby*? Desta vez é sério?

— Sério. — Seguro sua mão e a coloco em meu peito. — Sinta meu coração e me diga se estou mentindo.

Se meu coração pudesse falar, diria que cada palavra minha é mentira. O marido dela foi embora e é melhor ficar longe, porque se voltar, eu talvez tenha de matá-lo.

Sofia põe o rosto ao lado de seus dedos finos.

— É um coração forte, Daniel. Forte o bastante para me proteger.

— Ninguém vai machucá-la agora, Sofia. Aquele cara, o sujeito do "Meeeeu Deus", ele se foi de vez.

— Meeeeu Deus bip — sussurra Sofia, e cai no sono instantaneamente.

Meeeeu Deus bip, diz Zeb Fantasma. *Que diabo isso quer dizer?*

Decido pensar nesse assunto mais tarde. No momento, eu estou pensando que a Sra. Delano acabou de me chamar de Daniel.

A mente humana tem camadas, disse uma vez Simon Moriarty. *Algumas sabem o que está acontecendo. Outras não.*

Preciso mesmo ligar para aquele cara.

Então eu ligo para Moriarty no fim da tarde seguinte, enquanto tomo um café da manhã tardio antes de ir para o trabalho. Dormi 18 horas, comi três refeições decentes e sinto que é hora de resolver alguns problemas.

— Ei, doutor. Aqui é Daniel McEvoy.

Silêncio do outro lado da linha por alguns instantes, enquanto Moriarty abre seu arquivo mental.

— Daniel? Daniel McEvoy! Um sopro do passado. Como vai, Dan? Não muito bem, suponho.

Permito que meu olhar passeie até a janela. Há uma garoa leve chegando prateada entre as luzes da rua. Parece legal, que nem chuva de cinema.

— Bom, estou observando como a chuva é legal, se é que isso significa alguma coisa.

Ouço o som da engrenagem de um Zippo girando e isso me faz voltar dez anos no tempo.

— Observando a chuva? Você está ferrado mesmo, meu garoto. Nove em cada dez assassinos em série prestam atenção à meteorologia logo antes de pirarem de vez. Por sinal, você sabe que são duas da madrugada aqui. Você tem sorte por eu estar me divertindo.

Estou sorrindo para o telefone, adorando ouvir o velho sotaque.

— Que seja, idiota.
— Merdão.
— Tem certeza de que você tem diploma?

— Você ligou para mim, sargento McEvoy. Qual é o seu problema?

— Problemas, doutor. Problemas.

— Certo. Manda ver, mas saiba que vou cobrar isso do Exército.

Descendo a rua, um casal está discutindo sobre alguma coisa. A mulher gesticula com as mãos, acenando como um moinho de vento. Eu acharia isso engraçado ou irritante? Merda, já estou irritado.

— Certo. Tem uma mulher apaixonada por mim.

— Muito bem. Tenha uma vida longa e morra feliz.

— Não. Ela acha que eu sou outra pessoa.

— Ah... Bem, algumas vezes o segredo é uma coisa boa. Sei que é comum pensar que não compartilhar as coisas pode ser prejudicial, mas há segredos que devem ser guardados conosco.

— É mais do que segredo, doutor. Ela acredita mesmo que sou outra pessoa. O marido dela, acho.

— E você não é o marido dela?

— Não. Eu me lembraria disso.

— Certo. Odeio dar um diagnóstico pelo telefone, mas parece que ela está ilu-dida.

— Acha mesmo? Puta que o pariu!

Simon dá um risinho. No minúsculo alto-falante do telefone soa como se ele estivesse gargarejando com alcatrão.

— Certo. Agora estou me lembrando de você, McEvoy.

— O que posso fazer?

— Não despedace as ilusões da moça tão severamente. Você poderia causar danos irreparáveis. Entre no jogo por enquanto, até conseguir ajuda profissional.

— Isso pode ser complicado.

— Como assim?

— Acho que Sofia pode ficar violenta. Ela já foi machucada antes.

Ouço Moriarty tragar profundamente seu charuto.

— Meu Deus, isso é tão pouco profissional! Ouça, Dan, se você se importa com essa mulher, coloque-a num tratamento. Use algum pretexto, diga que é terapia de casal.

— Terapia de casal? Essa é boa!

Estou para desligar o telefone de Macey Barrett quando o Dr. Moriarty faz uma pergunta:

— E você, Daniel? Como está?

— Com um dedo quebrado, talvez.

— Mentalmente, espertinho.

Como estou? Boa pergunta. Estou carregando meu melhor amigo dentro da cabeça. Estou obcecado pelo meu cabelo e pensando seriamente em entrar num relacionamento usando um nome falso.

— É, estou bem, Simon. Verdade.

Posso ouvir a caneta de Moriarty clicando do outro lado do Atlântico.

— Você está mentindo, Daniel.

— Tem certeza?

— Tenho. A coisa começa com "Dr. Moriarty Idiota". Então, de repente, passa para *Simon*. Você está tentando ganhar minha confiança se humanizando. Parece saído de um manual.

— Eu sou humano, *Simon*.

Outro risinho na Irlanda.

— Não para mim. Para mim você não passa de mais um oficial.

Percebo que gosto desse sujeito e que seria bom tomar uma cerveja e não discutir meus vários problemas, fixações e neuroses.

— Acho que sou transparente com você, doutor.
— Completamente.

Respiro fundo, percebendo que não há como dizer o que vou dizer sem parecer meio apto para a dispensa por problemas mentais.

— Certo, doutor. Eu tenho um amigo.
— Verdade? Você tem um amigo que não consegue ter uma ereção e você quer saber se eu posso fazer uma receita em seu nome?
— Não. Nada disso. Eu tenho um amigo de verdade, cuja personalidade mora no meu cérebro.

Merda, pronto, falei.

— Você está apenas tendo conversas em sua cabeça, bancando o advogado do diabo consigo mesmo. Todo mundo faz a mesma coisa.
— Não; é mais do que isso. Ele é uma presença real. Não segue as regras.
— Você tem regras para seus amigos imaginários, Dan?
— Ei, tenho quase certeza de que você não deveria zombar dos pacientes.
— Quando você me mandar um cheque, poderá ser meu paciente.

Não adianta tentar ser mais esperto do que esse Moriarty. O cara ganha a vida com isso. Portanto sigo em frente.

— Geralmente essas conversas internas de advogado do diabo acontecem quando eu quero. São um pouco vagas e permanecem lá no fundo, num canto da mente. Mas esse cara, o Zeb, está aqui o tempo todo, me distraindo, metendo o nariz em tudo. Depois, quando preciso mesmo de conselho, ele desaparece.
— Ele está aí agora?
— Não, Zeb não confia em médicos.

— Sei. E o que o verdadeiro Zeb faz na vida?

— É médico — respondo, sorrindo.

Ouço a caneta de Simon clicando uma dúzia de vezes, e depois:

— Você não é idiota, Dan, mesmo quando finge que é. Sabe que esse tal de Zeb é só uma parte de você.

— Foi o que adivinhei. Portanto ainda não preciso de uma camisa de força.

— Não, desde que você esteja no controle. Muitos assassinos dizem que vozes mandaram que eles cometessem crimes.

— Não se preocupe, Zeb vem pedindo que eu mate pessoas há anos. Até agora eu o ignorei.

— Até agora. Talvez eu *devesse* escrever uma receita para você. Alguns antipsicóticos suaves poderiam lhe fazer bem.

Conheço alguns veteranos que tomavam antipsicóticos. Todos achavam que Piu-piu e Frajola eram hilários.

— Não, obrigado, doutor. Acho que vou dispensar os remédios. Nesse momento preciso manter a cabeça no lugar.

— Como quiser, sargento. Então fique de olho em você, se é que isso é possível, e caso se visualize serrando corpos e seguindo a sugestão desse seu amigo chamado Zeb, beba meia garrafa de uísque, durma oito horas e me ligue de manhã.

— Então agora sou seu paciente. Devo mandar um cheque?

Moriarty suspira.

— Sim, faça isso, Dan. Mande um cheque.

Ouço o som de outra voz. Uma voz de mulher que acaba de sair da cama.

— Venha, Simon... — Suponho que não seja uma paciente.

— Você não pode parar no meio.

— É melhor eu deixar você ir — digo.

— É melhor que um de vocês me deixe ir — responde Simon, e desliga.

Zeb Fantasma sai de baixo da ponte de sinapse onde estava escondido.

Terapeutas, diz, e posso sentir seu dar de ombros como uma garrafa de cerveja gelada rolando na minha testa. *Todos são charlatães.*

A rua de má fama em Cloisters não é óbvia demais. Na Oitava Avenida, em Nova York, você sabe exatamente em que tipo de rua está andando. Os cartazes espalhafatosos e as janelas com pilhas de manequins usando lingerie nunca deixam a gente esquecer. O cheiro de luxúria sobe da calçada e as maçanetas são cobertas de oleosidade e culpa.

Cloisters não tem grande coisa em termos de cartazes e maçanetas culpadas. Temos três clubes para cavalheiros que você não saberia que existem a menos que soubesse que eles estão ali, com nada além de um pequeno letreiro em néon, um quadrado de tapete vermelho e uma corda de veludo para dar uma leve dica a quem os procura. Há oito cassinos em Cloisters, cada um identificado por uma placa que os regulamentos municipais restringem a um tamanho pouco maior do que o de uma pizza.

— Ta-ráááá! — canto, abrindo os braços.

Jason abre um sorriso de caninos com diamantes.

— Ei, Dan, meu chapa. Por onde você andou? Na porra da Irlanda ou alguma merda assim? Sério, Victor pirou de vez aqui ontem. Demitiu você por abandono de emprego.

Isso é uma má notícia, mas eu já esperava. Você falta ao trabalho e espera que Victor Jones perdoe. Victor nunca perdoa.

Aquele escroto não perdoa nem a mãe.

Eu dou risada. Zeb fez essa declaração uma noite, quando Victor cortou seu crédito.

Jason não está esperando uma risada em resposta à sua litania de desgraça.

— Respeito sua coragem, Dan. Dando risada e coisa e tal, aparecendo aqui como se tudo continuasse a mesma coisa depois de ter faltado um turno, mas você vai ter que tirar alguma mágica da cartola para o Victor. Tá me sacando?

Invejo Jason por sua capacidade de usar expressões como *tá me sacando* ou *descascar um abacaxi*, outra de suas prediletas.

— Certo. É melhor eu entrar e me humilhar.

Jason estala o pescoço, o que sempre faz com que eu me encolha.

— Qual é, Jason? Eu odeio isso. Quer ficar com artrite?

— Desculpe, Dan. Estou chateado. Ainda não recebemos clientes, por isso Victor está esfolando duas garotas novas.

Esfolar garotas novas não é tão ruim quanto parece.

Certo. Talvez seja tão ruim quanto parece. Só que é um ruim diferente.

Esfolar as garotas é um dos passatempos prediletos de Victor, e ele vai continuar fazendo isso até que uma das esfoladas enlouqueça e tempere o Dom P dele com veneno.

Esse pensamento provoca um suspiro sonhador em mim.

— Ei, Dan, está sonhando com a magia da Irlanda de novo?

Este é Marco, o pequeno barman, que espia por cima do balcão vazio, sorrindo, mas não rindo, porque sou muito maior do que ele.

Então ele nota meu rosto machucado e seu sorriso encolhe um pouco.

— Puta merda, cara. O que aconteceu?

— Eu estava sonhando com a magia da Irlanda — respondo, impassível. — E um cara me interrompeu, por isso acabamos batendo um papo. Você devia ver como ele ficou. — Faço mímica de beber com um canudinho pelo lado da boca.

Marco enxuga um copo como se estivesse tentando entrar dentro dele.

— Você é engraçado, Daniel. Sabe que eu tenho coração fraco, não sabe?

Tento descontrair as coisas dando um sorriso suave.

— Sei, Marco. Victor está lá atrás?

Marco enxuga o copo com mais força, nem um pouco feliz por dar más notícias a pessoas grandes.

— Sim. Fazendo a coisa predileta dele. Disse para mandar você lá para os fundos, caso você aparecesse.

— Foram essas as palavras exatas?

— Não exatamente.

— Então fale direito.

— O que ele disse, exatamente, foi: "Se aquele irlandês que fode macacos aparecer, mande ele aqui para trás para receber uma puta surra."

Minhas sobrancelhas saltam até onde antigamente havia cabelos.

— Que fode macacos?

Marco quase desaparece atrás do balcão.

— Não fui eu que disse. — E então ele se torna corajoso. — Eu provavelmente teria dito que fode duende, para combinar com o negócio de irlandês.

— É, assim é muito melhor. Faça-me um favor, Marco. Sirva aí um Jameson grande. Voltarei em um minuto, para beber.

— Você é quem manda, Dan — diz Marco, pegando o copo.

— Vou sentir sua falta, cara.

— Eu estou sendo demitido, e não morrendo — murmuro, e sigo em direção à sala dos fundos.

A sala dos fundos do Slotz é a única parte original do prédio. Uma pequena e agradável sala de tijolos vermelhos, com uma fileira de janelinhas de caixas de correio na altura da cabeça. Vic instalou um bar de madeira envernizada no canto, que é grande demais para o espaço, e há uma velha mesa de carteado coberta de pano verde com cantos de latão enfiada no que resta da sala. É ali que se ganha dinheiro de verdade no Slotz. A sala dos fundos abriga jogo com altas apostas desde a época da Lei Seca. Ouvindo Vic contar, você pensaria que todo gângster de Nova York, desde Schultz até Gotti, perdeu uma grana preta aqui.

Quando passo pela porta, Vic está bebericando um coquetel verde e dando uma aula de estudos sociais a duas adolescentes.

— Toda a sala é história viva. Esta mesa. *Esta* mesa tem exatos 50 anos.

As garotas assentem, ansiosas, esperando a aprovação de Vic. Eu, por outro lado, decidi não implorar meu trabalho de volta. Percebi de repente que, sem Connie, essa espelunca tem apelo zero para mim. Por isso, não preciso ouvir a merda de Vic nem mais um segundo.

— Cinquenta anos? Na minha terra temos lanchonetes de fast-food mais velhas do que isso. Temos paredes mais velhas do que todo esse país.

Victor dá um pulo. Estava tão concentrado no discurso que nem percebeu minha chegada.

— Que diabo é isso? — gagueja ele, por algum motivo agarrando seu chapéu-coco roxo como se fosse a primeira coisa que um invasor iria pegar. Noto que ele está usando um lenço

na cabeça, por baixo do chapéu, e outro no bolso em seu peito.
— McEvoy! Você é como um surto de gonorreia. Aparece de mansinho, depois explode.

Brandi está na sala, pairando junto ao ombro de Vic, como o espectro da morte com sapatos altos, tão óbvia é sua gargalhada. Victor também está com um de seus primos, AJ, um idiota de primeira. Segundo os boatos, uma vez AJ enfiou uma miniatura da Estátua da Liberdade no traseiro e depois tentou dizer ao médico da emergência que, sem querer, havia sentado em cima de uma que estava sendo vendida no Battery Park.

— Você sabe muita coisa sobre gonorreia, Vic?

Então os olhos de Victor encontram os meus, e ele percebe que não estou ali para implorar.

— É melhor ter cuidado com o que diz, McEvoy. Eu estou conectado com câmeras.

Estou cheio desse sujeito. Esse é o cara que ordenou que seus vídeos de vigilância fossem apagados na noite do assassinato de Connie, mesmo podendo haver provas em algum deles.

— Conectado? Me poupe, Vic. Seu traseiro gordo está conectado a essa cadeira, só isso. Seu cérebro não é conectado com sua boca idiota, isso é certo.

AJ se levanta da cadeira, mostrando os dentes, esperando por uma palavra de comando.

Encaro-o com seriedade.

— É melhor se sentar, Dama da Liberdade, a não ser que tenha espaço para o meu pé ao lado daquela estátua.

Vic balança um dedo gordo.

— Sente-se, AJ. Esse cara poderia matar todos nós sem suar uma gota.

— Talvez você não seja tão idiota quanto pensei que fosse.

Meu ex-chefe torna a se recostar na poltrona, juntando as pontas dos dedos das mãos, um cruzamento entre Al Pacino, P. Diddy e Hortelino Troca-Letras.

— E o que posso fazer por você, porteiro? Antes de bani-lo pelo resto da vida.

— Pode me pagar. É o fim do mês.

Victor está se deliciando. Bate com um dedo na mesa.

— Ontem foi o fim do mês. Você não trabalhou o mês inteiro, McEvoy.

Típico.

— Escute, Vic... Sr. Jones. Eu tive uma emergência, por isso faltei um dia. E tudo bem, não telefonei avisando. Então desconte o tempo que faltei e pague o restante.

Realmente não é pelo dinheiro. Estou com mais de 50 mil nos bolsos, mas esse idiota me deve e vai pagar. De um modo ou de outro.

Uma das adoráveis damas dá um sorriso afetado, como se Vic estivesse fazendo um favor, tirando o dinheiro dela. A outra sabe o tamanho da encrenca em que as duas se meteram. Está pálida e seus dedos apertam a borda da mesa como se fosse o corrimão do *Titanic*.

— Então abra o cofre.

— Que cofre? Não tenho cofre, porteiro. Alguém sabe alguma coisa sobre um cofre?

Aperto meu nariz e respiro profundamente. Depois de tudo que aconteceu, não vou ser sacaneado por um pretensioso como Victor Jones.

— Ouça, você pode ficar aqui até eu terminar o jogo. Se eu ganhar bastante, talvez você seja pago. — Vic estala um dedo para Brandi, que pega seu copo, certificando-se de espremer os peitos contra o braço do chefe. — Ou pode continuar aparecendo aqui durante algumas semanas até me pegar com duas pratas no bolso.

— Mais do que duas. É melhor que sejam 2 mil.

Vic dá de ombros como se isso não fizesse nenhuma diferença.

— Tanto faz. Por menos de 50 mil eu não dou a mínima.

Cinquenta mil. Seria possível comprar toda essa boate por metade disso.

Ele pega um baralho novo sobre a mesa e tira o plástico.

— Agora, se puder fazer a gentileza de sair da minha frente, eu tenho uma partida para jogar.

Como eu disse, não sou muito de ter flashbacks, mas por um segundo o som daquele plástico rasgando me lançou de volta a uma barraca camuflada na fronteira sul do Líbano com Israel. Há morte à nossa porta e tremores de explosões sacudindo os paus das tendas, e estou dizendo: *mais uma partida. Qual é, pessoal, mais uma partida.*

Victor faz alguns movimentos de embaralhar e meus olhos seguem o som das cartas estalando. Uma das garotas começa a chorar, os ombros ossudos subindo e descendo, os peitos falsos balançando como boias na maré.

Gosto dessa. Boias na maré. Parece uma música dos Eagles.

A pequena trapaça de Vic é tão simples quanto baixa. Sempre que aparecem garotas novas querendo ganhar um dinheirinho como garçonetes, Vic as amacia com tequila e depois as atrai para algumas partidas de pôquer. Com Brandi olhando por cima dos ombros delas e dando dicas ao chefe, as garotas perdem rapidamente o salário do primeiro mês, e antes que saibam o que está acontecendo, estão carregando bandejas em troca de gorjetas. Escravidão moderna, é o que é.

— Você está esfolando essas garotas, Vic? Foi assim que sua mãe criou você?

Vic não morde a isca.

— Às duas e meia da tarde, minha máe já estava acabada. Eu me criei sozinho. Construí tudo que tenho.

— Deixe as garotas irem, Vic. Desconsidere o que elas perderam. Vou lhe dizer uma coisa. Se você deixar essas duas saírem numa boa, pode ficar com o meu salário.

Acho difícil acreditar que estou dizendo isso. Simon Moriarty estaria escrevendo *eu não disse?* naquele seu caderninho. Tudo em letras maiúsculas.

— Ei, ouviu isso, AJ? O grande e nobre McEvoy, cedendo o pagamento pelas moças. Elas só me devem o salário de duas semanas; talvez acabem ganhando de volta.

— E talvez o inferno congele. O que diz, Vic? Isso me pouparia de ficar com raiva.

Vic tem uma resposta.

— Não se preocupe, McEvoy. Se você ficar com raiva eu lhe dou um tiro, não se engane. Obviamente espero que a coisa não chegue a esse ponto.

Ele não está mentindo. Vic atirou num bêbado cerca de 18 meses atrás. Não gostou do escrutínio intenso da polícia e jura em alto e bom som que a próxima pessoa em quem atirar vai merecer totalmente.

— Qual é, Vic? Fique com o dinheiro, deixe as garotas irem. Elas são magras demais para trabalhar aqui.

— Ei! — protesta uma das garotas.

A outra belisca o braço da amiga.

— Cala a boca, Valerie. O velho careca está tentando ajudar.

Isso provoca uma grande gargalhada em Vic e AJ. Até Brandi dá uma risadinha.

— Vou propor um trato, porteiro. — Vic ri, agora de bom humor. — Quer salvar essas duas? Quer livrá-las das minhas garras malignas? Eu lhe dou fichas pelo seu salário e você tenta ganhar o dinheiro delas de volta.

Eu deveria ter percebido que isso viria. É a resposta de Vic para tudo. Uma vez ele sugeriu a mesma coisa a um fiscal do imposto de renda.

— Não vai rolar. Não jogo cartas desde o exército.

Vic solta o ar, vibrando os lábios.

— Tudo com você é *desde o exército*. Não jogo cartas desde o exército, não mato ninguém desde o exército. — Ele pisca para Brandi, partindo para a gargalhada. — Espero que não se importe que eu diga, mas você tem sido um escroto muito chato desde que saiu do exército.

AJ gargalha. Brandi chega a aplaudir Vic.

— Não vou jogar, Victor.

— Então pare de respirar o meu ar, porteiro, e me deixe continuar com o jogo.

A mais inteligente das garotas me lança um olhar de desespero. Ela captou um vislumbre de seu futuro e está aterrorizada.

Trinco os dentes. Outra *situação* que não desejo.

— Bosta! Ok, Vic. Duas partidas para liberar as garotas. Quanto elas já perderam?

O riso de Vic é como uma mancha de manteiga.

— Mil e duzentos. Mais os juros.

Puxo uma cadeira com violência.

— Fodam-se os seus juros. Elas estão aqui há meia hora.

— Sujeitinho sensível.

— Foda-se, Jones — digo, me acomodando na cadeira. — Você não é mais meu chefe, então não vou tratar você com o respeito que nunca mereceu. E apague esse charuto. A fumaça entra nos meus olhos e não consigo dizer o que é copas e o que é ouros.

Vic apaga o charuto gordo num cinzeiro.

— Qual é o problema? Parou de fumar quando saiu do exército?

AJ quase estoura um pulmão de tanto rir.

— Pode dizer ao seu primo para parar de rir. Ele pode acabar cagando uma estátua.

Um único chiado de riso escapa dos lábios de rubi de Brandi e voa pela sala como um canário.

— Estamos aqui para jogar ou falar? — pergunta Vic, fazendo sua cara de apostador.

Eu estalo os dedos para AJ.

— Me dá umas fichas. Dois mil dólares, mistas.

Vic libera a ordem com uma piscada lenta, e logo há quatro torres de fichas à minha frente. Ajeito-as com o indicador e o polegar enquanto Vic toma um gole de seu copo que foi enchido outra vez.

— Qual é o jogo? — pergunta ele.

— Pôquer normal — respondo. — Nada louco, nada diferente. Todas as cartas viradas para baixo. Cinco e três, é isso.

Vic assente. Está me dando uma certa folga porque é jogador e eu sou amador.

— Pôquer normal. Brandi, querida, pegue alguma coisa no bar para McEvoy. Do que você precisa? Caralho, depois de todo esse tempo eu não sei o que você bebe.

Balanço minha a cabeça.

— Fique exatamente onde você está, Brandi querida. Não preciso de você atrás de mim, passando os números para o seu chefe. Na verdade, quero vê-la na minha frente o tempo todo.

Brandi faz beicinho, inclinando o quadril, empinando os peitos com os braços cruzados.

— Que merda, Dan. Isso magoa.

— Claro. Não importa. Além disso, mantenha o pó compacto na sua bolsa. Você sabe, aquele que tem o espelho.

Vic dá um risinho, nem um pouco ofendido por eu tê-lo acusado de ser trapaceiro durante toda a vida.

— Acho que é melhor ficar onde está, querida. AJ, você está dentro?

— Não, ele não está — digo, antes que AJ possa responder. — Pôquer não é um esporte de equipe. Um contra um.

Vic está ficando meio puto agora.

— Certo, porteiro. É isso? Mais alguma regra? Diga logo, porque não quero você reclamando quando eu tiver limpado sua grana.

— Vamos jogar primeiro pelas garotas — digo. — A inteligente dá as cartas.

— Qual é a inteligente?

Faço um gesto de cabeça na direção da garota aterrorizada, uma morena magricela, cujo rímel manchado a faz parecer uma caveira. Não tem esperança por dentro para sorrir.

— A que sabe o tamanho da encrenca em que se meteu. Depois de eu liberar as garotas, vamos jogar pelo meu salário.

Vic dá de ombros, o monarca magnânimo.

— Grana é grana, porteiro. A ordem em que ela vem não me importa.

A garota dá as cartas. Está tão nervosa que vira duas e tem de recomeçar. Finalmente Vic e eu temos cinco cada. Agora é tarde demais para voltar atrás.

Verifico minhas cartas, abrindo-as em leque nas conchas úmidas das mãos.

Dois reis, não é um bom começo.

Imagino, concorda Zeb Fantasma, de má vontade. *Talvez você saiba o que está fazendo.*

Meia hora depois estou reduzido aos meus últimos 100 dólares em fichas.

Otário, diz Zeb Fantasma.

— Otário — diz Vic, e dou-lhe um olhar cheio de suspeitas.

— O quê?

— Otário — repete ele. Obviamente fui castrado por minha maré de azar. — Você entra na minha boate e tenta ganhar de mim. De mim! Victor Jones. Sabe quantos caras levaram uma surra aqui?

— São 2 mil, Vic. Cai na real.

— Dois mil, mais o que essas adoráveis mocinhas devem.

— Não — protesto. — Eu perdi o meu salário, só isso.

Vic morde um charuto apagado.

— Não, não. Você disse que íamos jogar primeiro pelas garotas.

— Aquelas fichas eram o meu salário. Qualquer coisa que eu ganhasse seria para tirar essas duas do monte de merda em que elas estão.

AJ está fungando, com gotas de suor brotando na testa vermelha. Implorando para ser liberado. Mas Vic o segura com a testa franzida, magnânimo na sorte.

— De qualquer modo que você olhe, McEvoy, essas coisinhas bonitas ainda estão no buraco. Você não salvou ninguém. Desde o exército.

Essa piada está ficando velha.

— Ainda tenho 100 pratas na mesa. Nunca se sabe, minha sorte pode estar mudando.

Vic acende seu charuto, girando-o lentamente para queimar por igual. Já nem finge ligar para o que eu penso.

— Mais uma partida. Por que não? Depois de hoje, porteiro, você vai ter de pedir um penico emprestado para mijar. Vou lhe cobrar um preço bom por um.

— Muito engraçado, Vic. Vamos jogar.

É o que um macho diz, mas não me sinto muito forte. Vic está me crucificando. Talvez Simon Moriarty esteja certo, e eu seja totalmente trans-parente.

Um bom distribuidor pode colocar cinco cartas empilhadas, com os cantos todos acertados. Essa garota está tão abalada que uma das minhas cartas voa para fora da mesa.

— Quer trocar essa, McEvoy?

Pego a carta com dois dedos.

— Não, Vic. Estou bem.

Não é uma mão ruim. Dois pares. Damas e oitos.

Ambos apostamos 50, então bato na mesa e a garota empurra uma carta. Vic passa a mão sobre suas cartas, como um mágico. Vai ficar com o que já tem, o que significa que tem tudo de que precisa, a não ser que esteja blefando. Duas rodadas atrás, eu amarelei com um par de ases, perdi mais de 700 dólares. Jamais paguei para ver as cartas de Vic, mas já o vi blefar com nada. Sua voz é firme, as feições são calmas, a linguagem corporal diz *foda-se*, não importando o quanto sua mão seja boa. Eu pensei que conseguiria encontrar uma brecha em sua armadura, mas não consigo. Minha única esperança é a Sra. Sorte.

— Cinquenta — digo, mesmo que minha última carta seja inútil. Por que não apostar tudo de vez?

— Isso vai ser fácil. — Vic empurra uma pilha de fichas. — Quinhentos. Se não puder pagar, já era. Não permitimos vale aqui. Regras da casa.

— Conheço as regras da casa, Vic. Você nos obrigou a decorá-las. Lembra?

Vic relaxa um pouco, agora que sua batalha é vitoriosa.

— O AJ aqui não consegue decorar nada. Por isso a gente o chama pelas iniciais, para ele se lembrar do próprio nome.

— Talvez aquela tocha tenha arranhado o cérebro dele.

AJ dá um tapa na mesa, mas não vai se mover sem a autorização de Vic.

— Certo — diz Vic. — Você está acabado, porteiro. Saia da minha boate. Está proibido de entrar aqui.

— A não ser que tenha dólares para gastar, não é?

— Eu não recuso dinheiro. Nunca se sabe, se você aparecer, talvez a Marcie aqui lhe bata uma punheta num reservado. Para aliviar parte da dívida.

Marcie chora descontroladamente, e eu levo a mão à carteira.

— Vou igualar os seus 500.

Vic esconde bem a surpresa.

— Tem certeza?

— O quê? Achou que eu estava andando por aí falido? Tenho fundos, Vic, então vou igualar os seus 500. Você nunca recusa dinheiro, não é? — Jogo as notas com um floreio.

— Nunca. — Vic pega suas fichas com ambas as mãos e empurra todas. — Aqui estão os seus 500 e mais 2 mil. Você tem tanto dinheiro assim no bolso?

Observo-o atentamente. O mesmo velho Vic de sempre. Eu esperava que a verba surpresa o surpreendesse.

— Sim, tenho.

O seu dinheiro de fuga? Qual é, Dan? Vai estourar tudo isso por essas duas cabeças de vento? Elas mesmas cavaram esse buraco.

Não tenho intenção de estourar tudo. Apenas o suficiente para liberar as garotas e talvez pegar meu pagamento de volta. Só isso.

— Quanto você guarda naquele cofre que você não tem?

De algum modo, Vic mantém o rosto impassível. Aposto que os dedos de seus pés estão encolhidos dentro dos sapatos.

— Tenho o capital da noite. São 20 mil, Daniel.

E ali estava. Antes, ele vinha com *McEvoy-porteiro-otário* e de repente é *Daniel*. Vic nunca me chamou de Daniel na vida. É como diz o Dr. Moriarty: o subconsciente de Vic está tentando ganhar minha confiança porque ele está mentindo. Blefando.

Percebo com uma onda de certeza que Vic não tem nada na mão. Posso ganhar em grande estilo.

Minha decisão de jogar com segurança se dissolve, e em seu lugar flutua uma visão, brilhante como enfeites natalinos, de um momento no futuro próximo em que eu vou deixar Victor Jones chorando em sua própria mesa. Isso se eu permitir que ele fique com a mesa. Esse é o cara cujo primeiro pensamento ao ver Connie morta no estacionamento foi preservar seu negócio de quinta, e sinto uma ânsia gigantesca de tirar esse negócio dele.

Minha expressão de jogador nem de longe é tão boa quanto a de Vic, por isso escondo-a por trás das cartas, perturbado.

— Vinte mil. Meu Deus. Mas você não vai arriscar tudo isso. De jeito nenhum.

— Talvez arrisque, talvez não.

— Certo. Certo. Vou aceitar 5. Eu tenho 5. De modo que são 3 mil para você.

A grana está toda espalhada pelo meu corpo. Parte em cada bolso da camisa e o restante dentro das meias. Esvazio um bolso e coloco o maço cuidadosamente na pilha, me certificando de que Vic veja que o bolso está vazio.

— Caa-ralho, você deve ser parente dessas putas idiotas. — Vic estala um dedo para AJ, que salta de pé como se a gravidade que o mantinha sentado tivesse sido sugada.

— O que houve, Vic? O quê? Atirar nele?

— Não. Apenas abra o cofre e me traga o dinheiro.

AJ está de crista baixa e chega a fazer beicinho, o que poderia torná-lo bonito se ele tivesse trinta anos a menos e as pessoas não soubessem de seu encontro sensual com a Dama da Liberdade. Ele vai até o bar e tem sucesso em abrir um cofre escondido atrás de um espelho de cervejaria.

Dou um risinho.

— Meu Deus, ele se lembrou da combinação.

Vic rompe sua máscara de jogador para um risinho fugaz.

— É 10-28-18-86. A data em que a estátua foi inaugurada.

Apesar de tudo, eu não consigo conter uma risada engasgada, e talvez por um milésimo de segundo admiro Victor Jones.

— Você é um escroto maligno, Vic. Mas essa foi boa. Agora vai ter de mudar a combinação.

Vic aceita o elogio com um meneio de cabeça, depois pega um maço de dinheiro da mão de AJ, jogando 10 mil no bolo.

— Os seus 3 e mais 7. Agora você está ferrado, Daniel. Se não pagar não joga.

Peguei o cara. Um sentimento selvagem de vitória reluz como uma lâmpada dentro de mim e fecho a boca para impedir que ele saia brilhando.

Uhuuu, diz Zeb Fantasma. *Você acha que tem luz de verdade saindo dessa sua boca irlandesa? Acho melhor telefonar para o tal do Simon.*

É um bom argumento.

— Não se preocupe, Vic. Vou jogar. Tenho mais um bolso.

Tiro mais dois maços, cada um enrolado em filme de poliéster. Se for preciso mais, terei de partir para as meias.

— Igualo os 7 e coloco mais 3.

Vic luta com sua expressão. É um desafio manter a máscara de jogador, e uma veia sinuosa pulsa entre seu ouvido e uma sobrancelha. Se ele amarelar, terá perdido mais de 10 mil. Ouvi boatos de que Vic deve dinheiro a alguns criminosos de verdade. Perder 10 mil poderia lhe custar muito mais do que 10 mil. Sua única esperança é me levar à falência.

— Foda-se, porteiro — diz ele. Aquilo em sua voz é um tremor? — *All-in.* — Ele joga seu último maço como uma granada. — Agora vá para casa.

Estamos num daqueles momentos em que o ar de uma sala é sugado. O que quer que aconteça em seguida, moldará vidas. Tudo de que preciso é aumentar a aposta em 8 mil e esmagá-lo. Mesmo que eu perca, ainda tenho alguma coisa. Brandi está inclinada sobre a mesa, esforçando-se ao máximo para me cegar com os peitos, e AJ está se preparando psicologicamente para o confronto que certamente virá. Bolo um rápido plano de fuga. Assim que isso terminar, vou arrebentar aquele babaca com minha cadeira.

Oito mil. É só disso que preciso. Mas então vejo Vic deixando Connie lá fora na chuva enquanto ele limpa a casa. Vejo seus dedos gordos apertando o corpo de outra garota enquanto ele a leva para a sala dos fundos.

— Trinta e cinco mil — digo, tirando os rolos das meias. — E você que se foda, Vic.

A respiração de Vic sai entrecortada, como se ele estivesse tendo um ataque cardíaco, e para ser honesto, eu também não me sinto muito bem. Agora as duas garotas estão chorando. A pessoa teria de ser surda, cega e idiota para não perceber que isso só poderia terminar em violência.

A máscara de Vic desmorona e de repente seu rosto está enrugado como uma fruta seca.

— Trinta e cinco mil. De jeito nenhum. Absolutamente não.

E sei então que Vic está ferrado e que tudo que ele pode esperar é que eu também esteja blefando.

— Você está acabado, Vic? É isso?

O lábio de Vic pende gordo e baixo como uma lesma. Ele está tendo um vislumbre de seu futuro. Quando chegar o dia da cobrança, as coisas vão ficar um pouco apertadas para ele. Vic não pode se dar ao luxo de deixar que esse dinheiro saia da mesa.

— Esse dinheiro não é meu, não posso perdê-lo. Devo 20 mil ao Mike Irlandês.

Mike Irlandês outra vez. O homem é como um câncer.

— Você só precisa pagar para dar uma olhada nas minhas cartas.

— Estou fora.

Estendo a mão para o bolo, puxando-o com os braços.

— Desculpe, Vic. Se não paga, não joga.

Isso está ótimo.

Vic vê o bolo se mover pela mesa como se fosse seu sangue se esvaindo.

— Deve haver algum meio de solucionar essa situação. Eu posso dever a você.

— Sem opção. As regras são suas.

— Eu posso matar você.

— Pode tentar. Homens maiores do que você já tentaram. Tente pegar sua nove para ver o que acontece.

Vic comprou uma 9mm porque é sobre isso que os gângsteres cantam nas músicas de rap. Suspeito de que seja por causa da rima fácil.

— São 30 mil só para ver as suas cartas. Isso aqui é Cloisters, pelo amor de Deus. Onde eu vou conseguir tanto dinheiro?

Na verdade, a situação toda é digna de risos. Será que esse cara nunca ouviu a palavra ironia?

— Vic, você esfola as garotas aqui há anos. Todas elas imploraram um pouco de tolerância. E você sacaneou todas. Enganou-as, depois sacaneou. — Empilho as fichas e o dinheiro. — Você ainda me deve pelas fichas. São 4 mil, mais ou menos. E eu vou cobrar, se você não se importar.

A máscara de jogador de Vic desmorona, e em seu lugar está o desespero cru.

— Foda-se, porteiro. Quero ver. Me deixe ver essas cartas.

— Mostre o seu dinheiro.

Vic torce as mãos, e as correntes em volta do pescoço chacoalham.

— Eu tenho a boate.

Bingo!

— Você nem é dono desse buraco de quinta, desse risco de incêndio.

Vic não questiona minha descrição.

— Tenho um contrato de arrendamento de vinte anos. Deve valer 50 mil.

— É mesmo? E eu tenho um sapato que vale meio milhão.

— Qual é, Daniel? Eu pago para ver, com o contrato.

Penso nisso.

— Se você ganhar, vai liberar essas garotas. E se perder, essa boate, cada lasca de mobília e cada garrafa de birita pertencerão a mim. Não quero discussão. Isso aqui não é um divórcio.

Vic assente, incapaz de dizer as palavras.

Empurro o bolo de volta.

— Mostre o contrato.

Brandi corre até o cofre e o procura. Ela pode ver aonde isso vai dar. Em dois minutos pode haver uma mudança de regime por aqui. Ela retorna com um envelope pardo amarrado com barbante.

— É isso?

Vic parece a ponto de ter um enfarto.

— Sim. — E depois acrescenta: — Vadia.

Brandi está louca para responder. A ânsia está na postura do seu queixo, no brilho dos olhos castanhos. Mas esse negócio ainda não está fechado. Ninguém de fora do jogo abre a boca, porque é uma daquelas situações que serão comentadas durante anos, independentemente do que acontecer, e os detalhes são importantes. Além disso, a coisa toda tem um caráter surreal, como um programa de TV. Não dos bons, com um orçamento decente por trás deles, mas sim as reprises dos anos 1970 que passam à tarde, com vilões estereotipados e um cenário barato que balança sempre que uma porta é fechada.

Verifico o documento. A maior parte está em juridiquês. Para mim poderia ser a garantia de um freezer. Mesmo que seja legal, toda a situação provavelmente é tão doida que qualquer advogado decente poderia despedaçá-la sem derramar o café com leite.

Apesar de tudo, digo:

— Certo. Parece bom. Aceito a oferta.

Um pouco formal, mas é esse tipo de noite.

A papada de Vic está estremecendo.

— Mostra, seu porteiro desgraçado.

A calma me envolve como uma mortalha e eu sei que a boate é minha.

— Dois pares — digo, mostrando as cartas. — Nada de blefe deste lado da mesa.

Vic não se importa com as próprias cartas. Está ferrado, e matar algumas pessoas é a única saída.

Seus dedos desajeitados devido ao nervosismo descem a passo de caranguejo pelo corpo em direção à 9mm presa ao cinto. É lento demais. Estendo o braço e esmago sua mão na minha. Brandi o derruba com uma cotovelada maligna na lateral do rosto. Essa garota muda de aliança num piscar de olhos. Não, não é bem assim. A nossa Brandi tem apenas uma aliança. Vic desliza da cadeira, gemendo, com sangue escorrendo de um corte acima do nariz.

AJ está se movendo, mas tenho tanta adrenalina no organismo que é o mesmo que ele estar chapinhando na lama, rodeando a mesa pelo meu lado esquerdo com uma expressão que é mais animal do que humana.

Saco minha pequena Glock 26 e acerto um tiro no espelho do bar, acima da cabeça dele. Os cacos chovem espetacularmente, como pedacinhos de gelo brilhante, cortando o pescoço e as mãos de AJ.

Não preciso dizer nada. Nem AJ é idiota a ponto de ir contra uma arma. Deita-se no chão e começa a chorar.

Eu me viro para Marcie e a amiga.

— Vão embora. Nunca mais voltem aqui. Fiquem longe dessa rua.

Elas me beijam e abraçam durante um minuto, como se eu fosse um velho astro do rock.

— Obrigada, tio — agradece Marcie. — Epa. Desculpe. Quis dizer, obrigada, moço.

Então elas vão embora, correndo com passos miúdos pelo cassino, as sandálias fazendo barulho no chão.

— Obrigada, tio — diz Brandi, imitando o sotaque Califórnia/MTV que todos os jovens têm hoje em dia, depois cai na risada. — Não acredito, Dan. Você é o dono da boate. — Ela bate com os calcanhares de suas botas de Mulher Gato, de pura alegria. — A hora desse escroto chegou. Eu deveria arrebentar o crânio dele pelas merdas que tive de suportar nos últimos meses.

— Não quebre nada por enquanto, Brandi. O Vic ainda não assinou o contrato.

— Humm — murmura ela.

Ela acorda o ex-chefe com uma chuva de gelo de um balde de aço. Assim que ele dá sinal de vida, ela o acerta com o balde.

— Finalmente essa boate vai bombar — canta Brandi, servindo-se de uma saudável dose de Bourbon. — Podemos colocar garotas profissionais trabalhando nos fundos. Talvez fazer um trato com o Mike Irlandês para vender um pouco de produto. Ganhar uma grana de verdade.

Começo a perceber que terei problemas com os funcionários.

Jason indica a porta para Vic e AJ com uma alegria indecorosa. Chega a expulsá-los usando a melodia do "YMCA" com uma letra que ele compôs.

> Vão-se-catar,
> Seus dois escrotos.
> Vão-se-catar,
> E não voltem mais!

Fico impressionado. Não vejo Jason tão feliz desde que ele recebeu a camiseta do Lou Ferrigno pelo correio.

A notícia se espalha pela boate como eletricidade na água, provocando espasmos em todos que ela toca. Logo todos os funcionários estão reunidos do lado de fora da sala dos fundos, esperando algum tipo de discurso para levantar o moral.

Falar com funcionários não é a minha praia. *Ter* funcionários não é a minha praia, pelo amor de Deus. *Viajar com pouca bagagem* sempre foi meu código de vida, no entanto aqui estou, com um cassino e uma dúzia de pessoas dependendo de mim para viver.

Meu cabelo transplantado coça.

Graças a Deus os salários foram pagos ontem.

E eu?, intervém Zeb Fantasma. *Não se esqueça de mim.*

E Zeb ainda é prisioneiro do Mike Irlandês. Mike, que todo mês recolhe um pequeno tributo do Slotz. Parece que cada vez que me arrasto para fora da terra de ninguém, o terreno se inclina e me joga de volta.

Ouço os saltos de aço das botas de Brandi ressoando no piso do cassino e decido encarar a situação antes que ela se lance em outro jorro de sugestões. Levanto-me, verifico o couro cabeludo num caco de espelho que resta e me abaixo, passando pela porta para encontrar meu público.

É uma sensação estranha ter subordinados sorrindo para você. Isso não acontecia muito no exército. Lá, a maioria das pessoas murmurava *seu merda* com um forte sotaque quando eu distribuía ordens. Mas aqui só estou vendo rostos felizes.

Jason ainda está cantarolando ao ritmo de "YMCA":

> Dan-Mac-Evoy
> É um cara da pesada,
> Dan-Mac-Evoy
> Ferrou Victor Jones!

Ele abandona a estrutura da música no último verso, mas mesmo assim seus esforços lhe garantem uma entusiasmada salva de palmas.

— Certo — digo, forçando um sorriso. — Certo. Obrigado, Jason. O Village People agradece.

Mais risos. Marco faz cócegas nas costelas de Jason, o que abre meus olhos com relação a algumas coisas.

— Esta noite vamos fazer tudo da maneira normal. A não ser pelos reservados. Nada de apalpadas dentro dos reservados. Se alguém tiver problema com isso, fale comigo depois. Além disso, quem tiver dívida, não me deve um tostão, e de agora em diante todos serão pagos.

Recebo alguns sorrisos dos que agora não estavam mais no buraco, mas as garotas que levavam apalpadas não parecem muito empolgadas.

— Se vocês tiverem oportunidade de deixar Victor Jones com raiva, não aproveitem.

— É tarde demais — gargalha Jason, aceitando vários cumprimentos. Meu Deus, esses caras estão felizes.

— Não aproveitem, porque não sei até que ponto aquele jogo de pôquer foi legal.

— Legal? — repete Jason. — Vic vinha esfolando as garotas havia anos. Isso era legal?

É um bom argumento.

— Você conhece algum bom advogado, Danny? — continua Jason.

Claro que conhece, diz ZF. *Só que o Danny aqui tem uma tendência a matar os advogados a tiros.*

Marco vem trotando, segurando um Jameson enorme numa bandeja de Martini rachada.

— Aí está, Dan. Você merece.

Aceito a bebida, agradecido. O uísque irlandês desce macio, mas tem o efeito retardado de uma pancada similar a um choque de desfibrilador.

— De volta ao trabalho, todos vocês. Curtam a nova gerência enquanto ela dura. Preciso pensar um pouco.

Brandi se posiciona ao meu lado.

— Isso mesmo, pessoal. Vocês ouviram o chefe. De volta ao trabalho. Precisamos negociar a ação nos reservados.

Parece que tenho uma subcomandante.

A primeira coisa que faço no escritório do Vic é chutar Brandi para fora. A segunda é arrancar as imagens pornográficas. Não que eu ache as mulheres nuas ofensivas. Apenas prefiro a coisa de verdade. Além disso, as fotos me lembram do ocupante anterior, e todos os atos que ele afirmava ter realizado com as várias funcionárias da boate. Não são imagens que você gostaria de ter saltando na cabeça durante um dia de trabalho. Além do mais, se Vic conseguir me pôr para fora juridicamente, eu gostaria, por pura vingança, de estragar seu sistema o máximo que puder, antes que isso aconteça.

Não sei como Vic conseguia fazer alguma coisa. Sua mesa de trabalho é um amontoado de torres de revistas, caixas de hambúrgueres e embalagens de papel-alumínio. No canto há uma lata de lixo que parece ter explodido em algum momento dos anos 1990, e as persianas estão manchadas de marrom e amarelo após décadas de fumaça de charuto.

Tiro as coisas de cima da cadeira do chefe e me sento, e é mais ou menos até aí que meu plano chega.

Ajuste a cadeira.

É um belo toque. Baixo a cadeira 15 centímetros para que Vic tenha uma surpresinha inesperada. Pequenas pérolas assim nos fazem ir adiante.

Então sentar, e depois? Folhas de pagamento, despesas gerais, aluguel, pedidos de bebidas, depósitos de dinheiro.

Meus folículos transplantados estão implorando uma coçada, algo que Zeb me proibiu de fazer.

Não empreguei cinco estudantes e passei oito horas separando seus folículos para você arrancá-los coçando. Nada de tocar, durante um mês.

Mãos espalmadas na mesa, digo a mim mesmo. Não toque o cabelo novo. É difícil acreditar como é duro não coçar. Já passei por muitas tarefas difíceis e desagradáveis na vida, mas neste momento manter as palmas das mãos grudadas na mesa é tão difícil quanto qualquer uma delas. Inclusive cavar latrinas no Líbano.

Tento me concentrar em outra coisa, e a primeira que surge na minha cabeça é: *Meeeeu Deus bip.*

O que Sofia quis dizer com isso? De onde veio o bip? Não houve bip mencionado na primeira vez. Onde, diabos, se escuta um bip hoje em dia? Talvez houvesse um carro passando.

Ou talvez... Algo quase me ocorre, mas não deixo o pensamento se materializar completamente para o caso de haver alguma coisa nele. Posso cuidar disso mais tarde, se virar uma possibilidade.

Sigo o fio pela mesa de Vic e desenterro o telefone sob uma pirâmide de livros-caixa. Não há ninguém no número para o qual estou ligando. Claro que não, é o meu próprio número. Conto os toques até que minha secretária eletrônica atenda, depois digito a senha.

Um recado.

Ei, cara. Porteiro. Escuta, você provavelmente não se lembra de mim, você esbarra com babacas o tempo todo, certo? Meeeeu Deus, odeio secretárias eletrônicas. Certo. Tudo bem, escuta...

Ah, aqui é Jaryd Faber, o advogado que você expulsou ontem à noite. Merecidamente, devo acrescentar. Consegui o seu número com Vic, e o negócio é que eu gosto do Slotz, da boate, por mais que seja um buraco de merda. Gosto de passar algumas horas com as cartas e as garotas. Não quero desistir disso, então queria que você soubesse que eu resolvi as coisas com o Vic, que príncipe!, e estou de volta. Caso você me veja antes de vê-lo, não precisa me dar um soco. O que acha? O que passou, passou. Viva e deixe viver. Talvez eu pague uma bebida ou um terno novo para você. Certo? Estamos numa boa? Sem ressentimentos. Odeio pedir desculpas por qualquer coisa, mas aí está. Aceitando ou não, você deveria estar adorando, por sinal, se soubesse quem eu era e o que poderia fazer com você. Meeeeu Deus.

Então a gravação termina e há um bip.

Meeeeu Deus bip.

Seguro o telefone com o braço estendido, como se ele tivesse mentido para mim.

Sofia ouviu minha secretária eletrônica. Faber jamais esteve no apartamento. Coloquei as policiais atrás do homem errado.

Ele era o homem certo para as policiais, diz Zeb Fantasma. *Só era o homem errado com relação a matar Connie e destruir sua casa.*

E agora ele está morto. A culpa é minha.

Isso eu não vou questionar.

Então quem matou Connie? Quem destruiu meu apartamento?

Uma sombra cai sobre meu rosto e eu levanto os olhos.

— Bom, já era hora — diz Mike Madden Irlandês. — Estive caçando seu rabo branquelo por toda a cidade.

CAPÍTULO 12

Mike Irlandês está emoldurado pelo batente da porta, como se este tivesse sido construído com esse propósito. Ele é um homem grande, enorme, com veias de uísque estourando no nariz e nas bochechas. Seus dentes são tortos e quebrados devido a uma centena de brigas de bar, e ele dá um sorriso largo, mostrando-os como se fossem medalhas. Usa um boné mole, de pescador, colocado de modo jovial, de lado, com um broche de trevo na aba. E quando fala, seu sotaque é mais um irlandês de Hollywood do que um dialeto vivo.

Mike Irlandês. Um irlandês que nunca esteve na Irlanda. Um imigrante que jamais imigrou. Um irlandês de plástico que aprendeu tudo que sabia sobre o velho país com as histórias da vovó e publicações da *Boy's Own*.

— Daniel McEvoy — diz ele gentilmente, arrastando os pés para dentro da sala como um cantor de bar prestes a começar um novo número. — Homem difícil de encontrar.

— Não para os meus amigos.

Madden é todo charme de duende.

— Então não somos amigos, Daniel? — Seus olhos são de um verde opaco, e a pele me faz lembrar uma galinha depenada.

Estou velho demais para isso.

— Corta o papo furado, Mike. O que você quer?

Mike dá um riso carinhoso.

— Papo furado. Gosto do seu sotaque. — Ele se encosta na parede, que estala. — Quero o dinheiro que você me deve.

Gemo. Ele nem está aqui por minha causa. Eu sou um bônus.

— É Vic quem deve dinheiro a você, não eu. Ele me deve dinheiro também, mas por respeito a você e à sua organização, você pode cobrar primeiro.

Mike fica um pouco surpreso com minha resposta, mas também a acha divertida.

— Obrigado, McEvoy. É muito generoso da sua parte. Mas prefiro que *você* pague.

— Não é assim que a coisa funciona, Mike. Nem Deus pode transferir uma dívida. Não lhe devo nenhum centavo, e se você não parar de falar nisso, vou abrir caminho através de toda essa gordura nos seus ombros e quebrar seu pescoço grosso.

Não faz mal tentar uma bravata, para ver se funciona.

Se era medo e submissão que eu esperava, minha grosseria não tem o efeito desejado. Mike Madden parece cansado e resignado, como se estivesse de saco cheio de sempre fazer as coisas do modo mais difícil e perguntasse por que a situação não poderia ser fácil ao menos uma vez.

— Certo, rapaz. Ouvi o que você disse. Agora me escute. Eu estou procurando uma coisa. Isso é segredo, por sinal. — Madden trinca os dentes. — Você sabe do que estou falando.

Nós dois sabemos aonde isso vai dar.

— Não sei, Mike. Acredite. Mas sei como você procura as coisas.

Mike abre os braços.

— Não se pode evitar. O disco podia estar no seu apartamento.

Fico surpreso.

— Um disco? Uma porcaria de um disco? Quem você acha que eu sou? A porcaria do Jason Bourne?

Mike Madden segura as abas de seu paletó esportivo sobre o revólver em seu cinto.

— Pé na estrada, rapaz. Você vai ter de largar o serviço mais cedo esta noite.

Ele está certo. Não consigo ver nenhuma saída a não ser ir com ele.

— Eu também tenho uma arma, você sabe.

— Talvez. Mas eu tenho várias. Basta um movimento hostil da sua parte e o chão vai ficar escorregadio de tanto sangue. Pelo menos o piso é de madeira e o sangue pode ser enxugado se isso for feito rápido, rapaz.

Ponho minha arma sobre a mesa.

— Ninguém me chama de rapaz com esse sotaque há uns cem anos. Você é uma fraude.

— Meu coração é irlandês — retruca Mike, mais preocupado com o insulto do que com a arma.

— Seu coração está entupido de bacon e cerveja e vai fazer você cair de cara qualquer dia desses.

O que é uma coisa incomum para dizer a uma pessoa que você acaba de conhecer.

Dois caras sardentos com cabeça de batata se espremem na porta, tirando armas dos bolsos. Conheço os dois, da cozinha de Faber.

— Ponha essa arma de volta na gaveta, rapaz. Ou esses dois vão matar todo mundo que está nessa boate.

Foi o que pensei. Encaro Madden, furioso, de modo que tudo que ele possa ver seja o assassinato em meus olhos.

— Se eu fosse como você, Mike, se não me importasse com aquelas pessoas lá fora, você estaria morto agora mesmo. Eu só queria que você soubesse isso e mostrasse um pouco de respeito.

Mike Irlandês pisca. De verdade.

— Bom argumento, rapaz. Agora venha aqui e vamos fingir que somos amigos.

Mike pega o meu telefone, então saímos do escritório e atravessamos o cassino como dois grandes amigos, e, consequentemente, nenhum dos seus quatro acompanhantes é obrigado a atirar em ninguém. Jason está pronto para lutar, o peito estufado, braços balançando, mas eu o acalmo com um gesto feito com dois dedos, o que parece meio complicado, mas é um dos sinais que usamos na porta da boate. Não importa o tamanho dos seus peitorais, as balas os atravessam do mesmo jeito.

— Tudo bem, Jason. Segure a barra aí, voltarei em algumas horas.

— Tem certeza, chefe?

— Tenho. Eu e o Mike temos algumas questões para discutir.

Mike tem um Mercedes Benz Classe R estacionado junto ao meio-fio, e esperamos cinco minutos embaraçosos enquanto dois de seus coleguinhas se espremem no banco de trás.

Pisco para Mike, uma vez que ele é o cara das piscadelas.

— Você é um tremendo chefe mafioso. Dois dos seus rapazes nos bancos para bebês.

Mike está preparado para discutir isso.

— Você acha que eu deveria ter comprado dois veículos? E o meio ambiente, rapaz?

— Rapaz, com sotaque irlandês? Você realmente deveria abandonar isso. É hilário demais.

— Para o carro — ordena Mike, impassível. Dá para ver que eu o estou cansando.

Atravessamos a cidade, e eu não consigo admitir que tudo está acabado para mim. Assim que chegarmos aonde quer estamos indo e Mike Madden se certificar de que de fato eu não tenho esse misterioso disco tipo agente secreto, provavelmente ele vai atirar no meu peito.

Um disco? Isso é mais do que estranho. Que diabo Zeb está fazendo com um disco? Tudo que ele sabe sobre computadores pode ser escrito numa daquelas pílulas de cavalo que ele vende aos pacientes com intestinos irritados, ou ao pessoal do prende-e-solta, como ele os chama, cheio de sensibilidade.

Estou quase morto, penso, tentando me acostumar com a ideia. Agora estou quase morto.

Mas nenhum sentimento de pavor aparece. Nem mesmo o pensamento da tortura que está por vir penetra em minha calma.

Deve ser porque não acredito em nada disso. Esta semana tem sido bizarra demais para ser real. Minha mente está esperando que eu acorde num emaranhado de lençóis encharcados de suor. Não se pode passar de porteiro a super-homem numa semana, principalmente se você quer sobreviver. Eu quero sobreviver, mas não sei como vou conseguir.

Passamos pelo Chequer's Diner e pelo parque. Vejo Carmél, a garçonete, falando abobrinhas com um freguês, um cara com boné de caçador. Ele dá um tapinha no traseiro dela, e ela lhe serve mais café, com um sorriso maior do que uma fatia de melão.

Eu não sabia que existia uma opção de tapa no traseiro.

Talvez não exista para mim.

Mal passa das dez horas e as ruas já estão secando. Cloisters é uma cidade diurna. Subúrbios arborizados e carros com tração nas quatro rodas. Casas de madeira enchendo os terrenos quase até as cercas, e áreas amplas com parquinhos de areia para crianças pequenas. De vez em quando nosso mundo sórdido dispara um tiro através dos arcos da decência, mas segundo o *Cloisters Chronicle*, esta cidadezinha tem a terceira menor taxa de criminalidade do país, e a segunda maior taxa de alfabetização. É bom viver num lugar onde as pessoas ainda preferem os livros à TV.

Zeb Fantasma não me deixa ir muito fundo na pieguice.

É meio tarde para o espírito comunitário, parceiro. Não me diga... se você sobreviver à noite, então o Slotz vai ser transformado num centro de distribuição de sopa para os pobres, e são Daniel vai passar seus dias usando batina, distribuindo sabedoria afável junto com cada tigela de canja.

— Canja? — reage Mike Irlandês, bruscamente. — Por Deus, rapaz. Não desmorone por enquanto. A noite ainda é uma criança.

Pensando alto de novo. Mau sinal.

Desejo mesmo que esse cara pare com essa coisa de me chamar de *rapaz*. É ofensivo. Talvez uma cotovelada nas costelas arranque o duende de dentro dele, mas talvez eu não termine a jornada vivo para descobrir o que aconteceu com Zeb.

Muito bom argumento. Excelente, de fato. Agarre-se a isso.

— Para onde vamos? — pergunto a Mike, em tom afável. Nunca se sabe, talvez ele diga.

— Cale a boca, McEvoy.

Outra vez...

Não demoramos muito. Nenhum lugar é longe demais em Cloisters. Durante nossa curta viagem, passamos por oito igrejas e três radiopatrulhas. Deus e armas, é nisso que acreditamos aqui. Lâmpadas vermelhas giram no alto, estendendo-se pelos quarteirões como luzes de pouso.

Logo estamos indo para os fundos de um conhecido shopping. O do consultório de Zeb. Da última vez que estive aqui, estava colocando um cadáver num porta-malas. Faz sentido terminar as coisas na clínica. Dois corpos num incêndio fariam um bom caso de morte acidental.

— Fim da linha, rapaz — anuncia Mike, e sinto cada pedra sendo esmagada sob os pneus do Mercedes enquanto o veículo desacelera.

Talvez, penso, subitamente dominado pela certeza absoluta de que se eu entrar naquele prédio nos termos do Mike, estarei morto. *Mas não do jeito que você espera, rapaz.*

O que estou para fazer não parece pertencer ao mundo real. É uma daquelas ideias que geralmente nunca passariam pelo filtro de bom senso que existe na minha cabeça, mas nos últimos dias esse filtro foi desligado. E quando uma lâmpada desse tipo se acende, sinto que o interruptor pode estar defeituoso.

Bem... Dois homens na frente, dois atrás, e Mike Irlandês à esquerda. Todos armados, todos perigosos. Mas todos também bastante confinados em seus movimentos e provavelmente não esperam que eu enfrente um número tão superior.

Se vou agir, tem de ser agora, antes que o cinto de segurança seja tirado. Ofego algumas vezes para me preparar psicologicamente, depois ajo.

Certo. Cinco alvos. Vamos lá.

Primeiro dou uma cutilada com a mão na traqueia de Mike Irlandês. Isso deve deixá-lo ofegando por alguns minutos. Seus olhos saltam como se ele tivesse sido acertado por um arpão no traseiro, visão que espero ter a chance de contar a Jason. Ele adora esse tipo de coisa.

Os homens no banco de trás são os primeiros a reagir, então enfio a mão por baixo dos bancos da fila do meio, puxo as barras de ajuste dos assentos e, usando as pernas como pistões, empurro-os contra os caras que estão atrás. Os bancos deslizam facilmente nos trilhos. Deus abençoe a engenharia alemã. Canelas são lascadas, e talvez um tornozelo. A cabeça de um sujeito bate na janela de trás. Nenhuma arma é sacada por enquanto.

Parte de mim sente como se estivesse assistindo ao que acontece. É como se outra pessoa estivesse tomando as atitudes decisivas e, de algum modo, eu estivesse observando à distância, sem aprovar totalmente o que está havendo.

Ainda há dois homens na frente.

Estendo a mão, passando pelo tronco espasmódico de Mike e puxo as alavancas dos dois bancos da frente. Mudando o peso do meu corpo para adiante, aperto os bancos até que as dobradiças estalem, prensando os homens de Mike contra o painel. Um deles ainda tem um braço livre para pegar sua arma, por isso desloco a articulação de seu ombro com um soco no sovaco.

Isso está indo muito bem, considerando as possibilidades. Meu lado risonho tenta aflorar, dando um risinho, mas eu o sufoco. O tique de menininha vai ficar para mais tarde.

Uma sinfonia de gemidos ecoa dentro do carro, como se estivéssemos embaixo d'água, e há uma mancha de sangue no para-brisa. Andamos mais 3 metros e uma das rodas sobe no meio-fio, derrubando uma lata de lixo.

Golpeio Mike Irlandês mais uma vez, porque ele é sacana demais, em seguida saio do veículo, correndo para a entrada dos fundos da clínica de Zeb. Minhas botas fazem barulho nas pedras soltas e há uma névoa fria no meu rosto, com gosto de vida. Por um instante adoro o movimento e a umidade, até que chego à porta de serviço e preciso me concentrar de novo.

Apesar de todas as armas que tenho, nenhuma está comigo.

A porta se abre para dentro e há mais um dos capangas de Mike, vindo com os olhos arregalados investigar o barulho das latas de lixo. Quase sinto pena desse cara. Sua arma está pendendo ao lado do corpo, e eu parto para cima dele, rosnando como um urso furioso.

Ele consegue soltar um *ah* antes de eu enfiar a cabeça sob seu braço e jogá-lo para dentro da loja. O *ah* sobe duas oitavas, e então estamos na metade da sala. Os dedos dos pés do cara estão se arrastando pelo chão, e os cotovelos tentam fazer uma tatuagem nas minhas costas, mas isso não adianta nada. Talvez se ele tivesse cabeça ou tempo de usar sua arma...

Não tem cabeça, e definitivamente não tem tempo.

Um grunhido sai de sua boca.

Ele está xingando ou chamando a mamãezinha. Não dá para saber.

Uma parede surge diante de nós e eu o faço atravessá-la. Ele passa através de duas camadas de placas de gesso presas a uma estrutura de madeira e cai direitinho na cadeira do dentista. Isso não pode ser bom para as entranhas da pessoa. Mesmo assim, o seguro morreu de velho, por isso passo pelo buraco e acerto o capanga de Mike na têmpora com uma tigela de lavar a boca, que estava ali à mão.

Chega de gemidos. E também não há alarme. Um alarme seria legal.

Espera. Tem um gemido. Atrás de mim, na loja de homeopatia do Zeb.

Sou eu, idiota. Estou vivo.

Zeb. De jeito nenhum.

O capanga de Mike solta a arma sem lutar. Uma bela e brilhante Colt 45. Sete balas no pente, uma na câmara, o que me faz presumir que esse cara — vamos chamá-lo de Steve —, que Steve mantém a arma carregada.

— McEvoy, seu escroto!

Um rugido vindo de fora. Mike Irlandês se recuperou depressa e parou com o papo de *rapaz*.

— Saia, McEvoy.

Bom. Isso é bom. Eles não querem entrar. Ainda há uma pequena chance. Claro que eu deveria ter matado todos, e então essa chance poderia ter algum peso.

Tropeço num amontoado de gesso e serragem, voltando ao consultório de Zeb. Há sangue no chão, brilhando na luz fluorescente, riscado em arcos longos pelo carpete e o concreto. As trilhas mais brilhantes levam a uma forma trêmula no canto. É meu amigo Zeb, preso com fita adesiva em sua própria cadeira de escritório. Estavam brincando de fliperama humano com ele.

Os olhos de Zeb estão um pouco fechados, há um hematoma cobrindo a maior parte do rosto e o sangue pinga das pontas dos dedos. Seus olhos astutos estão encobertos por pálpebras machucadas, e não há sinais das feições agudas de trambiqueiro. Ele está com uma aparência deplorável, e provavelmente se sente pior ainda, se é que está sentindo alguma coisa.

Giro a cadeira na minha direção.

— Zeb? Diga, rápido. O que você fez?

— Já não era sem tempo — murmura Zeb, soltando algumas bolhas de sangue. — Paramol, ibuprofeno. Debaixo do cofre.

Sacudo-o e um corte sob seu olho verte sangue.

— Não. Fale. Que diabo é esse disco?

Zeb tosse e alguma coisa assobia em seu peito.

— Não tem disco. É tudo papo furado. Anda logo, Dan. Comprimidos.

Então é assim. Depois de tamanha surra, a dor é a única coisa na vida de Zeb. Ele não se importa se vai viver ou morrer. Só se importa com a dor.

— Certo. Certo.

Examino os frascos que estão debaixo do cofre. A maioria tem etiquetas escritas à mão. Comprimidos genéricos baratos. Zeb ganhando um dinheirinho da maneira que pode.

— Cinco minutos, Mike — grito para o teto. — Cinco minutos para encontrar a droga desse disco.

Por um momento não há resposta, apenas pés se arrastando e o estalo de metal.

Em seguida...

— Cinco minutos, McEvoy. Se eu ouvir alguma sirene, queimo esse lugar até os alicerces.

Fantástico. Tenho 300 segundos e nada com que barganhar.

Paramol. Acho um frasco e passo os olhos pelas instruções.

— Foda-se a dosagem! — uiva Zeb. — Me dá tudo.

Isso não vai acontecer. No estado em que Zeb se encontra, ele mastigaria essa coisa até seu coração dormir.

Abro o frasco, pego uma dose dupla, e Zeb come os comprimidos na minha mão como um pônei mastigando torrões de açúcar. Quando arranco as fitas de seus pulsos, meu amigo restaurado está desfrutando de uma pequena calma produzida pela química.

— Onde você estava? — pergunta ele, depois termina com um risinho entrecortado. — Eu estive transmitindo. Mandando sinais. Mantendo conversas completas com você. Você não conseguia me ouvir chamando?

Eu não ouvi porra nenhuma, diz Zeb Fantasma.

— Ouvi você, irmão — respondo. — Estou aqui Agora você tem de me dizer o que fez.

— Fiquei vivo. Foi isso que fiz. Não tenho orgulho, mas fiz.

Sacudo-o, gentilmente.

— O que você fez? Vamos, Zeb, conta.

Zeb pisca como se fosse dormir.

— Fiz o cabelo de Mike Madden. Como fiz com você, Dan. Um belo transplante.

Transplante de cabelo! De jeito nenhum. Não é o motivo de tudo isso.

— Ele é um escroto paranoico, vou te contar. Trouxe estudantes da China como assistentes, para que não soubessem quem ele era. Eles tinham mãos pequenas, fizeram um trabalho maravilhoso. Em seis meses você nunca vai saber. Mike vai ter uma cabeleira que faria Pierce Brosnan morrer de inveja.

O tempo está passando.

— Trabalho lindo. Então qual é o problema?

Mesmo com o rosto amassado, Zeb demonstra uma expressão de culpa.

— Era uma oportunidade. Eu não podia deixar passar.

Do lado de fora...

— Dois minutos, McEvoy! É melhor tirar o coelho da cartola, rapaz.

Zeb dá um risinho.

— Rapaz. Sempre essa de rapaz. Vocês, irlandeses, são todo retardados.

— Que oportunidade? Zeb, esse pessoal vai matar a gente.

— Você, não, Dan. Você, não, meu grande Schwarzenegger de estimação. Aposto que você já ferrou alguns deles.

Ele tem certa razão.

— Talvez. Mas por que eles estão atrás de mim, Zeb?

Zeb estuda o sangue em seus dedos; não faz ideia de onde aquilo veio.

— Eu disse a Mike que filmei o procedimento. Disse que ia colocar no YouTube. Os irlandeses de Nova York iriam se mijar de rir. Você devia tê-lo visto durante a operação; o bebezão chorou como um... bebê. Não deixou que eu fumasse nem nada.

— Isso é inacreditável.

— Eu sei — concordou Zeb, com voz engrolada. — Eu sempre tenho cuidado com as cinzas.

— Não é o cigarro. Você tentou chantagear o chefão do crime?

— Não é bem um chefão. O que ele tem, uma dúzia de homens? Só 20 mil, foi o que eu pedi. Vinte mil para destruir o disco. É uma pechincha.

— Mas não havia disco.

Zeb dá um soluço e o sangue surge nas gengivas.

— Claro que não. Você viu alguma câmera? Só pensei nisso mais tarde.

Trinco os dentes.

— E quando você disse ao Mike que o disco estava comigo?

Zeb empurra a cadeira para trás.

— Há dois dias, Dan. Durante dois dias jurei que era tudo mentira. Dois dias com socos nos dentes e a cabeça batendo na parede. Numa porra de armazém em Ackroyd. Há pedaços de mim espalhados por todo aquele buraco.

— Então você disse ao Mike que o disco estava comigo.

— É, disse. — O queixo de Zeb pousa no esterno. — O que eu podia fazer? Você é um irlandês forte, Dan. Eu sabia que aqueles gângsteres cheios de uísque não poderiam derrubá-lo. De jeito nenhum. Você ia matar todos eles e me salvar. Era minha única esperança.

É muita fala para um homem com ossos partidos e dentes faltando, e Zeb desmorona num espasmo de tosses úmidas.

— Idiota! — grito para seu corpo trêmulo. — Durante oitocentos anos tudo que nós, irlandeses, tínhamos era o nosso orgulho, e você tenta arrancá-lo de um homem perigoso!

Zeb cospe sangue e um dente. Que fica parecendo um iceberg sobre o mar.

— Foi um erro, Dan, agora sei. Mas não me deixe morrer aqui. Pense em alguma coisa. Jogue o curinga celta. — Zeb está chorando, torcendo as mãos.

O curinga celta. De fato eu tenho um na manga. Talvez.

A porta da frente ressoa quando um antebraço bate repetidamente nela. As luzes tremem diante da força. Acho que os cinco minutos acabaram.

— Para o inferno vocês dois! — grita Mike Madden Irlandês. — Vão para o inferno em chamas!

Uma luz laranja tremula do lado de fora das persianas. Poderia ser um carro da polícia; o mais provável é que seja uma tocha improvisada. Mike vai nos queimar vivos.

Reviro o cérebro em busca de um fiapo de ideia. Algo para trazer a sanidade de volta. Nada. Apenas mais loucura.

Concentre-se rápido e se teletransporte. Cave um túnel. Chame a polícia.

— Dentes D. Vinos.

Dentes divinos? Dentes D. Vinos. Claro! Passar para o consultório do dentista, onde depositei Steve. Estou meio sem graça porque um cirurgião com sérios problemas mentais de tanto apanhar pensou nesse nome antes de mim.

Dou dois passos em direção ao buraco na parede antes que a brisa esfrie o suor da minha testa. Tem alguém ali.

E depois uma voz.

— Steve está apagado. McEvoy pegou a arma dele.

Steve? Sério?

Mike Irlandês grita lá de fora:

— As saídas estão vigiadas, McEvoy. Se tentar fugir, está morto.

Talvez sozinho eu conseguisse, mas não carregando Zeb.

Bato com um dedo na têmpora, tentando me concentrar.

— Certo, Mike. Você venceu. Vamos conversar.

Minha especialidade é o combate corpo a corpo. Mas preciso fazer com que eles se aproximem antes que acabem comigo.

Mike Irlandês pensa nessa oferta durante mais de um minuto.

— Muito bem, rapaz. Jogue a arma do Steve na sala ao lado, e seus sapatos também. Depois vá para o canto.

Sapatos? Que negócio é esse? O que ele acha, que sou o ninja dos sapatos?

Jogo a Colt pelo buraco, minhas botas, depois vou nas pontas dos pés até o canto atrás de Zeb, sentindo-me como um colegial. Aposto que seria um saco trabalhar para o Mike.

— Covarde — diz Zeb, com a voz mal passando de um sussurro. — Eu aguentei dois dias.

Se sua orelha não estivesse com uma crosta de sangue e muco, eu daria um tapa nela.

— Cala a boca ou apaga, e me deixa cuidar disso.

— É, talvez você possa tirar as calças. Isso vai ensinar a eles.

Zeb nunca desiste. Pelo menos quando estava na minha cabeça eu não precisava olhá-lo.

E esse é o meu melhor amigo. Meu Deus.

Mike Irlandês entra pela porta dos fundos, acompanhado por dois de seus capangas. Um deles está mancando, e o outro tem um nariz que não pareceria estranho num ringue de boxe. O próprio Mike está vermelho de raiva. Mas um pouco menos presunçoso, acredito. Eles arrastam os pés lentamente por entre as marcas de sangue e as caixas de suplementos, sem afastar o olhar de mim. Um terceiro peso pesado aparece no buraco da parede, apontando o cano de uma pistola automática.

Mike engole em seco e engasga.

— Seu escroto — diz, massageando cuidadosamente a garganta. — Quem acerta os outros no pescoço? Que tipo de pessoa é você?

Não respondo. De que adianta?

Depois de um minuto fazendo caretas, Mike cansa de sentir pena de si mesmo.

— Vou sobreviver, acho. — Ele acende um cigarro com um comprido fósforo de madeira, tragando com força, fazendo a chama tremular. — E então, McEvoy, onde está o disco?

Zeb está gemendo baixinho. Talvez ele tenha a ideia certa. Há três criminosos apontando armas para nós, e eu não tenho nenhuma notícia boa para eles. Zeb e eu estamos encurralados numa pequena sala, sem esperança de escapar, a não ser que essas pessoas sejam suficientemente idiotas para deixar a guarda baixar de novo.

— O negócio é o seguinte, Mike. Não existe disco. Nunca existiu. — Não resisto a dar um cascudo na cabeça de Zeb. — Esse babaca tentou blefar com você, depois me arrastou para dentro quando as negociações ficaram dolorosas.

Mike rege seu charuto como se fosse uma batuta.

— Sim, foi isso que o doutor me disse logo depois de me contar que *havia* um disco. Então o que é verdade e o que não é? Eu não sei.

— Acredite em mim, Mike. Eu sou irlandês. *Nós* somos irlandeses. Juro pela bandeira da Irlanda que não existe disco. Esse escroto nem sabe usar uma câmera.

Mike enfia a mão por baixo do boné e coça a cabeça.

— Isso é comovente, rapaz, a conexão irlandesa. Mas você sabe tanto quanto eu que os gaélicos vêm cortando as gargantas uns dos outros há séculos. Você vai precisar de mais do que isso. Então o que mais nós temos em comum?

— Temos essa coceira — digo, apontando.

Mike baixa a mão rapidamente, como se tivesse levado um tapa de uma freira.

— Que coceira? Que diabo você está falando?

— Então é disso que se trata? Mike Madden Irlandês ganhou um pouco de cabelo novo e está meio sensível a respeito.

— Vai se foder — grita Mike, depois se dissolve numa tosse áspera. Aquelas pancadas no pescoço são realmente de abalar.

— Qual é, Mike? Estamos no século XXI. A cirurgia é uma coisa positiva. Mostra que você se importa com a própria aparência. Hoje em dia um transplante de cabelo é o mesmo que fazer a barba na barbearia há cinquenta anos. Se você pode pagar por isso, então faça.

— Exato — murmura Zeb. — Era o que eu estava dizendo.

É exatamente o que ele estava dizendo. Só estou regurgitando o discurso que Zeb fez para mim.

— Ninguém se importa, Mike. Sabe quantos americanos fizeram cirurgia no ano passado? Adivinhe só. Vamos, tente adivinhar. — Não espero uma adivinhação, para o caso de Zeb também ter feito esse discurso para Mike. — Doze milhões! Dá para acreditar? Doze mi-lhões. As chances são de que pelo menos um dos seus garotos tenha feito lipoaspiração no mês passado.

O cara corpulento à esquerda de Mike fica um pouco vermelho, depois aponta a arma para a minha testa.

Mike se controla.

— É? O que você sabe sobre isso?

— Eu sei. — Disparo. — Sei porque também tenho essa coceira. — É hora de tirar o gorro da cabeça. Tento fazer isso com um gesto casual, como se mostrasse o tempo todo às pessoas. Tiro o gorro e fico ali parado, em toda a minha glória transplantada.

Mike franze os olhos um pouco, depois pede que eu me aproxime da luz. Obedeço, inclinando a cabeça para que os mais baixos possam olhar.

— Devo dizer — observa, finalmente, o chefe — que não está muito ruim.

— Você deveria ter visto há seis semanas — resmunga Zeb. — Era uma bola de bilhar. Agora esses fios vão cair antes de crescer de novo, mas isso serve para já dar uma ideia.

— Ainda coça um pouco.

Zeb está obviamente recuperando a esperança.

— Tudo está na sua cabeça. A coceira não dura mais de uma semana. Mike é que está com coceira de verdade. Ele tem cascas de ferida devido a dois mil cortes laterais. Você não passa de um mariquinhas.

Mike cutuca a cabeça com cuidado.

— Isso está me deixando maluco. Quero atirar nas pessoas o tempo todo. Na quarta-feira passada quase dei uma porrada na minha menininha.

Tento parecer chocado, como se, conhecendo Mike como conheço, dar porrada numa menininha fosse totalmente fora de seu caráter.

— Sua própria menininha? Meu Deus!

Devo ter exagerado.

— É. Não força a barra, McEvoy.

— Bom, você sabe, normalmente bater em filhas não é bom, é?

Mike levanta a mão para coçar a cabeça, então para.

— Foda-se isso. Seu cabelo parece bom, tenho que admitir. Isso me dá esperança no futuro, mas esse escroto tentou me chantagear.

— Chantagear com o quê? Um transplante de cabelos? Até que ponto você é sensível, Mike? Tudo isso por causa de um transplante de cabelos?

Mike avança de repente, chutando Zeb no peito, forçando sua cadeira para trás.

— Não é por causa do transplante. Não é isso, porra. *Ele* tentou *me* chantagear. Preciso dar um exemplo.

Isso é inestimável.

— Um *exemplo*? Quem você acha que está olhando, Mike? Onde exatamente você acha que está?

Grito a próxima frase para o teto.

— Isso aqui é Cloisters, Mike! Cloisters! A polícia local vai tolerar você até o momento em que você matar alguém, então seu rabo vai para o xadrez. O que eu acho, *Mike*, é que eles já estão rastreando seus celulares e sua boate está sob vigilância.

— Não menciono os homicídios múltiplos no Brass Ring.

Madden faz uma careta.

— Você não me conhece o suficiente para me chamar de Mike, rapaz. Sr. Madden é melhor.

Minha boca está correndo na minha frente.

— E mais uma coisa. Agora que estou pensando, ninguém nunca disse *rapaz* desse jeito na Irlanda. Você está pensando é na Escócia.

— É o mesmo país — sugere um dos idiotas do Mike.

Madden fica horrorizado.

— O mesmo país? A mesma droga de país? Meu Deus, Henry! Eu sabia que não devia ter contratado você. Na verdade, você está demitido!

Isso provoca alguns risos, já que a demissão é feita com o dedo em riste, estilo *O aprendiz*. Com toda a atenção em cima do pobre Henry, decido partir para a proximidade.

Não demora mais de um segundo e a atmosfera nessa pequena área de recepção fica tão surreal com as lâmpadas de mercúrio e as nuvens de poeira, que ninguém consegue acreditar no que está acontecendo. Eles continuam a rir, enquanto me lanço de trás da cadeira de Zeb, arranco o estilete de Macey Barrett do teto e pouso no meio deles. Os homens de Mike são jogados de lado como pinos de boliche. Caem para longe de mim como se eu fosse o centro de uma área de explosão. Estantes desmoronam e a bancada de mármore falso de Zeb racha e se parte ao meio.

— Você se move depressa para um cara tão alto — diz Mike, enquanto o aço faz cócegas na parte de baixo de seu queixo. — Nunca vou aprender. É a segunda vez.

É uma situação tensa. Sinto cheiro de lubrificante de arma e de nervosismo. Minha perspectiva é atrapalhada pelo prolongamento da tensão, e estou vendo tudo através de uma lente olho de peixe. Pretensos gângsteres aparecem e desaparecem da minha visão, pistolas enormes apontando para mim como se fossem túneis de trens.

— Fique calmo, Dan. Concentre-se.

— Zeb Fantasma? É você?

— Não. É o Zeb de verdade.

Merda.

Agora Mike está com raiva de verdade.

— O que vem agora, McEvoy? Meus rapazes já estão bastante nervosos. Você acha que esse tipo de coisa vai fazer com que eles se acalmem?

É hora de me recompor.

— Quero ver os transplantes, Mike. Quero ver como eles estão se curando.

O rosto de Mike desmorona, como se sua boca fosse um buraco negro.

— Que diab... Está brincando? Quer *ver* os transplantes? Meu analista disse que eu não estou preparado.

— Analista? Agora todos vocês têm analistas? Tony Soprano validou isso?

— Soprano nunca fez transplante de cabelo, rapaz.

Empurro a lâmina um quarto de centímetro em seu pescoço.

— Mais um *rapaz*. Mais um...

Ouço alguns estalos e capangas de olhos arregalados se mexem na minha visão periférica. Os rapazes do Mike estão pensando em ação independente.

Mike levanta a palma da mão.

— Esperem! Esperem, seus idiotas. Se atirarem nele, essa lâmina entra na minha garganta. — Algo lhe ocorre. — Esse é o estilete do Macey.

Não há sentido em negar, por isso não nego.

— Ele estava fazendo aquela coisa do passinho de lado. Não tive escolha.

— Então o negócio no Brass Ring foi uma armação?

— Dois pássaros com uma pedra só. Pareceu um bom plano.

Mike Irlandês chega a fungar.

— Eu dei esse estilete ao Macey.

— É mesmo? Bom, ele devia tê-lo mantido na calça.

— Ele era meu melhor capanga e o mais inteligente.

— Se isso é verdade, você está mesmo em maus lençóis. — Agarro a aba do boné de Mike Irlandês e o tiro da sua cabeça.

— Aaargh — grita ele, como se eu tivesse infligido dor de verdade.

Há centenas de minúsculas cascas de ferida no couro cabeludo sardento de Mike, como fileiras de soldados.

— Densos. Bem mais densos do que os meus.

— Eu contratei uma equipe inteira para trabalhar no Mike — murmura Zeb. — Você recebe pelo que paga.

— Sacana — fala Mike, e não consigo deixar de concordar.

Uma das cascas de ferida está meio alta, por isso cutuco-a com o polegar.

— Aí está o seu problema — digo, como se estivesse preocupado. — Infecção. Você não andou tomando seus antibióticos.

O olhar de Mike salta para os seus capangas. Culpado.

— Eu queria tomar umas cervejas. Não se pode beber junto com essas coisas.

— Zeb, a infecção parece bem dolorida. Isso pode ficar feio?

Zeb capta rapidinho.

— Claro. Pode ficar horrível. Todo o couro cabeludo vai cair como uma espinha inflamada. Os transplantes caem e você fica com a cabeça cheia de cicatrizes. Parece uma queimadura de terceiro grau.

Zeb só diz bobagens, mas Mike engole a isca.

— Cicatrizes, é?

— Você vai parecer figurante de um filme do George Romero.

Mike fica furioso.

— Isso é típico de vocês, prestadores de serviços. Nunca falam do lado ruim antes da coisa. É tudo um mar de rosas até a gente bater numa tubulação subterrânea, ou encontrar um calombo onde não deveria, ou a cabeça explodir com pus.

É hora de concluir minha argumentação.

— A questão, Mike, é que você *precisa* do Zeb para ficar de olho em você durante um ano. Para garantir que as feridas se curem. Talvez colocar um cocuruto novo. Se você matá-lo agora terá de procurar uma clínica pública. Tente manter isso em sigilo.

É um argumento forte. Bem-colocado.

— Então essa é a defesa para ele. E para você?

— Para mim? Você poderia tentar me matar, mas depois disso sua organização vai ficar muito mais fraca. Encare os fatos, Mike, você tem recursos limitados, e Macey Barrett era o seu homem número um.

Viro um pouco o estilete para atrair a atenção de Mike para o assunto. Caras como ele têm dificuldade para aceitar a própria mortalidade, a não ser que esta esteja fazendo cócegas em sua jugular.

— Ei, certo. Meu Deus, rapaz, você é duro na negociação.

Deixo-o ficar com esse *rapaz*.

— E então, estamos livres?

Mike dá de ombros.

— Claro. Mas não vou pagar as consultas de revisão.

Zeb mordisca o lábio, porém consegue emitir um único grunhido positivo.

— E você cobre a dívida do Victor Jones.

— Pagamento único. E mando um funcionário com o pagamento.

Mike assente. Mais alguma coisa e eu furo ele.

— Eu mesmo recolho, para ficar de olho nos seus negócios. Isso é bastante bom.

— É bastante bom — digo.

Afasto o estilete e um riacho de sangue escorre pelo pescoço de Mike, empoçando na reentrância do esterno. Ele enxuga com a manga da camisa.

— Isso não é bom para mim. Fazer acordos. Se ficarem sabendo que esse escroto tentou chantagear Mike Madden Irlandês e se livrou somente com uma surra...

Ele não precisa falar mais. Esse tipo de boato poderia ser desastroso. Uma onda de caloteiros e trambiqueiros surgiria na manhã seguinte.

— Não se preocupe com isso — digo para tranquilizá-lo. — Basta uma palavra do Zeb e eu mesmo o entrego a você.

Um dos homens de Mike não está gostando dessa negociação. Seu rosto está retesado de ultraje. Conheço o tipo, um valentão com uma arma na mão. Esse cara vai ficar sussurrando no ouvido de Mike que eu tenho de morrer. Logo que eu passar pela porta, sua boca vai se mexer sem parar.

Olho nos olhos dele e estremeço.

— Tem alguma coisa errada com seu rosto, McEvoy? — pergunta ele. — Está sentindo dor?

— Não eu — respondo, e despedaço seu joelho com o calcanhar. É uma coisa engraçada ver uma perna se dobrando para o lado errado. Não engraçado tipo rá-rá. O cara tomba de lado como um bêbado de filme em preto e branco, dando tiros enquanto cai. Um acerta seu colega, o cara da Escócia/Irlanda, no glúteo máximo. Ele cai de joelhos, ofegando.

— Vá em frente, Dan — tosse Zeb. — Mate todos. A longo prazo vai ser melhor.

Ponho Mike Irlandês entre mim e o atirador que está na outra sala, que não pode fazer muita coisa além de berrar. Mas então outro capanga, o motorista, vem com tudo pela porta dos fundos. Isso me deixa perplexo. Eu achava que esse cara estava totalmente *apagado*, mas sem dúvida ele acordou e está puto. Quão puto?

Sem dizer uma palavra, o cara atira no ombro de Zeb. E com silenciador na pistola. Classudo.

— Sherazade — balbucia Zeb enquanto cai para trás na cadeira. Pelo que sei, Sherazade é uma personagem das *Mil e uma noites*, e não faço ideia do motivo de Zeb ter dito isso. Talvez eu tenha ouvido mal.

Enquanto estou pensando, Mike Irlandês gira e demonstra por que é o chefe, dando um enorme soco de baixo para cima que me acerta direto no queixo. Meus pés chegam a sair do piso, em seguida estou no chão, a cabeça entre os joelhos de Zeb e o estilete a 2 metros de distância.

Estrelas estão piscando diante dos meus olhos e tudo acabou. Dois segundos, talvez três.

— Soco no pescoço — grita Mike, os olhos brilhando de triunfo. — O que acha disso, rapaz? Você merecia. Foda-se, e foda-se de novo.

O que eu estava pensando? Isso jamais terminaria bem. Havia muitas variáveis. Minha sorte inacreditável tinha de acabar em algum momento. Uma pena que tenha sido com minha cabeça entre as pernas de Zeb.

Meus ouvidos estão úmidos com o fluxo pegajoso do sangue de Zeb e algo estalou quando levei o soco. Meu queixo? Dois dentes? A dor é grande demais para identificar a origem.

Seja legal e tenha um flashback agora, ouça alguma música inspiradora, transforme-se num supersoldado.

— Sua cabeça está em cima das minhas bolas, cara — reclama Zeb, que ainda não morreu. — Isso é constrangedor. Não quero ser encontrado assim.

Nem eu. Não quero ser encontrado de jeito nenhum.

A clínica está girando e eu sinto um enjoo na boca do estômago. Sinto cheiro de sangue, suor, talvez urina...

— Zeb. Você se mijou?

— Foda-se. Eu estou nessa cadeira há séculos.

Como podemos estar falando assim diante da morte? Será que isso é o mais importante, afinal de contas? A comunicação?

Estamos num emaranhado de membros, como manequins descartados e prontos para a fogueira, e tenho certeza de que é isso que Mike tem em mente. Basta um pequeno inferno e todas as provas somem.

Estico o pescoço, aliviando a pressão nos testículos de Zeb e olhando nos olhos do meu amigo. Preciso saber, antes de morrer.

— Que diabo é Sherazade?

— Saiu sem querer. É uma palavra de segurança — disse Zeb, tímido. — Algumas vezes as prostitutas sadomasoquistas pedem uma palavra de segurança para o caso de as coisas saírem do controle. Eu nem diria isso se não estivéssemos à beira da morte e eu não estivesse viajando no barato do analgésico.

Meu Deus. Uma palavra de segurança. Isso não funciona fora de bordéis ou de *Dungeons and Dragons*.

Minha respiração parece ruidosa e há gritos ricocheteando nas paredes. O cara que levou o tiro no traseiro e o que está com o joelho arrebentado berram sem parar. Agora nem posso esperar uma morte rápida.

Mike está gritando alguma coisa, mas é como se estivesse numa cabine de vidro blindado. Sua voz parece abafada e distante.

— ... deixar você viver. Por que eu faria isso?

Certo. Agora estou entendendo. Por que ele me deixaria viver? Teria que haver um motivo. Eu estou quase sacando qual é quando Mike pisa no meu joelho. Não quebra, mas dói como o diabo.

— Gostou, McEvoy? Hein? Não é isso que chamam de justiça poética? Faço com você o que você fez com o meu cara. Vou matá-lo bem devagar, rapaz. Mas não o seu amigo. Ele vai ser remendado para ficar de olho no meu cabelo novo.

Zeb encontra um par de bagos de ferro.

— Foda-se, Madden. Se matar Dan é melhor que me mate também.

— Vejamos se a tortura horrível que você vai testemunhar pode mudar sua opinião.

— É... — murmura Zeb. — A tortura pode fazer isso.

Mike abraça o atirador.

— Calvin. Foi um serviço notável. Um tiro em movimento; acertou o doutor e criou uma distração. Viram isso, seus idiotas?

Os idiotas em questão estão se retorcendo no piso, mas ainda têm tempo para um *sim, Sr. Madden*.

— Foi um tremendo soco que o senhor deu, Sr. Madden — diz Calvin, que não é idiota.

— É, rapaz. Nós formamos uma boa equipe. Você é meu novo número dois. Barrett está morto, vida longa ao Calvin.

Todo esse papo meloso de gângsteres está dando tempo ao meu cérebro para parar de vibrar. Eu tinha um plano "B", para o caso de tudo acabar mal. Plano "B".

E então me lembro. Tommy Fletcher, meu curinga irlandês na manga.

— Ballyvaloo — digo antes que minha mente esqueça.

— Não é uma boa palavra de segurança — observa Zeb.

Mas significa alguma coisa para Mike Irlandês. Ele para de abraçar seu novo número dois e se volta para mim, com uma expressão tão sombria quanto um trovão.

— O que você disse?

— Ballyvaloo — repito, cuspindo sangue na camisa.

— Que porra é um ballyvaloo? — pergunta Calvin.

Coço o queixo dolorido.

— Não é o quê, é onde.

Mike levanta o pé para me acertar, depois pensa melhor.

— Diga o que você fez. Diga!

— Nada. Ainda.

Mike é um homem de inteligência razoável. Não demora muito para juntar as peças.

— Deixe-me adivinhar: se eu matar você, minha mãe é assassinada, blá-blá-blá. Está blefando, McEvoy. Você não armou nada. Você pesquisou sobre mim na internet e descobriu que eu comprei um chalé para a velhice da minha mãe na Irlanda. Ponto final. Atire no escroto, Calvin.

Olho sério para Calvin.

— Se puxar esse gatilho a mamãezinha vai morrer.

Calvin está em conflito. Fazer o que o chefe manda ou talvez ser indiretamente responsável por matar a mãe do chefe.

— Um telefonema, Mike. Depois faça o que quiser. Olhe nos meus olhos e me diga se estou mentindo.

É uma frase idiota, mas nesse momento estou tão sério quanto um joelho despedaçado ou uma bala no traseiro. Mike me encara, furioso, farejando como um cachorro faminto, e aparentemente encontra alguma verdade ali.

— Um telefonema, McEvoy. Se você fez alguma coisa com minha mãe... se ao menos incomodou o jantar dela...

Se eu tiver de suportar mais uma reprimenda...

— É, é, me dê o telefone.

Mike Irlandês me joga o meu telefone, que, na verdade, é o de Barrett. Preciso de três tentativas antes de acertar o número. Botões minúsculos, dedos grandes pegajosos de sangue, não é uma boa combinação.

— É internacional — digo, tentando parecer à vontade. — Por isso não quero demorar muito tempo.

O olhar de Mike é capaz de arrancar tinta de parede.

— Coloque no viva voz. Pelo que sei, você poderia estar ligando para o seu bookmaker.

Bem pensado. Encontro o botão do viva voz e aperto-o com o mindinho.

— Toque esquisito — diz Zeb, agora totalmente nas garras do Paramol. — É como um brrrp e depois outro exatamente igual.

Verdade. Os toques de telefone internacionais podem ser surpreendentes.

Joelho Despedaçado está gemendo, por isso Mike manda Tiro no Traseiro arrastá-lo para os fundos. Os níveis de tensão na sala caem instantaneamente. E sobem de novo quando o telefone é atendido por uma carrancuda voz irlandesa.

— Sim. Quem é?

Irlandês de verdade. Do coração de Belfast. Um sotaque capaz de fazer o homem mais endurecido sonhar com um peito de mãe para ninar.

— Cabo. Sou eu, Dan.

— Sargento McEvoy. Posso baixar a marreta?

— Não. Negativo, cabo. Só confirme sua posição.

— Meu Deus, sargento. Eu já apaguei a velha, e alguns primos também.

— Desgraçado! — uiva Mike Irlandês. — Desgraçaaado!

Segue-se um risinho satisfeito que me faz lembrar do cabo Fletcher atirando perto de vira-latas do deserto, só para fazê-los pular.

— Mike Madden Irlandês, suponho. Só estou brincando, meu velho. Mas agora você sabe como vai ser a sensação. Foi só um gostinho.

Mike está sem fôlego, como se tivesse levado um soco na barriga. De repente seus olhos estão injetados e suas mãos tremem.

— Onde você está? Onde?

— Nas dunas acima de Ballyvaloo, olhando para a porra de um chalezinho lindo. Tem fumaça saindo da chaminé, uma luz na janela. Parece um cartão-postal. Seria uma pena mandar um morteiro na direção daquela palha do telhado.

Mike recupera o fôlego.

— Você está morto! Ouviu? Morto! Sabe quem sou eu? Eu vou ferrar...

O cabo Tommy Fletcher ri de novo, desta vez caindo numa gargalhada total que sobrecarrega o minúsculo alto-falante do telefone, virando estática. Continua a rir até que Mike fica quieto.

— Acabou, Mike? Ei, eu entendo. Você é um bom filho, um cara durão. Mas escute, Mike. Agora você está ferrado. Antes que o sargento McEvoy me *carregasse* para fora de uma zona de guerra, eu passei um tempo com os Rangers. Para quem não sabe, é a equipe de operações especiais. Enterrei mais corpos no deserto do que o número de boquetes que você ganhou das suas putas. Se eu deixar uma mensagem em código num site, cem caras vão entrar num avião para Nova Jersey. Nós vamos enterrá-lo tão fundo que você vai dormir com os dinossauros. Eu posso fazer coisas com sua mãe que vão fazer com que ela amaldiçoe o nome do próprio filho. Deseja isso, Mike?

— Eu posso achar você — diz Mike debilmente.

Fletcher gargalha.

— Isso aqui é o Exército, Mikey. Nós estamos aqui mesmo. Você não precisa achar. Escute, sargento, acho que ele não está sacando. O que acha de eu tirar um polegar da velha, talvez um olho?

Inclino a cabeça, pensativo.

— Não. Acho que o Mike já entendeu. Ele é o chefão de um grande esquema aqui. Ninguém vira chefão se for idiota. Estou certo, Mike?

Mike Irlandês está tendo dificuldade para lidar com a situação. A coisa está afetando todo o seu ser. A capacidade de fala parece estar abandonando-o, e sua cabeça incha em lugares onde não deveria haver inchaços. Ele está fungando como um touro na arena e suas mãos estão levantadas, estrangulando uma pessoa invisível.

— Estou certo, Mike? — instigo. — Ou devo dizer ao meu cabo para ir em frente?

— Está certo — responde Mike num fio de voz. — Isso não precisa ir mais longe. Acho que podemos encerrar por hoje. — Ele levanta uma das mãos, com o dedo curvado para coçar a cabeça.

— Nã-ão, Sr. Madden — censura Zeb. — Nada de coçar. Ou o senhor *quer* cicatrizes na cabeça?

— Está certo, claro. Nada de coçar.

Falo com clareza ao telefone.

— Entendeu, Tommy? Cancelar.

— Pode repetir? Você mandou cancelar ou calcinar? Porque eu posso calcinar essa velha agora mesmo.

— Cancele. Não machuque a Sra. Madden.

— Positivo, sargento. Câmbio. Mas mantenha contato, certo?

— Positivo e operante — respondo. O jargão militar sempre incomoda os civis.

— Então vou sair para tomar uma cerveja, já que não tenho nenhum tiro para dar. Falarei com você amanhã?

— Amanhã e todos os dias.

Tommy desliga, e eu guardo o telefone no meu bolso.

— Para você ver como é, Mike.

Mike está atordoado, os braços pendendo dos lados do corpo, as pálpebras pesadas.

— Sim, estou vendo. O que você quer?

Rolo devagar até ficar de joelhos, e dali faço um esforço gigantesco para ficar de pé.

— Isso não é um arrocho, Mike. Você só precisa ir para casa. É simples. Todo o resto continua igual. Zeb faz as suas consultas, eu pago pela proteção e pago até a dívida do Vic. Todo mundo fica o mais feliz possível sem amor verdadeiro.

— Não estou feliz — geme Zeb. — Levei um tiro.

Puxo-o pelo cotovelo.

— Você precisava levar um tiro. Isso tudo é sua culpa.

— Com quem você está falando? O Zeb Real ou o Zeb Fantasma?

Espero mesmo que Zeb tenha amnésia pós-traumática. Talvez eu devesse lhe dar mais alguns dos seus comprimidos.

Mike está estalando os punhos, como se tivesse nozes dentro deles.

— Certo. Vamos sair daqui. Isso nunca aconteceu. Se uma palavra sobre isso circular pela cidade não terei opção além de agir.

Agora meu queixo está doendo e sinto vontade de dar uma porrada no Mike para mandá-lo embora, mas me contenho.

— É justo.

— Quero meu Lexus de volta.

— Levarei amanhã.

— Com a dívida do Vic, mais juros.

Esses caras e seus juros.

— Fodam-se os seus juros, Mike. As taxas são variáveis demais com vocês.

Mike assente, devagar, tentando encontrar um desfecho favorável. Esse é um arranjo de longo prazo, mas um homem como ele precisa dar a última palavra. Caso contrário, pode simplesmente dizer *foda-se*, matar nós dois, comprar uma faixa preta de luto para o braço e usar chapéu pelo resto da vida.

O chefe da quadrilha dá dois passos na direção da porta dos fundos, então hesita. Vira-se, ajustando o boné na cabeça.

Pela expressão, eu diria que ele pensou em algumas últimas palavras.

— Minha mãe é uma mulher idosa — diz ele. — Pode falecer a qualquer momento. Depois disso há alguns primos, mas não estou nem aí para eles. Portanto o relógio está correndo, rapazes. Quando mamãe morrer, irei atrás de vocês.

São palavras muito boas.

CAPÍTULO 13

Do lado de fora da loja, eu ligo para Deacon. Ela está no hospital, com um guarda-costas à porta.

— E aí, como você está? — pergunto, desperdiçando alguns segundos com a educação.

— Congelando — responde ela. — Estou com morfina suficiente para animar os Rolling Stones e continuo com frio. Vou perder um dedo por causa do congelamento, McEvoy. Que tal isso como final feliz?

— Uma merda — respondo, assentindo com simpatia, como se ela pudesse me ver. — Você está em condições de ligar para a delegacia? — E acrescento uma história de última hora sobre atacantes mascarados.

— Deixe-me entender direito, McEvoy — diz ela, e quase posso ouvir seus dentes trepidando, enquanto ela tenta rir. — Você passou, por acaso, no consultório do seu amigo tarde da noite e o encontrou amarrado numa cadeira com uma bala no ombro. Isso é pior do que sua última invenção sobre eu sair atirando do freezer.

— Sim, detetive. Chocante, não acha? Um irlandês que não consegue inventar uma lorota.

— Dan, nós passamos por um bocado de merda, e você me fez um favor com aquela transa quando eu estava tensa.

— E salvei sua vida aquelas vezes.

— E com o negócio de salvar a vida, claro. Mas em primeiro lugar, eu sou policial e estou de olho em você. Não sei como um indivíduo fascinante e talentoso como você ficou fora do meu radar por tanto tempo.

— Sou um cara tranquilo, detetive. De agora em diante voltarei a ficar sob seu radar.

Deacon gargalha.

— A encrenca fareja pessoas como você e eu, Dan. Talvez você possa se esconder um tempo, quem sabe até alguns anos, mas um dia alguém vai precisar ser salvo ou morto.

— Estou fora disso.

— Certo. Ouvi que agora Daniel McEvoy é dono de boate.

— As notícias viajam rápido. É temporário.

Deacon suspira, e acho que está pensando na ex-parceira.

— Tudo é temporário, Dan. Vou usar meus dedos bons para ligar para a emergência. Uma ambulância deve chegar aí em dez minutos. Vejo você em breve.

— Obrigado, Ronnie. Vou ligar para você.

De algum modo, Zeb conseguiu injetar alguma coisa em si mesmo, enquanto eu estava lá fora negociando com a cavalaria. Ele está sentado, pálido sob a luz de mercúrio trêmula, os olhos revirados para trás e a camisa manchada de sangue no peito.

— Zeb?

Nada. O que quer que ele tenha usado está funcionando.

— Cara, você parece um cartaz de filme de terror.

— Vai se foder, Dan.

Bem, pelo menos ele ainda tem alguns neurônios funcionando.

— O que havia nessa injeção?

As íris de Zeb rolam para baixo como barras de máquinas caça-níquel.

— Um dos meus preparados. Não estou sentindo dor, Dan. Está vendo os pôneis?

— A ambulância está chegando. Sirenes e luzes, a parafernália toda. Os médicos vão querer saber o que você tomou.

Zeb sorri, e bolhas estouram no canto de sua boca.

— Tomei o máximo que pude, Dan. Levar um tiro não é brincadeira. Esse negócio de chantagem foi a pior ideia de todos os tempos.

Preciso discordar.

— Não. Aquele travesti no verão passado foi a pior ideia de todos os tempos.

— Nem me lembra — diz Zeb, então seus olhos rolam de novo para trás.

Empurro a cadeira dele para fora no instante em que a ambulância chega ao pátio. Um paramédico salta do veículo ainda em movimento, como se estivesse fazendo teste para um filme do Quentin Tarantino.

Ele me agarra pelo antebraço.

— Ele tomou alguma droga?

— Faça sua escolha — respondo, assentindo na direção da placa da loja.

O paramédico cutuca o ferimento de Zeb.

— Ele é alérgico a alguma coisa?

Zeb? Alérgico a drogas? Engraçado.

— Não que eu saiba.

— Ele vai viver — declara o paramédico depois de um rápido exame. — Mas vai ser uma noite difícil.

— Bom — digo, e entro para pegar minhas botas.

Quando volto, o Slotz está funcionando. Jason desfila pela rua, batendo papo com os universitários que tomam cerveja.

— Aonde vocês vão? — pergunta a um grupo de rapazes, usando bermuda e tatuagens no tornozelo. — Todas as outras ruas da cidade estão mortas. Vocês têm hora para chegar em casa, ou algo assim?

Ele me vê arrastando os pés pela calçada.

— Ei, ei. Chefão. Resolveu as coisas com o Mike Irlandês? Fiquei preocupado.

Tento sorrir, mas parece que há um ferro de passar aceso dentro do meu maxilar.

— Tudo resolvido. Ele é um doce, quando a gente o conhece melhor. O que está fazendo aqui? Atraindo fregueses?

— É um novo dia, Dan. A nova administração é boa para todos nós.

Administração? Não gosto disso.

— Não sei, Jase. Folhas de pagamento e capital de giro. Números me dão dor de cabeça.

Jason me lança um sorriso de diamante.

— Você é um tremendo covarde, malandro. Eu posso instalar um programa para pequenas empresas no seu computador. Isso vai cuidar de tudo, até pagar seus impostos, tá sacando?

— Tô sacando — respondo, agradecido, resistindo à ânsia de acrescentar: *vagabundo*. — O que você sabe sobre programas de computador para empresas?

— Eu estudei alguns semestres em Dover. Aprendi umas coisas. Criamos um arquivo para todo mundo e o computador pode até imprimir os cheques de pagamento, se você quiser. Também podemos usá-lo para cuidar do estoque.

Sinto um peso sendo tirado de cima de mim.

— Você está promovido a gerente, Jason. Arranje um terno azul e tire esse diamante do dente.

— Não uso azul. E o diamante sou eu, cara.

— Mesmo assim você está contratado. Quando acha que pode conseguir esse programa?

— Agora mesmo, Dan. Só preciso da internet e de dez minutos. Caralho, provavelmente dá para eu baixar pelo telefone.

Uma notícia boa. Sinto vontade de chorar.

Dentro da boate, nada mudou muito. Percebo que eu estava esperando alguma coisa. Não arco-íris e ponche de fruta, mas talvez uma atmosfera menos opressiva. Sem Vic percorrendo o lugar e lançando um olhar desconfiado por cima dos ombros de todo mundo. Sem luzes apagadas em cima do reservado dos fundos. Mas é o mesmo de sempre. A atmosfera é falsamente alegre e as garotas estão apenas cansadas.

Marco é o único raio de esperança, polindo copos como se fossem diamantes.

— Trabalhando duro, Marco? — digo ao pequeno barman, apontando para a garrafa de Jameson acima de sua cabeça.

Ele me serve uma generosa dose.

— Já viu o Jason tão feliz? Ele está na rua divulgando essa espelunca. Aquele cara está pegando fogo.

Decido animar a noite de Marco.

— Eu promovi Jason a gerente.

Marc balança seu trapo na minha direção.

— Corta essa. Não promoveu.

— Sim, promovi. Juro por Deus.

— Você não vai se arrepender. — Marco sorri. — Jason vai se matar de trabalhar.

Tomo um gole de uísque, sentindo-o deslizar pela garganta, suave como mercúrio.

— Fale com ele sobre aquele diamante. Tenho a sensação de que ele vai escutar você.

E deixo Marco boquiaberto, imaginando se o segredo dos dois escapou.

Eu esperava que o reservado estivesse vazio quando terminasse minha bebida. Não tive essa sorte. Uma das botas de Mulher Gato de Brandi está se projetando para fora da escuridão, e algo está guinchando, esperançoso, no estofado. Esse negócio da Brandi precisa ser resolvido em algum momento. E pode muito bem ser agora mesmo. Lidar com todos os meus enfrentamentos numa noite só.

O reservado tem seu próprio interruptor de luz embaixo da beirada da mesa e eu o aperto sem avisar. A primeira coisa que vejo é uma barriga pálida e estufada; a segunda é Brandi abaixada nas sombras, contorcendo-se como uma cobra.

O cara barrigudo salta com tanta força que bate com a cabeça de Brandi na borda da mesa.

— Que mer... — Os olhos dele firmam o foco e ele me vê ali, parado junto dele, com a melhor expressão *séria*. — Policial? Me diga que você não é um policial.

— Esta é uma boate de respeito, senhor. Não permitimos contato.

Brandi ergue a cabeça, coçando o cocuruto.

— Jesus Cristo, Dan. Que porra é essa? Na boa, o que houve?

Tento deixá-la envergonhada com minha expressão, mas Brandi é irredutível.

— A ação no reservado já era. Nós falamos sobre isso.

Ela tenta o velho número de puxa-saquismo.

— Qual é, *baby*? A gente precisa comer.

Agora é minha vez de ser irredutível.

— Talvez, mas não precisa comer isso aí.

O barrigudo perdeu o tesão.

— Ei, escutem, se vocês dois têm algum problema empregatício, por que eu não dou algum espaço para resolverem? Comunicação é muito importante.

Inclino a cabeça, esperando um comentário característico de Zeb Fantasma. Nada. O fantasma se foi. Está reunido ao seu eu ferido no hospital St. John. Aleluia!

— Sim, senhor. Por que não enfia isso aí dentro da calça e tenta a sorte nas mesas de jogo?

— Acho que vou fazer isso — responde o barrigudo, com alívio.

Brandi olha seu cliente se desviar das banquetas na pressa de se afastar de mim.

Está furiosa; qualquer pessoa com dez minutos de estudo básico sobre linguagem corporal poderia perceber isso. Seu lábio inferior está projetado como um gomo de laranja e seu quadril virado para mim é afiado como uma guilhotina.

— Algum problema? — pergunto, afável.

Os olhos dela relampejam e ela quer arrancar meus olhos com as unhas, porém ela é a sobrevivente máxima.

— Sem problema, Dan. Nós demos uma chacoalhada, só isso. Na verdade nem foi uma chacoalhada... — E de repente seus seios estão encostando no meu braço. Foram necessários quatro segundos inteiros para a mudança de humor.

— Sem chacoalhadas — digo, flexionando o bíceps para que os peitos dela se afastem de mim. — O reservado está fechado. Agora vá fazer seu trabalho.

Eu não tinha certeza se conseguiria ter pulso suficiente para deter Brandi, mas consegui, e foi maneiro. Deixo-a bamboleando e sigo para o escritório.

O telefone está tocando quando eu chego à mesa da sala de Vic, mas deixo tocar. Preciso de um minuto para juntar minhas peças de novo. Meu maxilar está latejando e os nós dos dedos doem, e percebo que deveria ter atacado o estoque de analgésicos do Zeb.

Baixo a cadeira de Vic mais um pouco e me inclino até a cabeça encostar na parede às minhas costas

Minha sala, minha mesa.

É isso. A crise acabou.

Agora preciso avaliar o que aconteceu. Muitas coisas novas aconteceram na minha vida e eu não sei quais desejo manter. Uma coisa é certa: assim que Zeb voltar a ficar de pé vou lhe dar um chute no traseiro. Depois disso, preciso espairecer as ideias, tirar alguns dias para descansar, sem nada na mente além de comida e bebida.

Meus olhos começam a se fechar e não luto contra isso. Os sons familiares de fichas estalando, copos tilintando e jogadores gemendo no cassino são quase como uma canção de ninar.

Relaxe, digo a mim mesmo. Mike Irlandês saiu do meu pé por enquanto. Certo, a situação de Sofia Delano precisa de um jeito, mas isso não é uma ameaça de vida.

Respirar pelo nariz, soltar pela boca.

Estou chegando lá, agora estou quase calmo.

O telefone toca outra vez e quase caio da cadeira. Arranco o fone do gancho.

— O quê? O que houve agora?

O riso de Ronelle Deacon é como uísque e cigarro.

— Administrar é estressante demais, Dan? Já está desmoronando?

Pisco para ficar alerta.

— Foi uma noite longa, detetive. Uma semana longa.

— Mandei dois policiais à loja do seu amigo. Uma tremenda bagunça, lá. Ou, citando o patrulheiro Lewis: *Tem uma porra de um buraco enorme na porra da parede*. E uns 2 litros de sangue. Você não saberia nada sobre isso, né?

— Absolutamente nada. Cheguei depois do fato. Zeb era o único que estava sangrando.

Brandi se encosta na porta, em pleno uso de seus conhecimentos de striptease. Cada movimento é coreografado. Vejo onde isso vai dar. Estou diante de uma grande negociação sobre o reservado.

— Dan — ronrona ela. — Precisamos conversar, *baby*.

Levanto um dedo rígido. *Daqui a um minuto*. Não sou bom em resolver várias tarefas ao mesmo tempo, especialmente quando há pessoas envolvidas.

— É, foi o que pensei — continua Deacon. — E você não viu nada, certo?

— Absolutamente nada além do meu amigo sangrando. — Decido usar um pouco da técnica de distração. — Qual é, Ronnie? É tarde demais para trabalhar. Por que não pede alta desse hospital e vem tomar alguns drinques aqui? Eu tenho boas relações com a gerência. Você ainda tem nove dedos, certo? Mais do que o suficiente para segurar uma cerveja.

— Talvez quando eu resolver esse assassinato no qual estou trabalhando da minha cama de hospital. Uma mulher morta do lado de fora do Slotz. Talvez você a conhecesse.

Meu estômago revira. Connie. Como ela pôde ter saído da minha mente, mesmo que por um momento?

— Há alguma coisa que eu possa fazer?

Brandi está batendo no antebraço. Não gosta de ficar esperando. Cerro os dentes e tento me concentrar no telefone.

— Tenho mais novidades sobre a arma do crime — diz Ronnie, baixinho. Talvez haja enfermeiras por perto. — Achei que poderia contar a você, uma vez que temos um relacionamento tão especial. Extraoficialmente, claro, já que tecnicamente estou fora de serviço por um bom tempo...

— Foi algum tipo de faca?

— Não. Temos alguns fragmentos de metal do ferimento. É macio demais para ser de uma lâmina. Talvez um tubo, como a ponta de um guarda-chuva. Com algum tipo de substância brilhante. Você consegue pensar em alguma coisa assim, McEvoy?

— No momento, nada.

— Nem eu. Isso torna o homicídio uma coisa de momento. Nosso assassino pode ser qualquer um. Pode estar olhando bem na nossa cara agora.

Brandi senta-se diante de mim e põe as pernas sobre a mesa, cruzando-as nos tornozelos. Suas botas brilham como tinta lustrosa.

— Você vai pensar nisso?

Não digo nada, porque de repente não há ar na sala. Mais do que isso, a sala se tornou um vácuo, estalando meus ouvidos e fazendo meu cérebro inchar.

Um tubo de metal. Substância brilhante.

A detetive Deacon ainda está falando.

— Certo, Dan? Ei, Danny boy. Vai trabalhar nisso comigo?

Meus dedos tateiam o tampo da mesa como os de um cego, até que encontro o aparelho de telefone e desligo na cara de Ronnie.

Odeio que me chamem de Danny boy. Meu pai fazia isso, e cantava aquela droga de musiquinha nos bares, mesmo que ninguém pedisse.

— Sei que você quer fazer mudanças, Dan — dizia Brandi, usando sua melhor voz de discurso. — Sei disso e o respeito. Mas acho que se você olhar dentro de si, vai descobrir que ainda está em choque por causa da Connie. Ela nunca entrou no reservado, e por isso agora você vai fechá-lo. Entende o que eu digo?

Os saltos de 15 centímetros de Brandi estão bem diante de mim. Suas características botas de Mulher Gato. Já a vi soltar fagulhas no asfalto com aquelas botas.

Ela tira um quadrado minúsculo de purpurina do antebraço.

— Odeio falar mal dos mortos, Dan. Mas a moral daquela garota estava custando dinheiro a todos nós. Diabos, nós perdemos uma dúzia de bons clientes, dos que gastam a rodo, no último mês, porque a virgenzinha da Connie não queria nenhuma mão na bunda. Minhas gorjetas caíram muito. E eu preciso das minhas gorjetas. A Gata precisa comprar seus cremes.

O fone ainda está junto ao meu ouvido, soltando bips. Parece que esqueci onde devo colocá-lo.

— Não estou sentindo falta dela. Nenhuma das garotas está.

Eu posso imaginar como tudo aconteceu. Elas se encontraram no estacionamento, palavras foram trocadas. Connie e Brandi discordaram sobre como o serviço deveria ser feito. O clima esquentou. Talvez um tapa tenha se transformado em empurrões. Connie caiu, e Brandi atravessou a testa dela com o salto da bota. Ela é capaz disso. Deus sabe que ela é capaz.

É verdade. Meu sexto sentido sabe disso.

Encaro os saltos altos de Brandi, hipnotizado. São brilhantes e malignos. Depois do acontecido, Brandi parou junto à porta ao meu lado, montando seu álibi. Diabos, ela provavelmente estava suja de sangue, se alguém se incomodasse em olhar.

— Qual é, Dan? O que acha de um pouquinho de ação no reservado? Eu lhe dou uma provinha, de graça.

O salto alto brilha, e vejo no centro um círculo minúsculo e perfeito de sangue seco. Poderia ser lama, café ou qualquer coisa.

É sangue, juro que sinto o cheiro.

Jason enfia a cabeça pela porta. Está com uma expressão de desculpas, um meio sorriso.

— Chefe, tem uma mulher lá fora, parece a Madonna de "Material Girl". Está com uma caçarola para você, diz que é sua esposa. Quer que eu a coloque para fora?

Não consigo falar. Não consigo dizer uma palavra. Balanço a cabeça para adiar a decisão.

Brandi não quer que sua reunião seja interrompida.

— Então, Dan? O reservado vai voltar a funcionar? Você quer que eu deslize por baixo desta mesa?

Eu continuo a tremer.

Brandi matou Connie.

— Devo trazê-la aqui? A mulher é bem gostosa, chefe. E aquela caçarola está com um cheiro maravilhoso.

Consigo dizer uma palavra:

— Só...

— O quê, Dan?

— Só bota ela para fora, chefe?

Tento de novo.

— Só...

Brandi está fazendo alguns movimentos sensuais de dança.

— Só faça isso, Dan. Me dê cinco minutos.

— Só traz ela? Põe para fora? Mas ficamos com a comida, certo?

— Só espera! — grito. — Só espera um maldito segundo.

O fone ainda está ao lado do meu ouvido, e de repente os bips são substituídos por uma voz familiar.

Essa vadia me matou, diz Connie Fantasma. *Ela transformou meu Alfredo e minha Eva em órfãos.*

Não. Outro, não. Bato com o fone no gancho. Outro fantasma, não. De jeito nenhum.

Quero voltar no tempo. Quero roubar maçãs de um pomar em Blackrock e comê-las com meu irmão mais novo na praia. Quero contar as estrelas novas que vão aparecendo e ficar fora de casa até ter certeza de que papai já apagou, bêbado.

Connie. A linda Connie. Brandi merece ser jogada no rio.

A expressão no rosto de Brandi me diz que falei em voz alta. Ela quer rir, mas está com medo.

— Quem vai para o rio, Dan? Eu, não, certo? Só quero vender umas punhetas. Isso não é crime, é?

Tento falar com calma.

— Jason, por favor, traga a Sra. Delano à sala dos fundos, diga que vou falar com ela em um minuto. Brandi, fique onde está. Se der um passo na direção da porta, juro que você vai se arrepender.

— Mas Dan...

Não estou com clima para discutir, por isso simplesmente tiro a arma da gaveta e a coloco sobre a mesa. É uma mensagem clara, difícil de não entender, mas mesmo assim Jason não entende.

— Ei, qual é, chefe, de repente com armas? Mike levou você para a quadrilha? O que foi, agora está com uma tatuagem de trevo?

É uma situação tensa, por isso digo a Jason algo do qual me arrependo antes de terminar de falar.

— Saia, Jason. Vai fazer um carinho no Marco.

Brandi berra de alegria.

— Finalmente! Bem feito. Vai se foder, Jason. Machão.

Jason olha para mim como se eu tivesse atirado no seu cachorrinho, e sinto como se eu tivesse me transformado no meu pai. Ele fecha a porta suavemente e começo a pensar em como vou fazer as pazes com ele. Um fim de semana em Atlantic City, pelo menos.

— O elefante saiu da sala — grasna Brandi, com as pernas fazendo movimentos de tesoura acima da mesa. — Você precisa se livrar dessa bicha, Dan. Ele é ruim para os negócios.

Isso traz minha atenção de volta para ela e me dá a oportunidade para um belo gancho.

— Assim como Connie era ruim para os negócios? — pergunto em tom sinistro, mas o sentido felino de autopreservação de Brandi foi desligado.

— Não, na verdade, não. Eu diria que o Jason não teria problema se um cara lambesse o traseiro dele. Eu diria que é exatamente o tipo de coisa com a qual ele teria zero problema.

— Então você se livraria dele?

Brandi pisca, as pálpebras pesadas com sombras cheias de purpurina.

— Jogue esse cara na rua. O Marco também. Precisamos tomar decisões empresariais sérias.

— Assim como você se livrou de Connie?

Não espero que Brandi caia nessa armadilha, e ela não cai, porém seus olhos a entregam. Não é muita coisa, somente um rápido tremor, mas eu noto.

— Me livrei de Connie? — diz ela, hesitando, tirando as botas de cima da mesa.

Para mim, este parece um momento crucial no desenrolar de todo o confronto. Por algum motivo, eu acredito que se Brandi tirar as botas de cima da mesa de Vic (minha mesa), então eu perderei toda a vantagem que possuía — e era uma bosta de vantagem, para começo de conversa.

Assim, Brandi está afastando as botas de mim, com os joelhos próximos aos seus brincos de argola, mas ela não se move suficientemente rápido. Estendo a mão e agarro seu tornozelo direito e aperto até o couro envernizado ranger, o que estraga um pouco a seriedade do momento.

— Isso tem cheiro de limpo — digo, cerrando os dentes com o esforço de manter a bota agarrada e continuar com a conversa. — Limpo mesmo. Aposto que você usou um pacote inteiro de lenços antissépticos nessa bota.

— Preciso manter as botas sem germes, Daniel — responde Brandi. Sua voz tem a inocência de uma escoteira, mas seu olhar está saltando pelo escritório como se alguém ou alguma coisa fosse surgir com mais uma surpresa.

— Você deveria ter queimado esse par, Brandi. Sei que é a sua bota predileta, mas você tem outras.

Estou falando um pouco demais, mas é porque metade de mim sabe que a acusação que vou fazer é, na melhor das hipóteses, baseada numa suposição e, na pior, numa intervenção sobrenatural.

— Por que esta conversa sobre as minhas botas, porra? Primeiro você proíbe o reservado, agora tem alguma coisa contra as minhas botas? Solta a minha perna, Dan.

— Você deveria ter queimado as botas — repito, usando meu velho truque de repetição para conseguir ganhar um segundo. — Porque tudo que os policiais precisam é de um fiapo de DNA preso numa costura. Eles só precisam comparar o salto com o buraco na cabeça de Connie.

Brandi está pálida por baixo da maquiagem.

— Solta a minha perna, Daniel. Você está me machucando.

— Não vai me dizer que é inocente? Protestar ou algo do gênero?

— Ou algo do gênero? Quem você pensa que é, porra?

Admito. Isso foi um pouco no estilo do Dr. Moriarty.

— Vou levar as botas para os policiais. Se eles não encontrarem nada, então não vai haver problema, e você pode sacudir o pau de quem quiser durante um mês. Mas se eles encontrarem qualquer vestígio de sangue, não vai haver nenhum pau no lugar para onde você vai.

Brandi vê no meu rosto que não vai conseguir sair dessa usando palavras.

— Tira as mãos de cima de mim, seu escroto!

— Qual é o problema? Apenas me dê a bota e você poderá comandar as coisas aqui, desde que não tenha nada a ver com Connie.

Brandi zomba da idiotice do meu plano.

— Não me importa se essa bota tem um globo ocular da Connie no salto, será você a entregá-la. O namorado abandonado.

Levo um momento para digerir essas palavras, mas ela está certa. Mesmo que Brandi seja a proprietária da arma do crime, não significa que tenha cometido o assassinato.

— Vou me arriscar. A polícia vai investigar a nós dois, e eu não tenho problema com isso.

Na metade da última frase tento pegar Brandi de surpresa, levantando-me de repente e puxando a bota, esperando que o sapato saia, mas Brandi está preparada e prende os dedos do pé, que sobem junto com o calçado. Agora estou numa situação de desenho animado, segurando uma mulher adulta de cabeça para baixo.

— Merda — digo, com meu sotaque irlandês. Parece adequado.

— E agora, Dan? — pergunta Brandi, o cabelo roçando no chão. — Eu trabalhei fazendo *pole dance* durante anos. Posso fazer isso a noite toda.

Não sei o que fazer em seguida. Não sei mesmo. Não acredito na situação em que me encontro. Parado na sala do meu ex-chefe, segurando pelo tornozelo a stripper que possivelmente matou minha potencial namorada. Lamento dizer, mas essa garota é pesada e meus bíceps já estão doendo.

— Ei! — diz Brandi, tendo uma ideia momentânea. — Você está com uma escuta?

Esse pensamento a deixa tão pirada que ela faz um movimento de stripper bem impressionante e se dobra para cima, girando a outra perna, e de repente há uma mulher furiosa sobre os meus ombros. Ouço algo raspar no tampo da mesa, e uma rápida olhada basta para confirmar que ela agarrou minha arma enquanto subia. As pernas de Brandi têm músculos fortes e ela está se esforçando ao máximo para espremer meu cérebro para fora, pelos ouvidos. Sinto um círculo metálico apertando-se contra o couro cabeludo e percebo que tenho provavelmente dois segundos para viver antes que Brandi solte a trava da arma. Surpreendentemente, estou quase tão preocupado com a hipótese de Brandi danificar os fios transplantados quanto com minha súbita morte.

Dou dois passos rápidos para a frente, passando pelo lado da mesa. Na verdade, é instinto. Só estou tentando me livrar. Quando saio de perto da mesa, ouço um bong surdo, como um sino dentro de um saco, e Brandi cai para trás. Suas pernas ainda estão presas, mas a metade superior do corpo está atordoada. Ela acertou a cabeça em alguma coisa metálica. *A trave do teto*, eu me lembro. *Não tem nem 2 metros de altura.*

O perigo imediato passou, por isso tiro um segundo para avaliar minha situação. Vejo um ex-soldado de meia-idade, de aparência desgastada, parado no meio da sala, ofegando como um jumento, com uma stripper enrolada no pescoço, e nem sequer é a situação mais estranha em que ele esteve envolvido hoje.

Jason entra pela porta e seu rosto está cheio de fúria contida. Não o culpo.

— Ei, Daniel — diz ele, entrando, ainda com raiva do comentário sobre *fazer um carinho no Marco*, os olhos abrindo buracos no chão. — Já é bastante ruim eu ter de passar cada segundo da vida... Mas então eu tento ajudar você e... você joga essa merda em cima de mim.

Respiro duas vezes, como se houvesse escassez de ar, e tento fazer meu coração de meia-idade diminuir um pouco o ritmo enquanto Jason cruza os braços, aparentemente sem notar a pessoa em volta do meu pescoço.

O mínimo que posso fazer é pedir desculpa.

— Certo, Jason. Aquele comentário sobre o Marco foi grosseiro. Eu ia pegar leve, tipo *sei sobre o lance gay entre vocês e não me incomodo*, mas saiu cheio de despeito. Então me desculpe. Foi mal.

A expressão de Jason suaviza um pouco, mas ele vai continuar me censurando por um tempo.

— Certo, Daniel. Você tem uma chance. Da próxima vez vamos descobrir até que ponto você é durão de verdade.

Baixo a cabeça, envergonhado, o que não é fácil com a coxa de Brandi no meio do caminho.

— Está certo, cara. Quer um abraço ou algo assim?

Jason franze a testa.

— O que você acha que eu sou? Um Walton?

Como homem moderno eu sou uma droga. Tinha presumido...

— Certo — digo. — Ligue para a polícia. Preciso tirar as botas dessa stripper inconsciente.

De repente, Jason parece notar Brandi, mas isso não o abala. No nosso trabalho, vemos coisas mais estranhas do que isso pelo menos uma vez por semana.

EPÍLOGO

Zeb voltou à ativa depois de uma semana se recuperando no hospital de Cloisters. Ele finalmente foi posto para fora depois de ser apanhado pelas câmeras espreitando na farmácia com objetivos óbvios. Os policiais o interrogaram durante seis horas seguidas sobre o incidente em sua loja, mas ele manteve a história de que tinha sido acertado na cabeça, por trás, e acabara acordando numa ambulância. Não se lembra de nada. Eles me interrogaram também, porém Deacon tomou a frente e estava preparada para engolir minhas monumentais lorotas de bosta levando em conta todos os meus esforços para salvar sua vida. Tentei mencionar a palavra *freezer* o máximo possível, enquanto fazia minha declaração final. O dossiê está praticamente fechado e espero que logo comece a juntar poeira.

O dossiê de Brandi, por outro lado, está totalmente aberto. Deacon enviou a bota ao laboratório. Eles encontraram sangue, osso, massa cerebral, DNA. Enfim, a bota de Brandi era a arma do crime, sem dúvida. Infelizmente, ela fugiu do hospital antes que os resultados voltassem e desapareceu do estado pouco depois, parando somente para arrecadar fundos na casa de um frequentador do Slotz, no subúrbio. Ela foi vista pela última vez na Flórida.

Portanto, aqui estou eu, de volta à vida pacata de Cloisters. Toda aquela loucura parece totalmente irreal. Será que ocorreu na semana passada? Toda aquela confusão acontecendo em poucos dias, quando as coisas estavam calmas por mais de uma década, sem uma única pessoa morta, menos de uma dúzia no hospital, uma ou duas fingindo um trauma por motivos jurídicos... e aí o Faber apareceu e tudo saiu do controle.

Será que aquilo de fato aconteceu? Sei que sim porque os filhos de Connie estão num lar adotivo em vez de assistindo à TV com a mãe. Não é uma instituição, e os McGuffin são boas pessoas, e vou visitá-los toda semana, como prometi, mas ainda assim é um lar adotivo.

O que eu deveria ter feito, olhando agora em retrospectiva, era ter entrado no cassino e dado um chute tão forte nas bolas do bom e velho Sr. Faber que qualquer maldade que ele estivesse tramando naquela cabeça ruiva iria se desintegrar junto com seus brinquedos prediletos.

Mas não fiz isso, uma vez que não consigo enxergar o futuro e aplicá-lo ao passado.

Portanto, tudo foi em frente e aconteceu. Eu me sentei e vi Barrett sangrar. Ainda tenho sangue no punho da camisa. Ou tinha, até que queimei a camisa e joguei as cinzas no vaso sanitário. Foram necessárias três tentativas. Encanamento de merda.

As palavras de Ronnie Deacon ecoam na minha mente: *A encrenca fareja pessoas como você e eu, Dan. Talvez você possa se esconder um tempo, quem sabe até alguns anos, mas um dia alguém vai precisar ser salvo ou morto.*

Não. Para mim não será desse modo. Fui o Super-homem por uma semana, mas agora sou apenas um sujeito careca com um trabalho monótono. Chega de pensamentos rápidos, coincidências malucas ou planos loucos.

Estou me sentindo um pouco nervoso esta tarde, enquanto vou a pé para o trabalho, porque hoje é o dia que Mike virá pessoalmente recolher o pagamento. Além disso, ele disse que os freios do Lexus estão assobiando um pouco e que eu preciso dar um jeito, o que é uma sacanagem, porque o Lexus estava freando muito bem quando o entreguei.

Olho em volta e o estacionamento está vazio, a não ser pelo Lexus e meus fantasmas. Ouço carros passando na rua, e eles parecem muito distantes.

Tiro o gorro, pela primeira vez revelando em desafio minha cabeça em público depois da operação, numa espécie de gesto que simboliza não sei o quê. Talvez eu tenha virado uma página; talvez haja coisas mais importantes do que uma cabeleira. Zeb diz que a parte careca vai sumir, e isso basta. Chega de agulhas no couro cabeludo.

E também chega de:
Mortes.
Planos loucos.
Agulhas na cabeça.

A boate está silenciosa, exceto por Jason no saguão, puxando uma tira de borracha gigantesca que, ele jura, faz maravilhas por seus músculos abdominais.

— Preciso me manter bonito para o Marco — grunhe. — Juro que aquele cara bate os cílios para todo veado que passa na rua.

Essa declaração é mais importante do que parece. Jason está sendo casual assim para mostrar que estou perdoado. Paro um minuto, tentando pensar em algo para dizer que não abra a ferida de novo.

— Um abraço?

— Nem em sonhos, Danny. É melhor você entrar. O Mike está esperando.

Mike está esperando na minha cadeira, o que é uma certa desfaçatez, mas depois do mês que tive, estou muito tolerante com as coisas que não ameaçam me matar de imediato.

— Sr. Madden — digo, espremendo-me na velha cadeira que fica do lado dos visitantes, de frente para a mesa, esperando que esta não desmorone, o que poderia assustar Mike, fazendo-o atirar em mim. — Como vão as transas? Quero dizer, as transações, e não a prostituição, obviamente.

Mike não me olha com fúria. Está calmo, ganhando tempo.

— As transações vão bem, Danny boy. Prosperando. As pessoas sempre vão querer merda, você sabe, por isso eu dou a merda que elas querem, e, para ser sincero, não consigo juntar merda em velocidade suficiente.

Parece que Mike está com medo de haver algum gravador por aqui e gosta da palavra "merda".

— E como vão as transas com você, Daniel? Quero dizer, as transações.

Dou a típica resposta irlandesa que não significa nada:

— Ah, claro, você sabe, não muito mal.

Mike dá de ombros.

— Não foi o que ouvi por aí. Ouvi que Vic Jones está provocando alguns problemas.

É verdade. Victor tem um advogado que afirma que o jogo de pôquer jamais aconteceu e que ele assinou a transferência do arrendamento sob pressão. Com AJ e Brandi sumidos, as únicas testemunhas do jogo são as duas garotas por cujo futuro nós jogamos. Jason arranjou uma equipe para procurá-las. Mas mesmo que as encontremos, uma transferência de arrendamento devido a um jogo de pôquer pode não valer, visto que não houve concordância do proprietário.

Mas eu digo:

— Não se preocupe com Vic. Você vai receber a sua *merda* não importa quem esteja atrás da mesa.

Mike sorri e toca a aba do boné.

— Ah, não estou preocupado, Danny boy. Eu sempre recebo o que me devem.

Decido mudar de assunto.

— Como vai a sua mãe?

O sorriso de Mike cresce, de modo que vejo seus caninos amarelados.

— Ela está velha, Dan, e um pouco gripada. Esperemos que isso não piore e vire outra coisa.

Eu deveria ter escolhido outro assunto.

A porta da minha sala se abre e a cabeça de Zeb aparece, estranhamente sem corpo, na abertura. Eu não esperava vê-lo hoje, mas ele provavelmente está bêbado, entediado, ou ambas as coisas.

Ao nos ver, ele grita:

— Ei, são os garotos cabeludos. E aí, rapaziada?

Mike tenta arrancar o braço da cadeira, mas é um daqueles materiais duros, testados no espaço, e resiste aos esforços. Ele me lança um olhar e murmura:

— Sabe, Danny. Eu adoro minha mãe, mas a coisa vai chegar a um ponto extremo com esse cara.

— Nem diga — respondo, esquecendo por um momento que se Zeb for parar no rio, o próximo som de um corpo caindo na água será o do meu.

Zeb não se abala com essa ameaça de morte.

— Qual é, pessoal, só estou curtindo com a cara de vocês. Enfiar bombinhas na bunda de vocês é o que faz a vida valer a pena.

— Você é engraçado, Dr. Zeb — diz Mike. — Bombinhas. É melhor pensar bem antes de dizer a coisa errada à pessoa errada.

Acrescento a força do meu olhar ao de Mike.

— Você deveria tirar uma foto, Zeb — digo. — Porque estou concordando com o Mike.

Zeb tira do bolso o que parece ser uma garrafa de cerâmica e arranca a rolha com os dentes.

— Ah, vamos rapazes. Venham, vamos tomar um gole. Essa coisa vai fazer crescer cabelo no peito de vocês.

Mike pega a garrafa e cheira.

— E na cabeça? Vai fazer crescer cabelo na minha cabeça?

— Sem dúvida — responde Zeb, enfiando os dedos num punhado de copos na estante. — Além disso, essa bebida cai como o chute de uma mula com esteroides. Os monges a preparam com cuspe de iaque. É totalmente ilegal.

— Totalmente ilegal, é? — Mike fica intrigado. — Quanto você pagou pela garrafa?

Zeb sente cheiro de lucro.

— Umas 10 pratas. Posso vender para você por 12.

Mike e Zeb juntam as cabeças e começam a regatear, como se o primeiro jamais tivesse sequestrado o último, que tinha acabado de chantagear o primeiro.

Por um segundo não consigo me lembrar de qual dos dois é meu amigo, e quando lembro não consigo deduzir o porquê. Talvez seja hora de começar a esquecer, em vez de lembrar, só por uma ou duas horas.

— Ei, Zeb — digo. — Me sirva um copo do seu cuspe de iaque.

Podemos falar sobre os freios mais tarde.

Este livro foi composto na tipologia Minion Pro,
em corpo 11/15,3, e impresso em papel off-white
no Sistema Cameron da Divisão Gráfica
da Distribuidora Record.